KJB

Alesha Dixon ist eine in Großbritannien sehr erfolgreiche Popsängerin und moderiert dort viele bekannte TV-Shows. Sie ist außerdem eine äußerst beliebte Jurorin bei der Castingshow »Britain's Got Talent«. Zusammen mit Katy Birchall hat sie bereits mehrere Kinderbücher geschrieben, die in Großbritannien viele Fans haben.

Katy Birchall lebt nach einem Studium der Englischen Literatur- und Sprachwissenschaft wieder in ihrem Geburtsort London, England, und ist als Schriftstellerin und freiberufliche Journalistin tätig. Nach ihrem erfolgreichen Debüt als Jugendbuchautorin mit »Plötzlich It-Girl« begeistert sie jetzt auch jüngere Leser*innen.

Weitere Informationen zum Kinder- und Jugendbuchprogramm der S. Fischer Verlage finden Sie unter www.fischerverlage.de

Alesha Dixon
Katy Birchall

STAR SWITCH

Mein Leben Dein Leben steht Kopf

Aus dem Englischen
von Verena Kilchling

KJB

Aus Verantwortung für die Umwelt hat sich der Fischer Kinder- und Jugendbuch Verlag zu einer nachhaltigen Buchproduktion verpflichtet. Der bewusste Umgang mit unseren Ressourcen, der Schutz unseres Klimas und der Natur gehören zu unseren obersten Unternehmenszielen.

Gemeinsam mit unseren Partnern und Lieferanten setzen wir uns für eine klimaneutrale Buchproduktion ein, die den Erwerb von Klimazertifikaten zur Kompensation des CO_2-Ausstoßes einschließt.

Weitere Informationen finden Sie unter: www.klimaneutralerverlag.de

MIX
Papier | Fördert gute Waldnutzung
FSC® C083411

Erschienen bei FISCHER KJB

Die englische Originalausgabe erschien 2020 unter dem Titel *Star Switch* bei Scholastic Children's Books, London, a divison of Scholastic Limited

Umschlaggestaltung: Dahlhaus & Blommel Media Design,
unter Verwendung einer Illustration von Nuna Ramalhão
und nach einer Idee von Steve Simpson © Scholastic, 2020
Umschlagabbildung: Nuna Ramalhão © Scholastic, 2020
Satz: Pinkuin Satz und Datentechnik, Berlin
Druck und Bindung: CPI books GmbH, Leck
Printed in Germany
ISBN 978-3-7373-4270-4

Für meine Mädchen Azura und Anaya,
die mich jeden Tag aufs Neue inspirieren.

KAPITEL EINS

RUBY

Manchmal träume ich davon, ein berühmter Popstar zu sein.

Dann tauche ich in den immer gleichen verrückten Tagtraum ab, in dem ich jemand ganz anderes bin, jemand Glamouröses und Selbstbewusstes. Ich stelle mir vor, wie ich im Scheinwerferlicht eine gewaltige Bühne betrete, unter den Blicken Tausender Fans, die kreischen und jubeln, während ich mir das Mikro schnappe und in der Bühnenmitte in Position gehe. Meine Backgroundtänzerinnen formieren sich hinter mir, und dann verdunkelt sich die Bühne. Die Band spielt die ersten Takte, Musik erfüllt das Stadion. Begeisterter Jubel brandet auf, als die Fans den Anfang ihres Lieblingssongs erkennen. Die Scheinwerfer gehen an, und ich lege eine unglaubliche Tanzchoreographie hin, perfekt synchron mit meinen Tänzerinnen. Dann hebe ich das Mikro an die Lippen und …

PLATSCH.

»**AHHH!**«, schreie ich und springe auf, weil mich ein großer Klecks Kartoffelbrei mitten im Gesicht getroffen hat. »WAS SOLL DAS?!«

»Ups.« Mein Bruder Roman kichert. »Sorry, Ruby. Ich hatte eigentlich auf Reggie gezielt.«

Unsere zottelige Hündin Daisy kommt von ihrem Körbchen herübergetänzelt und springt fröhlich bellend an mir hoch. Offenbar hofft sie darauf, dass mir der Kartoffelbrei vom Gesicht tropft und sie ihn vom Boden schlecken kann.

»War trotzdem ein guter Wurf«, kommentiert John vom anderen Ende des Tisches. Er hebt gerade lange genug den Kopf aus seinem Buch, um anerkennend meine kartoffelverschmierte Visage zu betrachten. »Du hast Ruby wirklich mitten ins Gesicht getroffen, nicht schlecht.«

»Danke, John«, antwortet Roman grinsend und belädt seinen Löffel mit dem nächsten Klecks Kartoffelbrei.

»Kann mir mal jemand eine Serviette geben?«, frage ich und zeige auf einen Stapel Papiertücher, der außerhalb meiner Reichweite liegt, während Daisy mich weiter anbellt. »Der Kartoffelbrei läuft mir ins Auge!«

»Der Wurf war grottenschlecht«, widerspricht Reggie, der neben mir sitzt. »Was eigentlich niemanden überraschen sollte. Roman war schon immer der schlechteste Werfer der Familie.«

»Geht das schon wieder los«, sagt Roman seufzend. »Neid ist keine schöne Eigenschaft, Reggie. Find dich endlich damit ab, dass ich der mit Abstand erfolgreichere, talentiertere und intelligentere von uns beiden bin. Von meinem besseren Aussehen ganz zu schweigen.«

Reggie verdreht die Augen. »Wir sind eineiige Zwillinge. Wo siehst du denn besser aus?«

»Meine Augen sind schöner«, verkündet Roman schulterzuckend.

»Sagt wer?«

»Mum.«

»Könnte mir BITTE jemand eine Serviette geben?«, übertöne ich Daisys Bellen und versuche, mir den Kartoffelbrei mit den Händen abzuwischen. Damit mache ich aber alles nur noch schlimmer, verschmiere den Brei im ganzen Gesicht und verklebe mir die Wimpern.

»Mum«, ignoriert mich Reggie einfach, »hast du Roman wirklich gesagt, er hätte schönere Augen als ich?«

»Was ist, mein Schatz?«, fragt Mum vom Kopfende des Tisches und blickt verwirrt von dem Manuskript auf ihrem Schoß auf. »Ja, du kannst gern noch mehr Kartoffelbrei haben. Bedien dich einfach. Daisy, könntest du bitte aufhören zu bellen, meine Süße?«

»Das war nicht meine Frage, Mum!« Reggie lacht und schüttelt den Kopf, als Daisy noch lauter zu bellen beginnt. »Findest du, dass Roman schönere Augen hat als ich?«

»Ihr habt beide wunderschöne Augen«, versichert ihm Mum und wendet ihre Aufmerksamkeit wieder dem Manuskript zu. »Wie alle meine Kinder. Die habt ihr von mir.«

»Serviette! Bitte! Ich habe Kartoffelbrei im Auge!«, rufe ich verzweifelt.

»Gar nicht wahr, Mum. Jeroame hat total komische Glupschaugen«, stichelt Roman und zieht seinen Löffel nach hinten, bereit, die nächste Ladung Kartoffelbrei über den Tisch zu katapultieren.

»Ich besitze die Augen eines griechischen Gottes«, erwidert Jeroame würdevoll und tippt weiter auf dem Handy herum. »Das ist übrigens das wortwörtliche Zitat von einem Modelagenten, der mich mal in der Fußgängerzone angesprochen hat.«

Reggie schnaubt. »Na klar.«

»Mum, mache ich nicht alle crazy mit meinem Modellook?«, fragt Jeroame und grinst verschmitzt.

»Ja, Schatz, Daisy ist ein Knuddelhund«, antwortet Mum geistesabwesend.

»KANN MIR BITTE ENDLICH JEMAND EINE SERVIETTE GEBEN?«, brülle ich und haue mit der Hand auf den Tisch.

»Ist ja schon gut, beruhig dich«, sagt John und wirft das Päckchen Servietten über den Tisch. »Du hättest nur danach fragen brauchen.«

»Ja, da muss man wirklich nicht so herumbrüllen, Daisy. Äh, Ruby, meinte ich. Entschuldige, ich verwechsle euch immer«, murmelt Mum und kritzelt mit konzentriert gerunzelter Stirn etwas an den Rand des Manuskripts.

»Aber, Mum!«, protestiere ich verzweifelt und wische mir den Kartoffelbrei aus den Augen. »Ich habe total oft darum gebeten, und niemand hat mir zugehört! Das hat mich echt …«

PLATSCH!

»Ups.« Roman kichert, während ein weiterer Klecks Kartoffelbrei meine Wange hinunterrutscht.

Daisy bellt verzückt und springt so heftig an mir hoch, dass sie mich fast vom Stuhl wirft.

»Irgendjemand müsste mal dringend diesen Hund erziehen«, merkt John an und blättert eine Seite in seinem Buch um.

»Damit ist es offiziell«, verkündet Reggie kopfschüttelnd. »Roman, du bist der schlechteste Werfer aller Zeiten.«

»Und was war damals, als du den Ball in den See geworfen hast, Reggie?«, fragt Jeroame.

»Das war nicht meine Schuld!«, verteidigt sich Reggie.

Ich greife nach einer weiteren Serviette und quittiere das Chaos um mich herum mit einem langgezogenen Seufzen.

So geht es bei uns jeden Tag zu.

Als jüngstes von sechs Kindern bin ich den ständigen Lärm von klein auf gewöhnt. Beim Abendessen ist es am schlimmsten. Meine Brüder sind zum Glück absolute Morgenmuffel, weshalb das Frühstück deutlich angenehmer verläuft. Aber abends, wenn wir alle von der Schule zurück sind, fühle ich mich manchmal an eine David-Attenborough-Doku über einen Erdmännchenclan erinnert, den ich mal gesehen habe.

Der meiste Lärm geht normalerweise von Roman und Reggie aus, die eineiige Zwillinge und siebzehn Jahre alt sind. Beide sind extrovertiert, energiegeladen und echte Sportskanonen. Ständig wetteifern sie darum, Kapitän irgendeines Teams zu werden, und mit ihren verschiedenen Mannschaften haben sie bisher genau gleich viele Pokale mit nach Hause gebracht. Weil sie sich gegenseitig leidenschaftlich gern aufziehen, verbringen sie viel Zeit damit, dem jeweils anderen Streiche zu spielen oder ihn zu Dummheiten herauszufordern, die regelmäßig in einer Katastrophe enden. So wie gestern, als Reggie

Roman dazu brachte, in einem Wäschekorb die Treppe hinunterzurutschen.

Bei der Aktion ging nicht nur der Korb kaputt, nein, Roman schaffte es außerdem, mit dem Fuß im Treppengeländer stecken zu bleiben. Daraufhin warf Reggie den Kopf zurück, um in lautes Gelächter auszubrechen, und stieß dabei versehentlich eine Lampe um, deren Scherben überall herumflogen.

Jeroame lachte nicht. Er stürmte aus seinem Zimmer und brüllte die beiden an, warum sie so laut seien, dass er seinen Chef am Telefon nicht verstehen könne. Jeroame ist neunzehn, mit der Schule fertig und macht gerade ein Praktikumsjahr an einer Forschungseinrichtung, bevor er in Oxford Chemie studiert. Freitagabends sucht er oft irgendeine Dokumentation im Fernsehen aus, die wir uns dann zusammen ansehen. Irgendwie schafft er es, sich jedes kleine Detail zu merken, das er einmal gehört hat. Ich finde es schön, dass er noch eine Weile zu Hause wohnt, vor allem jetzt, da Isabella weg ist.

Isabella ist die Älteste von uns. Sie ist einundzwanzig und studiert Medizin, tritt also in Dads Fußstapfen. Er ist Chirurg. Ich vermisse Isabella sehr, weil es schön war, ein zweites Mädchen im Haus zu haben. Sie hat die Jungs regelmäßig ausgeschimpft, wenn sie wieder einmal ihre stinkenden Socken herumliegen ließen, und meistens haben sie sogar auf sie gehört. Auf mich hört keiner, außer vielleicht manchmal John.

John ist altersmäßig am nächsten an mir dran, mit seinen fünfzehn Jahren ist er nur zwei Jahre älter. Als Zweitjüngster weiß auch er, wie man sich am Ende der Nahrungskette fühlt. Ihm scheint es allerdings nicht so viel auszumachen, ignoriert zu werden, er zieht einfach sein Ding durch und ist damit zufrieden. John ist ein Bücherwurm und eher ruhig, das hat er von Mum. Genau wie sie lebt er in seiner eigenen Welt. Letztes Jahr hat er mit einer seiner Geschichten einen Schreibwettbewerb der BBC gewonnen und war deswegen sogar im Fernsehen. Er will auch Lektor werden und hat bereits Mums Angewohnheit übernommen, auf Schritt und Tritt ein Buch mit sich herumzuschleppen, sogar am Abendbrottisch. Die beiden haben sogar die gleichen Gesten und Ticks. Echt unheimlich.

Tja, das ist sie also, meine große, durchgeknallte Familie voller Erfolgsmenschen: Dad, der Chirurg; Mum, die renommierte Lektorin und Herausgeberin; Isabella, die zukünftige Ärztin; Jeroame, das Chemie-Wunderkind; Roman und Reggie, die Sportasse; John, das Literaturgenie und schließlich … na ja … ich.

Ich bin eigentlich gar nichts. Weder die Beste in irgendeinem Schulfach noch besonders gut in Sport. Und ich habe keine Ahnung, was ich später mal werden möchte.

Irgendwie scheine ich in *gar nichts* herausragend zu sein.

»Ruby, alles in Ordnung, Schatz?«, fragt Mum plötzlich und lächelt mich quer über den Tisch liebevoll an, während Roman und Reggie sich um die letzte Portion Gemüseauflauf streiten. »Du wirkst mal wieder völlig abwesend.«

»Wann hängt Ruby *nicht* ihren Tagträumen nach?«, fragt Dad von der Tür und kommt herüber, um mich zu umarmen und auf den Kopf zu küssen. Ich lächle. »Und warum ist der ganze Tisch voll mit Kartoffelbrei? Sogar auf Daisys Nase ist ein Klecks gelandet.«

Wir sehen lachend zu, wie Daisy sich im Kreis dreht und verzweifelt versucht, den Kartoffelbrei abzuschütteln, bis sie ihn schließlich vom Boden frisst.

»Wie war die OP?«, fragt Mum und steht auf, um Dad zu begrüßen.

»Lief gut. Die Patientin wird wieder völlig gesund.« Er lächelt und bemerkt dann das Manuskript in ihren Händen. »Ein zukünftiger Bestseller, nehme ich an?«

»Natürlich«, antwortet sie grinsend und gibt ihm einen Kuss.

Wir Kinder stöhnen im Chor, und Roman wirft aus Protest eine Karotte nach den beiden. Meine Eltern sind ekelhaft glücklich miteinander.

»Also …« Mum löst sich von Dad und klatscht in die Hände. »Wer ist mit dem Tischabräumen dran?«

»Ruby!«, antwortet Reggie und springt vom Stuhl auf.

»Ja, eindeutig Ruby«, pflichtet ihm Jeroame bei und folgt seinem Beispiel.

»Was? Stimmt doch gar nicht!«, protestiere ich und bleibe sitzen, während alle anderen aufstehen und geräuschvoll ihre Stühle unter den Tisch schieben, wodurch mein Protest ungehört untergeht. »Ich hab doch erst gestern abgeräumt! Außerdem muss ich mir dringend das Gesicht waschen.«

»Netter Versuch, Schwesterchen.« Roman lacht und wuschelt mir durch die Haare. »Ich kann mich nicht erinnern, wann du das letzte Mal *irgendeine* Aufgabe im Haushalt gemacht hast. Jungs, die Fernbedienung gehört mir!«

»Ja, ja, die Nesthäkchen werden immer verwöhnt«, sagt Jeroame mit einem frechen Grinsen. »Wird Zeit, dass du dich auch mal ein bisschen beteiligst, Rubes. Keine Chance, Roman, wir schauen die Wissenschaftsdoku, die in fünf Minuten anfängt.«

»Von wegen, es läuft doch Fußball!« Reggie kichert.

»Das ist VOLL ungerecht!«, ärgere ich mich. »Mum! Dad! Tut was dagegen!«

»Ja«, beginnt Dad und schenkt sich ein Glas Wasser ein. »Jeder von euch Kindern sollte …«

Noch bevor er seinen Satz beenden kann, verschwinden alle lachend und lärmend aus der Küche. Wir hören, wie der Fernseher angeht und laut gestellt wird und ein Streit über die Fernbedienung losbricht, während John die Treppe hinauf in sein Zimmer stapft.

Ich bleibe allein am Tisch zurück.

»Diese Kerle! Keine Sorge, Ruby, ich helfe dir.« Mum schüttelt lachend den Kopf.

»Ich auch«, sagt Dad. »Zusammen schaffen wir das im Handumdrehen, und ich verspreche dir, dass morgen jemand anders dran ist.«

»Das hast du gestern auch schon gesagt«, erwidere ich missmutig, stehe auf und fange an, die Teller zu stapeln.

»Ruby?«, sagt Dad vorsichtig.

»Ja?«

»Na ja …« Er hält zögernd inne. »Wusstest du, dass du Kartoffelbrei an der linken Augenbraue hast?«

Nachdem ich endlich den Tisch abgeräumt und die Geschirrspülmaschine bestückt habe, gehe ich nach oben in mein

Zimmer, gefolgt von Daisy, die treu hinter mir her trottet. Sie springt sofort auf mein Bett und macht es sich auf meiner Bettdecke bequem. Ich lasse mich neben sie plumpsen und starre auf die Poster an den Wänden. Auf allen ist dieselbe Person zu sehen. Die berühmteste Person auf diesem Planeten, mein absoluter Lieblingspopstar.

Naomi Starr.

Naomi Starr ist die BESTE Sängerin und Tänzerin aller Zeiten und *mega*-berühmt, obwohl sie erst dreizehn ist. Ich bin Naomis allergrößter Fan und habe mir ihre Alben bestimmt eine Million Mal angehört. Wenn ich mal einen schlechten Tag habe, muntern mich ihre Songs immer wieder auf. Dann ziehe ich mich in mein Zimmer zurück und höre ihre Musik oder sehe mir ihre Videos an und bin endlich ganz für mich allein, ohne meine verrückte, anstrengende Familie.

Ich kenne jede einzelne Textzeile und jede auch noch so kleine Tanzbewegung von sämtlichen Naomi-Starr-Songs, weil ich meine gesamte Freizeit damit verbringe, die Choreographien ihrer Videos mitzutanzen und dazu zu singen. Natürlich perfekt synchron mit Naomi und ihren Tänzerinnen.

Das werde ich allerdings nie jemandem verraten. NIEMALS. Keiner aus meinem Umfeld ahnt auch nur im Entferntesten, dass ich singen kann. Oder tanzen. Bis auf meine beste Freundin Beth, aber die musste mir hoch und heilig versprechen, mein Geheimnis für sich zu behalten. Es ist schließlich nur ein albernes Hobby, Tagträumereien, sonst nichts. Das habe ich schon hundertmal zu Beth gesagt, wenn sie mich mal wieder drängt, für den alljährlichen Talentwettbewerb unserer

Schule vorzusingen. Ich wäre niemals gut genug, um auf einer echten Bühne zu stehen.

Aber manchmal macht es Spaß, so zu tun, als ob.

Ich lasse Daisy weiter auf der Bettdecke schlummern und lehne mein Handy gegen einen Stapel Schulbücher auf meinem unaufgeräumten Schreibtisch. Nachdem ich das Musikvideo zu Naomis neuer Single aufgerufen habe, beziehe ich Position in der Mitte meines Zimmers und freue mich schon, ein paar neue Tanzschritte zu lernen.

Naomi erscheint auf dem Display. Ihre Haare sind unglaublich cool gestylt, und sie stolziert mit funkelnden Augen und einem Mega-Outfit auf die Kamera zu, bevor sie, begleitet von ihren Backgroundtänzerinnen, zu tanzen beginnt. Ich starre wie gelähmt aufs Handy, verfolge die Choreographie, die wie immer absolut genial ist. Dann starte ich das Video erneut, um die ersten Schritte zu lernen. Ich gehe wieder rückwärts Richtung Zimmermitte und erhasche dabei einen Blick auf mich selbst im Spiegel. Ich trage noch meine schlecht sitzende Schuluniform, habe mir heute Morgen die Haare nicht gekämmt und entdecke einen Rest Kartoffelbrei an einer Augenbraue. Mein Blick wandert zurück zu Naomi auf dem Display, und ich seufze. Wir sind Welten voneinander entfernt.

Für einen kurzen Moment schließe ich die Augen und stelle mir vor, wie es wäre, Naomi Starr zu sein.

Ihr Leben ist bestimmt perfekt.

KAPITEL ZWEI

NAOMI

Mein Leben ist eine **KATASTROPHE**.

Das habe ich jetzt schon ungefähr achtmal laut gesagt, aber keiner hört mir zu. Alle sind viel zu sehr damit beschäftigt, im Wohnzimmer unserer Stadtvilla in Chelsea auf und ab zu gehen, Anweisungen in ihre Handys zu blaffen und jede Idee, die ich beisteuern könnte, um die Sache wieder geradezubiegen, geflissentlich zu ignorieren.

»Hier ist Ihr frisch gepresster Saft, Miss Starr«, verkündet mein persönlicher Assistent und schlängelt sich zu dem Sofa durch, auf dem ich liege. Auf einem silbernen Tablett balanciert er ein Glas mit grünem Saft. »Der Koch hat ihn genau nach Ihren Anweisungen zubereitet.«

Ich nehme das Glas entgegen, trinke einen Schluck und verziehe angewidert das Gesicht, um es anschließend mit einem lauten Knall zurück auf das lächerlich winzige Tablett zu stellen.

»IGITT!« Hastig schnappe ich mir eine Flasche Mineralwasser vom Tisch und leere sie in einem Zug, um den ekelhaften

Geschmack loszuwerden. »**Widerlich!** Simon, das schmeckt wie … ach, ich weiß auch nicht. Wie irgendwas richtig Ekliges!«

»Ähm … also … äh … ich heiße Sam.«

»Was ist da überhaupt DRIN?« Ich starre entrüstet auf die grüne Flüssigkeit im Saftglas.

»Sämtliche Zutaten, die Sie aufgelistet hatten, sowie …«

»Simon, probieren Sie das bitte und sagen Sie mir, was Sie denken«, fordere ich ihn auf und weise mit dem Kinn auf das Glas. »Ernsthaft, trinken Sie einen Schluck. Ich brauche jemanden, der mir bestätigt, wie eklig dieser Saft ist.«

Er greift nervös nach dem Saft, trinkt einen winzigen Schluck, verzieht das Gesicht und stellt ihn zurück. Nickend bekundet er mir seine Zustimmung. »Ja. Das schmeckt wie … Entengrütze.«

»Entengrütze! Das ist es! Versucht mein Koch etwa, mich zu vergiften?! Bäh!! Könnten Sie das bitte wieder mitnehmen und mir einen Saft besorgen, der nicht nach Entengrütze schmeckt? Aber es müssen trotzdem alle Zutaten drin sein, die ich vorhin genannt habe. Ich habe nämlich gelesen, dass sie super für die Haut sind. Danke.«

Er hastet davon, und ich sehe Mum dabei zu, wie sie auf meinem weißen Teppich Runde um Runde dreht, zusammen mit dem Rest meiner engsten Mitarbeiter. Mit gestresstem Gesichtsausdruck spricht sie in ihr Handy.

Ich habe sämtliche Anwesenden dazu genötigt, sich die Schuhe auszuziehen, um meinen makellosen Teppich vor diesem endlosen Auf- und Abmarschieren zu schützen, woraufhin Simon eine große Dose Raumspray bringen musste, damit uns der Schweißgeruch der vielen schuhlosen Füße nicht allzu sehr belästigt.

»Es dürfen keine Lilien in dem Strauß sein. Keine Lilien!«, instruiert Mum streng und fährt sich mit einer Hand durch ihre Locken. »Marina Blair *hasst* Lilien. Und sorgen Sie bitte dafür, dass es der größte Strauß wird, den Sie je gebunden haben. Das meine ich ernst, John. Er muss *groß* werden.« Sie verstummt, weil nun offenbar John etwas erwidert. Ihr Blick schießt zu mir. »Was passiert ist, können Sie der Presse entnehmen. Bitte veranlassen Sie, dass der Strauß seiner Empfängerin zugestellt wird, und zwar umgehend. Danke, John, wie immer.«

Sie beendet das Gespräch und kommt zu mir herüber, um sich mit verschränkten Armen vor mir aufzubauen. Ich tue so, als hätte ich nicht gemerkt, dass sie da ist, und scrolle weiter entspannt durch mein Handy.

»John kümmert sich um die Blumen«, verkündet sie stirnrunzelnd. »Hoffentlich wird das die Wogen ein wenig glätten. Er ist der beste Florist von ganz London.«

»Was auch immer. Der Koch hat gerade versucht, mich umzubringen, indem er mir Entengrütze serviert hat!«

Sie zieht die Augenbrauen hoch. »Meinst du den Saft, den du bei ihm bestellt hast? Naomi, er hat Stunden damit zugebracht, all diese eigenartigen, seltenen Zutaten aufzuspüren, die deiner Ansicht nach *unbedingt* drin sein müssen!«

»Aber Simon kann es bestätigen. Es war wirklich Entengrütze.«

»Wer ist Simon?«

»Mein Assistent.«

»Dein Assistent heißt Sam.«

»Meinst du, ich brauche einen neuen Koch?«

»Nein, Naomi.« Mum seufzt und reibt sich die Stirn. »Dein Koch ist vollkommen in Ordnung. Du hast dieses Jahr schon zweimal den Koch gewechselt.«

»Kann sein, aber irgendwie wäre es schon ganz nett, einen Koch zu haben, der nicht versucht, mich mit als Saft getarnter Entengrütze zu vergiften.«

»Naomi, können wir uns jetzt bitte auf das konzentrieren, was heute passiert ist? Hast du auch nur irgendeine Ahnung, was für ein Chaos du angerichtet hast?«

Ich zucke mit den Schultern.

»Schau dich bitte mal um«, fordert mich Mum auf und zeigt Richtung Teppich. »All diese Leute arbeiten hart daran, dass die Sache nicht noch mehr ausufert als ohnehin schon. Weißt du, was passieren wird, sobald die Paparazzibilder in der Presse auftauchen? Wir müssen alles daransetzen, den Schaden, so gut es geht, zu begrenzen.«

Sie seufzt erneut und sagt dann mit etwas sanfterer Stimme: »Du musst anfangen, dich ein wenig verantwortungsvoller zu benehmen. Glaub mir, ich weiß, wie schwer es ist, ständig im Rampenlicht zu stehen, aber du musst es wenigstens versuchen!«

Mum ist nicht nur meine Managerin, sondern war selbst früher mal ein berühmter Popstar. Deshalb lässt sie immer wieder Kommentare wie diesen los. Angeblich versteht sie mich »voll und ganz« und »weiß genau«, wie es ist, Naomi Starr zu sein.

Aber sie weiß gar nichts. Niemand versteht mich. Niemand weiß, wie es ist, Naomi Starr zu sein.

»Dir ist schon klar, dass es ein Unfall war, oder, Mum?«, verteidige ich mich. »Wenn das jemand anderem passiert wäre, wäre es überhaupt kein großes Ding gewesen. Nur weil *ich* es war, gibt es wieder ein Riesentheater! Andere Mädchen in meinem Alter müssen sich nie um so etwas Gedanken machen. Ich dagegen begehe *einen* kleinen Fehler, und schon …«

»Andere Mädchen in deinem Alter bringen keine Nummer-Eins-Alben heraus, gehen nicht weltweit auf Tour und haben nicht Zehntausende Fans, die zu ihnen aufblicken und sich an ihnen ein Beispiel nehmen«, erwidert Mum und schüttelt den Kopf. »Du musst wirklich langsam anfangen, deiner Vorbildfunktion gerecht zu werden.«

»Können wir vielleicht später weiterreden? Ich bekomme langsam Migräne, weil mir alle ständig vorschreiben, was ich zu tun habe.«

»Äh, Miss Starr?« Mein Assistent erscheint mit einem Tablett, auf dem diesmal drei verschiedene Saftgläser stehen. »Ihr Koch hat den Saft in unterschiedlichen Mischverhältnissen zubereitet, damit Sie selbst entscheiden können, wie er Ihnen am besten schmeckt. Er entschuldigt sich vielmals für … äh … die Entengrützenvariante.«

Mum verdreht ungeduldig die Augen, während ich seelenruhig an allen drei Gläsern nippe und den Saft im Mund herumschwenke, als würde ich an einer Weinverkostung teilnehmen. Wenn ich ehrlich bin, schmecken alle drei Mischungen genau gleich, aber nachdem ich so einen Aufstand gemacht habe, muss ich die Sache auch durchziehen. Nicht, dass mein Assistent und mein Koch das Gefühl haben, sie hätten ihre Zeit vergeudet.

»Der hier ist gut, vielen Dank«, erkläre ich schließlich und entscheide mich für das Saftglas, das mir am nächsten steht. »Sie können heute bitte sämtliche Blumen in diesem Raum auswechseln.« Ich zeige auf die großen Vasen mit hübsch arrangierten farbenfrohen Blumen, die überall im Wohnzimmer stehen. »Am liebsten wären mir weiße Rosen. Die wirken beruhigender, denke ich.«

»Ganz bestimmt«, gibt er mir mit einem energischen Nicken recht. »Ich werde mich sofort darum kümmern.«

»Danke, Simon.«

»Er heißt *Sam*«, verbessert mich Mum, während mein Assistent davoneilt.

»Ms. und Miss Starr?« Eine meiner Pressesprecherinnen kommt herübergetrippelt. Sie sieht erschöpft aus und hält uns ihr Handy hin. »Sie hatten mich gebeten, Sie auf dem Laufenden zu halten. Ich fürchte, der Vorfall hat die Runde gemacht. Die sozialen Medien sind voll davon.«

Mum wirft einen Blick auf das Handydisplay, holt tief Luft und klatscht dann laut in die Hände.

Alle im Raum hören sofort mit dem auf, was sie gerade tun, und drehen sich zu ihr um – wie eine Armee, die Anweisungen ihres Generals erwartet.

»Also, die Geschichte ist draußen. Das heißt, bald bricht endgültig der Wahnsinn über uns herein. Jennifer, rufen Sie sofort jede Frühstückssendung im britischen Fernsehen an und platzieren Sie Naomi in der ersten Sendung, die morgen früh läuft, damit sie ihre Seite der Geschichte erzählen kann. Max, setzen Sie sich bitte mit Ihren Kontaktleuten der großen Zeitungen in Verbindung und bieten Sie ihnen Interviews mit Naomi an. Sie wird in etwa einer halben Stunde für die Journalisten zur Verfügung stehen, jeder von ihnen bekommt acht Minuten. Mehr geht nicht, weil Naomi später noch eine Probe für ihr Konzert hier in London hat. Helen, könnten Sie bitte sofort das Haare- und Make-up-Team herholen und die Stylistin auch, wir brauchen für jedes Interview ein anderes Outfit. Stellen Sie klar, dass es heute um einen seriösen, eleganten Look geht, nichts zu Glamouröses. Ach ja, könnte jemand Sam sagen, dass wir die weißen Rosen, die Naomi bestellt hat, nun doch nicht brauchen? Wenn Journalisten zu uns ins Haus kommen, machen bunte Blumen einen bodenständigeren Eindruck.«

Sie hält kurz inne, um durchzuatmen, und fährt dann fort: »Mia, könnten Sie eine Kinderfilmpremiere ausfindig machen, die Naomi nach ihrer Probe heute Abend besuchen kann? Wir benötigen sofort ein familienfreundlicheres Image, das ist wichtig. Und Oliver: Wir haben morgen zwischen der Frühstückssendung und unserem Treffen mit dem Plattenlabel noch ein bisschen Zeit, die wir optimal nutzen sollten. Könnten wir Naomi da nicht in einer Radiosendung unterbringen? Schauen Sie, was Sie mir beschaffen können. Außerdem möchte ich bitte GENAUESTENS erfahren, was Marina Blair über den heutigen Vorfall zu sagen hat. Wir müssen allen anderen Beteiligten fünf Schritte voraus sein. Gut, das sollte fürs Erste reichen. Hat irgendjemand noch Fragen?«

Ich hebe die Hand. Sie sieht mich müde an.

»Ja, Naomi?«

»Na ja, ich wollte fragen, wann ich in diesem ganzen Imageverbesserungsmarathon einen Moment zum Durchatmen bekomme? Irgendwie fühlt es sich so an, als hättest du dich mit meinem Koch verbündet, um mich möglichst effektiv um die Ecke zu bringen.«

»Also gut, alle Mann an die Arbeit!«, fordert Mum zunächst das Team auf, bevor sie sich zu mir umdreht, um meine Frage zu beantworten. »Diese ganzen Leute hier versuchen, dich zu beschützen, Naomi. Sie arbeiten hart, und zwar für *dich*. Du hast großes Glück.«

Ich schnaube. »Na klar. Ich fühle mich auch *ultra* vom Glück gesegnet. Statt Sachen zu machen, auf die *ich* Lust habe, muss ich morgen früh um fünf in einer Live-Sendung sitzen und meine Verfehlungen rechtfertigen und mir heute Abend allein einen dämlichen Kinderfilm reinziehen.«

Sie ignoriert mich, schüttelt den Kopf und stolziert davon, um sich noch einmal mit dem Presseteam zu beraten, bevor es sich an die Arbeit macht. Ich senke den Blick aufs Handy und tippe meinen Namen in die Suchmaschine. Innerlich gewappnet, lese ich die oberste Schlagzeile.

CATWALK des GRAUENS!

Naomi Starr attackiert Models auf dem Catwalk und ruiniert wichtige Fashionshow!

DER BISHER DIVENHAFTESTE MOMENT DES POPSTARS.

Mir rutscht das Herz in die Hose. Das sind alles *LÜGEN*! Okay, vielleicht habe ich die Fashionshow tatsächlich ein bisschen gestört, aber es war ein UNFALL! Und ich habe definitiv keine Models ATTACKIERT!

Passiert ist Folgendes: Ich war völlig ERSCHÖPFT, weil ich gestern erst spätabends von einem Konzert in Paris zurückgeflogen kam und Mum mich heute Morgen für ein *Vogue*-Shooting zu einer völlig unmenschlichen Stunde aus dem Bett gezerrt hat. Ich hatte also nur ein paar Stunden geschlafen. Nach dem Shooting mussten wir direkt zu einem vornehmen Businesslunch mit der Chefin der Firma, die meine nächste Parfumkollektion auf den Markt bringt. Die Frau hatte übrigens die verrücktesten Augenbrauen, die ich je gesehen habe, so dass ich mich überhaupt nicht auf das konzentrieren konnte, was sie sagte.

Ich starrte einfach nur ihre Augenbrauen an. Die ganze Zeit.

Jedenfalls war ich so benommen und abgelenkt von ihren Augenbrauen, dass ich vergaß, etwas zu essen. Bevor ich mir auch nur einen Happen genehmigen konnte, wurde ich schon wieder aus dem Restaurant geschleift, und zwar zu einer

Pressekonferenz für einen Film, in dem ich einen Kurzauftritt habe. An die Dreharbeiten im letzten Jahr konnte ich mich gar nicht mehr erinnern, weshalb ich als Antwort auf die Fragen der Journalisten nur Sachen sagte wie: »Nun ja, da müssen Sie wohl warten, bis Sie den Film sehen.« Ich hatte keine Ahnung, worum es bei der Handlung ging, geschweige denn, was für eine Rolle ich darin spielte.

In diesem Moment beschloss ich, dass ich für heute genug hatte. Ich bat meinen Assistenten, bei meinem Lieblingsspa anzurufen und dafür zu sorgen, dass es am Nachmittag für die Öffentlichkeit gesperrt wurde, damit ich mich dort in Ruhe entspannen konnte.

Meine Mutter wurde stinksauer, als sie davon erfuhr. Ich müsse am Nachmittag zu Marina Blairs Fashionshow, es sei ein riesiger Affront, wenn ich dort nicht auftauchen würde.

»Du warst doch diejenige, die nur noch von dieser Show geredet hat und unbedingt in die Frontrow wollte!«, sagte Mum und sah mich vorwurfsvoll an. »Du hast ihr ja sogar schon angeboten, als Ehrengast zu erscheinen, ehe sie dich überhaupt einladen konnte!«

Ich ging also zu der Fashionshow, weil Mum mir ein schlechtes Gewissen eingeredet hatte, war jedoch so müde und erschöpft, dass man mich wirklich nicht für das verantwortlich machen kann, was dort passierte.

Es passierte nämlich, dass … ich einnickte.

Dabei muss ich schlecht geträumt haben, denn ich schreckte ruckartig aus dem Schlaf und brüllte los. Das Glas Wasser, das ich auf meinem Schoß in der Hand gehalten hatte, flog hoch in die Luft, und überall spritzte Wasser herum – auch auf den Catwalk, direkt vor ein Model, das gerade mit haushohen Stiletto-Absätzen angestöckelt kam …

Tja, die Sache nahm leider kein gutes Ende.

Das Model rutschte aus und landete auf dem Allerwertesten, woraufhin das Model, das in die Gegenrichtung unterwegs war, über ihr Bein stolperte und ebenfalls auf den Hintern fiel. Als die dahinter laufenden Models den beiden aufzuhelfen versuchten, kamen auch sie ins Schlittern – das Ganze war so eine Art Model-Massenkarambolage.

In diesem Moment tat ich das Schlimmste, was ich Mums Ansicht nach hätte tun können.

Ich lachte. Und zwar richtig laut.

Ehrlich: Ich weiß, wie blöd das rüberkam, aber ich konnte einfach nicht anders. Es wirkte wie eine Szene aus einer Sitcom, wie sie alle immer wieder versuchten aufzustehen, nur um dann mit ihren langen grazilen Gliedmaßen erneut auszurutschen wie Bambi auf einer Eisfläche! Es war so WITZIG!

Na ja, jedenfalls gab es während dieser Fashionshow strenge Regeln, unter anderem, dass die geladenen Gäste ihre Handys abgeben mussten, damit niemand frühzeitig etwas in den sozialen Medien postete. Keine Ahnung warum – vielleicht wollte sich Marina auf diese Weise besonders geheimnisvoll und avantgardistisch geben oder so. Mum und ich hegten dadurch zunächst die Hoffnung, dass von der Geschichte MÖGLICHERWEISE nichts durchsickern würde.

Aber offensichtlich hat irgendjemand gegen Marinas Handyverbot verstoßen, denn im Internet wimmelt es von Fotos von mir, wie ich Marina Blairs Fashionshow ruiniere und dann auch noch darüber *lache.*

Uups.

»Gute Neuigkeiten!«, verkündet jemand vom anderen Ende des Wohnzimmers. »Ich konnte für Naomi Premierentickets für heute Abend ergattern. Der Film heißt **QUAKEDIQUAK, GUTEN TAG!** und handelt von einem Entenküken, das lieber ein Hahn sein möchte. Es wird darum gebeten, dass die Premierengäste sich als Enten oder Hähne verkleiden.«

»Das ist ja WUNDERBAR!«, sagt Mum erfreut und streckt einen Daumen hoch. »Genau das Richtige für ein bodenständiges, familienfreundliches Image. Siehst du, Naomi, alles wird wieder gut. Du hast wirklich Glück! Kann bitte jemand ein Enten- oder Hahnenkostüm für Naomi auftreiben? Wir brauchen es so schnell wie möglich!«

Ich plumpse zurück aufs Sofa, vergrabe das Gesicht in meinen Designerkissen und wünsche mir, ich könnte vollständig darin versinken.

Ernsthaft: Niemand kann auch nur ansatzweise nachvollziehen, wie es ist, Naomi Starr zu sein.

KAPITEL DREI

RUBY

»Sorry! Hab dich nicht gesehen!«

Ich kämpfe mit dem Gleichgewicht und taumele gegen die Wand, nachdem Noah, einer der beliebtesten Jungen der Schule, mich von hinten angerempelt hat. Natürlich fallen mir dabei sämtliche Bücher aus den Händen.

Er ruft seine Entschuldigung lässig über die Schulter, ohne auch nur etwas langsamer zu werden, er klingt also nicht besonders aufrichtig. Ich reibe mir den Arm, mit dem ich gegen die Wand gestoßen bin, und knie mich hin, um meine Bücher vom Boden aufzusammeln. Einige Schüler trampeln auf dem Weg in die Klassenzimmer einfach achtlos drüber.

»Beachtet mich einfach gar nicht«, murmele ich verärgert vor mich hin und stapele die Bücher auf meinem Arm. »Schließlich bin ich unsichtbar.«

»Lass mich raten«, höre ich plötzlich über mir eine Stimme. »Du bist wieder über deine eigenen Füße gestolpert.«

Ich lächle, als ich Beths Stimme erkenne, und greife nach ihrer ausgestreckten Hand. Während sie mir beim Aufstehen hilft, umklammere ich mit dem anderen Arm meine jetzt ziemlich zerschrammten Bücher.

»Nein, diesmal nicht. Noah hat mich angerempelt. Angeblich hat er mich nicht gesehen, obwohl ich in der Mitte vom Flur stand. Er hat sich noch nicht mal richtig …« Ich halte inne, als mir bewusst wird, wie sie aussieht. »Warte mal … deine Haare!«

»Ja?«

»Die sind ja rosa!«

»Gut beobachtet.«

»Oder vielmehr *pink!*«

»NEONPINK sogar.« Sie fährt sich stolz mit den Fingern durch die Haare. »Du kennst mich: Wenn ich was mache, dann richtig.«

»Also, *wenn* jemand mit neonpinken Haaren cool aussieht, dann du, Beth. Was hat dein Vater dazu gesagt?«

»Der ist begeistert«, antwortet sie und grinst vielsagend. »Genauso begeistert wie unser lieber Direktor. Er hat gedroht, dass ich wochenlang nachsitzen muss, wenn ich es nicht wieder überfärbe.« Sie schüttelt den Kopf. »Eine Frage, Ruby: Was hat meine Haarfarbe mit meiner schulischen Leistung zu tun?«

Ich lache, und wir machen uns zusammen auf den Weg in unser Klassenzimmer. Beth ist mein absoluter Lieblingsmensch. Wir sind schon beste Freundinnen, seit ich mit sechs Jahren in dieselbe Straße gezogen bin. Weil sie Einzelkind ist und bei ihrem Vater aufwächst, war sie sofort von meiner riesigen Familie begeistert.

Ich erinnere mich noch genau an ihr Gesicht, als sie und ihr Vater zum ersten Mal zu einer Tasse Tee vorbeikamen, um uns in der Nachbarschaft willkommen zu heißen. Die beiden waren in Mums Schlepptau durch die Haustür hereingekommen und hatten sich mitten im Chaos wiedergefunden. Wir waren gerade von einem Superheldenfilm im Kino nach Hause gekommen und rannten alle im Wohnzimmer wild durcheinander. Wir taten so, als wären auch wir Superhelden, die die Welt vor einem fiesen Bösewicht retten müssten, den Dad mit großer Begeisterung verkörperte.

»Ach, du liebe Güte«, hatte Tim, Beths Vater, gesagt und die Augen aufgerissen. »Was für eine große Familie!«

»Was haben Sie gesagt?«, fragte Mum, weil sie bei all dem Lärm nichts verstand.

Roman sprang mit lautem Gebrüll vom Sofa auf Dads Rücken, während Reggie und John auf Sesseln und Stühlen herumhüpften und schrien: »Ergib dich! Ergib dich!«

»**Niemals werde ich weichen!**«, grölte Dad. »**Die Welt wird mir gehören!**«

In diesem Moment ging der Rauchmelder los, und wir hörten, wie Jeroame aus der Küche »Verdammt!« rief, weil ihm irgendetwas im Ofen verbrannt war. Er schnappte sich einen Stuhl und stellte sich darauf, um mit einem Geschirrtuch unter dem Rauchmelder herumzuwedeln.

»HALLO! ICH TELEFONIERE GERADE!«, rief daraufhin Isabella die Treppe herunter, stapfte anschließend in ihr Zimmer zurück und knallte, so laut sie konnte, die Tür hinter sich zu.

»Was für eine große Familie, habe ich gesagt!«, wiederholte Tim brüllend.

Inzwischen war Beth hinter seinem Rücken hervorgekommen und hatte sich ins Wohnzimmer hineingewagt, um näher am Geschehen zu sein. Ich kauerte hinter dem Wohnzimmertisch, bereit, bei der nächstbesten Gelegenheit hervorzuspringen. Ich hatte mir aus einem von Jeroames riesigen Pullovern einen Superheldenumhang gebastelt. Als ich Beth dort stehen sah, wie sie uns staunend beobachtete, nahm ich den Pullover ab und hielt ihn ihr hin.

»Willst du mitspielen?«, fragte ich sie.

Sie nickte, band sich den Pullover um die Schultern und schrie: »**Niemals wird die Welt dir gehören!**« Dann raste sie auf Dad zu und warf sich wie eine Rugbyspielerin gegen seine Beine.

Seit diesem Tag sind wir beste Freundinnen, und sie verbringt so viel Zeit bei uns, dass sie fast schon zur Familie gehört. Ihr Vater ist ein vielbeschäftigter Anwalt, der super streng und spaßbefreit ist. Beth hingegen ist spontan und verrückt und verstößt vor allem deshalb gerne gegen Regeln, um zu zeigen, wie sinnlos sie sind.

Ich wünschte, ich hätte wenigstens halb so viel Selbstvertrauen wie sie. Beth hat vor gar nichts Angst.

»Und? Färbst du dir die Haare wieder zurück?«, frage ich, während sie stehen bleibt und das Schwarze Brett betrachtet. »Ich will nicht schon wieder wochenlang ohne dich auskommen müssen. Mit wem soll ich denn nach dem Unterricht abhängen, während du hier in der Schule herumsitzt?«

»Ich denke darüber nach«, versprach sie und drehte sich dann mit einem verschmitzten Lächeln zu mir um. »*Wenn* ich meine Haare zurückfärbe, dann nur dir zuliebe und nicht wegen dem, was mein Vater oder der Direktor sagen.«

»Warst du deshalb nicht im gleichen Bus wie sonst? Weil du dir heute Morgen noch die Haare gefärbt hast? Ich dachte, du hättest verschlafen.«

»Nein, ich war sogar früher in der Schule als sonst. Ich hab Dad gebeten, mich auf dem Weg zur Arbeit hier abzusetzen. Sorry, ich wollte dir eigentlich schreiben, damit du Bescheid weißt, hab's aber vergessen.«

»Du warst früher in der Schule? Warum?«

Sie zeigt auf eine Ankündigung am Schwarzen Brett. »Deshalb.«

»*Fotograf*innen für die Schulzeitung gesucht. Schick deine Bewerbung mitsamt einer Erklärung, warum du gern fotografierst, und zwei aktuellen Fotoarbeiten von dir an die untenstehende E-Mail-Adresse*«, lese ich laut vor und drehe mich dann wieder zu Beth um. »Du willst dich für die Schulzeitung bewerben?«

»Genau. Dad hat mir doch zum Geburtstag eine richtig coole Kamera geschenkt, und ich bin heute früher gekommen, um ein paar Fotos vom Schulgelände zu machen, solange noch niemand hier ist.«

»Wow! Echt genial. Hast du deine Bewerbung schon abgeschickt?«

»Nein, mach ich aber noch.« Sie zögert und zeigt dann auf eine weitere Bekanntmachung am Schwarzen Brett. »Apropos: Hast du das hier schon gesehen?«

Ich verdrehe genervt die Augen. »Ja, hab ich.«

»Und?«

»Und was?«

»Komm schon, Ruby!«, sagt sie strahlend. »Die Vorentscheidung ist nächsten Freitag, wir hätten also dieses Wochenende und die ganze nächste Woche, um etwas auf die Beine zu stellen. Hast du denn gar keine Lust, da mitzumachen?«

»Beim Talentwettbewerb? Nein, Beth, wirklich nicht.«

»Ich verstehe nicht, warum du nicht wenigstens darüber nachdenkst.« Sie seufzt. »Du könntest eine deiner tollen Choreographien tanzen und …«

»*Pssst!*« Ich sehe mich um. »Jemand könnte dich hören!«

»Und warum wäre das so schlimm?«

»Weil mich alle auslachen würden, darum«, antworte ich. »Der Gedanke, dass jemand wie ich beim Talentwettbewerb mitmacht, ist doch total lächerlich. Solche Veranstaltungen sind für Leute wie …«

»Entschuldigung!«

Ich zucke zusammen, als direkt hinter mir Ali Carltons Stimme ertönt. Sie schwebt mit einem Kugelschreiber in der Hand an uns vorbei und wirft dann so schwungvoll ihre langen roten Haare zurück, dass sie Beth im Gesicht treffen. Mit ausladenden Großbuchstaben trägt sie sich in die Liste für den Talentwettbewerb ein.

»O Gott, Ali, wie cool ist das denn!«, kreischt ihre beste Freundin Charlotte, die hinter ihr steht und aufgeregt in die Hände klatscht. »Das Finale gewinnst du HAUSHOCH, so wie jedes Jahr. Was willst du diesmal singen?«

»Ich glaube, ich performe drei Songs nacheinander«, antwortet Ali und klickert triumphierend mit dem Kugelschreiber. »Und zwar …«

»… eine Ballade, ein Lied aus einem Musical und zum Abschluss eine Dance-Nummer«, beendet Beth ihren Satz. »Vermute ich jetzt mal, nachdem das deine Auswahl für jeden einzelnen Talentwettbewerb der letzten Jahre war. Liege ich richtig?«

Ali starrt Beth finster an. »Ich habe noch nicht endgültig entschieden, was ich dieses Jahr singen will. Es wird auf jeden Fall anders als im letzten Jahr. Vielleicht performe ich diesmal vier Songs.«

»Hui.« Beth hebt eine Augenbraue. »Eine wahrhaft bahnbrechende Veränderung.«

»Kann dir doch egal sein, Beth. Du bist bloß neidisch, weil Ali die beste Sängerin der Schule ist«, bemerkt Charlotte schnippisch.

»Woher willst du das wissen?«, fragt Beth. »Hast du schon alle, die auf unsere Schule gehen, singen gehört? Echt jetzt? Du hast *jeden einzelnen Schüler* singen gehört und *jede einzelne Schülerin*?«

Charlotte sieht sie unsicher an. »Na ja … nein … aber ich …«

»Woher weißt du dann, dass Ali die Beste ist? Woher weißt du, dass nicht vielleicht jemand wie … ach, nehmen wir doch einfach *Ruby* viel besser singen könnte?«, hakt Beth gut gelaunt nach.

»Wer?«, fragt Ali verwirrt.

Beth weist mit dem Kinn auf mich, die beiden Mädchen drehen die Köpfe und nehmen überrascht zur Kenntnis, dass ich direkt neben ihnen stehe.

»Du hast sie noch nie singen gehört. Woher willst du also wissen, dass sie nicht besser ist als du, Ali?«, fährt Beth fort und genießt es sichtlich, die beiden zu ärgern.

Ich dagegen genieße die Situation **kein bisschen**. Ganz im Gegenteil: Ich nehme mir vor, Beth umzubringen, sobald Ali und Charlotte verschwunden sind. Ali guckt mich so vorwurfsvoll an, als wollte ich ihr ihre Talentwettbewerbskrone streitig machen.

»Das war nur ein rein hypothetisches Beispiel von Beth«, stammle ich mit Piepsstimme, denn Alis einschüchternder Blick verunsichert mich.

»Ich sage doch nur, dass du nicht einfach herumlaufen und behaupten kannst, Ali wäre die beste Sängerin der Schule, nur weil sie jedes Jahr für den Großteil des Wettbewerbs die Bühne besetzt«, stellt Beth klar.

»Ich besetze nicht die Bühne!«, schnaubt Ali entrüstet. »Mrs. Jennings hat mich *explizit* darum gebeten, drei Songs zu singen! Ist doch nicht mein Problem, wenn alle anderen so schlecht sind, dass sie nur einen Song draufhaben.« Sie sieht mich herausfordernd an. »Du kannst dich jederzeit zum Wettbewerb anmelden, Ruth. Kein Mensch hält dich davon ab.«

»Oh … äh … ich heiße Ruby. Und … naja … ich … äh … will gar nicht …«

»Aber ich warne dich, Ruth«, fährt Ali fort, ohne mein Gestotter zu beachten. »Das Auswahlverfahren für den Wettbewerb ist echt HART. Mrs. Jennings lässt nur die Allerbesten ins Finale.«

»Nein, ich will gar nicht … ich werde mich nicht anmelden. Es war nur …«

»Was hast du eigentlich mit deinen Haaren gemacht?«, fragt Ali an Beth gewandt und rümpft die Nase. »Warum sind sie so … pink?«

Beth zuckt mit den Schultern. »Ist mal was anderes, dachte ich.«

»Sieht voll bescheuert aus«, sagt Ali und lächelt höhnisch. »Vielleicht könnte das dein Talent für den Wettbewerb sein, Beth: möglichst bescheuert auszusehen.«

Äußerst zufrieden mit sich stolziert Ali den Flur entlang davon. Charlotte kichert und beeilt sich, zu ihr aufzuschließen. Beth wiederum wirkt alles andere als beschämt oder verärgert. Amüsiert grinsend blickt sie den beiden nach.

»Und genau deshalb musst du dich für den Wettbewerb anmelden, Ruby«, drängt sie. »Sonst müssen wir wieder wie jedes Jahr die endlos lange Ali-Show ertragen. Im Namen der ganzen Schule flehe ich dich an: Bitte mach mit und zeig allen, wie talentiert du bist! Ich habe dich doch oft genug gesehen. Du brauchst nur ein bisschen mehr Selbstvertrauen und musst lernen, an dich zu glauben. Du singst und tanzt einfach *genial!*«

»Netter Versuch, aber ich werde auf keinen Fall jemals beim Wettbewerb mitmachen. Trotzdem danke für das Kompliment«, antworte ich bestimmt. In diesem Moment schrillt die Klingel zum Unterricht. »Na komm, wir müssen los.«

»Eine Doppelstunde Mathe am frühen Morgen«, stöhnt Beth, während ich sie den Flur entlangziehe. »Das ist eindeutig Folter, vor allem an einem Freitag! Mr. Jones ruft immer mich auf, damit ich ihm irgendwelche Fragen beantworte, nie dich. Das ist ungerecht!«

»Was soll ich sagen?« Ich umklammere meine Bücher fester, weil ein entgegenkommender Schüler sich an mir vorbeidrängt und sie beinahe erneut zu Boden stößt. »Manchmal ist es ganz praktisch, unsichtbar zu sein.«

KAPITEL VIER

NAOMI

»Du kommst zu spät. Schon wieder.«

Ich quittiere Mums Tonfall mit einem theatralischen Stöhnen. »Ich bin GERADE erst durch die Tür gekommen«, sage ich und nehme schwungvoll meine Sonnenbrille ab. »Besteht vielleicht die klitzekleine Möglichkeit, dass du mir fünf Sekunden Zeit lässt, bevor du mir deine tägliche Standpauke hältst? Es ist Wochenende!«

»Ist das alles hier nur ein Witz für dich?« Sie macht eine ausschweifende Handbewegung durchs Tanzstudio, an dessen Rändern meine Tänzerinnen in Grüppchen herumsitzen. Martin, mein Choreograph, steht neben Mum und sieht genauso wütend aus wie sie. »Alle deine Tänzerinnen sind hier und warten auf dich, seit zwei Stunden! Du verschwendest ihre Zeit! Verstehst du nicht, wie unhöflich das ist?«

»Ich hab dir doch geschrieben, dass ich ein bisschen später komme«, verteidige ich mich. »Außerdem kann ich überhaupt nichts dafür. Ich hab den Wecker nicht gehört, weil ich total erschöpft war von gestern und …«

»Genau das hatte ich vorhergesehen«, unterbricht mich Mum und verschränkt die Arme. »Deshalb habe ich dich ja auch geweckt und gewartet, bis du aufgestanden bist. Diese Ausrede gilt also nicht.«

»Ich war doch noch gar nicht fertig!«, erwidere ich entrüstet und gebe meine Tasche Simon, der hinter mir steht und sich angesichts unserer Konfrontation sehr unwohl zu fühlen scheint. Dabei müsste er mittlerweile daran gewöhnt sein. »Wie gesagt: Ich bin ein bisschen spät dran, weil ich ERSCHÖPFT war von den zehntausend Veranstaltungen, zu denen ich gestern musste, und natürlich von der anschließenden Probe. Deshalb hat es ein klein wenig länger gedauert, bis ich fertig war. Und dann ist der Wagen auch noch zu spät …«

»Netter Versuch, aber ich habe Kelly gesehen, als ich aus dem Haus ging, um hier im Studio alles vorzubereiten. Sie war um Punkt acht bei uns, wie bestellt.«

»Schon wieder lässt du mich nicht ausreden! Ich wollte sagen, dass der Wagen zu spät *losgefahren* ist, nicht, dass er zu spät bei uns war. Echt, Mum, du könntest wirklich mal ein bisschen besser zuhören.«

Kurz fürchte ich, dass ich zu weit gegangen bin, denn sie beißt mit weit aufgerissenen Augen die Zähne zusammen, und die Ader auf ihrer Stirn tritt ZIEMLICH weit hervor. Doch dann schließt sie die Augen, holt tief Luft und fordert mich mit halb erstickter Stimme, die sich überhaupt nicht nach ihr anhört, auf: »Erzähl weiter.«

»Danke«, sage ich zuckersüß. »Der Wagen fuhr also zu spät von zu Hause los, weil da plötzlich diese Katze kam und sich mitten in die Einfahrt setzte. Sie wollte *partout* nicht verschwinden, stimmt's, Simon?«

»Äh … ja … so war es tatsächlich«, krächzt er.

»Vielen Dank für die Bestätigung, *Sam*«, sagt Mum und betont dabei seinen richtigen Namen.

Ups. Zu meiner Verteidigung muss ich betonen, dass er wirklich viel mehr wie ein Simon aussieht als wie ein Sam.

»Sorry, Sam«, sage ich über die Schulter und wende mich dann wieder Mum zu. »Wir haben versucht, die Katze hochzunehmen und aus dem Weg zu tragen, aber sie hat gefaucht und wollte uns kratzen. Richtig sauer ist sie geworden. Simon … äh … Sam musste erst ein Stück Lachs vom Koch holen und sie damit weglocken. Nachdem wir dann endlich losgefahren sind, bat ich Kelly, irgendwo anzuhalten und mir einen Kaffee zu holen, aber sie hatte vergessen, dass ich dieses Café bei uns um die Ecke nicht ausstehen kann, und da ich im Auto vor mich hindöste, merkte ich es erst, als sie den Kaffee schon GEHOLT hatte. **BÄH**, war der ekelhaft und viel zu heiß noch dazu. Beim letzten Mal habe ich mir die Zunge verbrannt, erinnerst du dich?«

Mum macht einen Schmollmund. Ich werte es als Zustimmung und rede weiter.

»Na ja, jedenfalls musste ich Kelly sagen, dass sie diese Brühe wegschütten sollte. Und dann fiel mir ein, wie lecker der Kaffee in diesem Café im Harrods ist, also bat ich Kelly, dorthin zu fahren, und danach sind wir direkt hierhergekommen. Es war nur ein ganz kleiner Umweg.«

»Und warum kommst du dann SO SPÄT?!«

»Weil ich noch kurz oben in der Damenabteilung war, für den Fall, dass die neue Chanel-Kollektion schon da ist, und – tada! – sie war gerade eingetroffen! Perfektes Timing. Warte, bis du die süße Jacke siehst, die ich gekauft habe.«

Mum schüttelt den Kopf, und Martin wirft mir einen derart missbilligenden Blick zu, dass die Wut in mir hochkocht. Das alles ist sowas von überhaupt nicht meine Schuld! Wenn Mum und mein Presseteam mich nicht gestern Abend gezwungen hätten, zu dieser Preisverleihung zu gehen, wäre ich heute Morgen nicht so todmüde gewesen.

Aber nein, ich musste ja unbedingt hin, weil ich als *Bester Live-Act* oder so was nominiert war. Es war mega-langweilig. Ich habe schon zwei von diesen Preisen zu Hause, es war also sowieso keine große Sache für mich.

Es tut mir wirklich leid, aber meine Leute müssen endlich mal kapieren, dass ich morgens wenigstens einen guten, nach meinem Geschmack gebrauten Kaffee brauche, wenn ich schon ständig auf all diese Veranstaltungen muss.

»Also los, jetzt bin ich ja hier!«, rufe ich durchs Studio, weil ich keine Lust mehr habe, mit Mum zu diskutieren. Sie hat mir komplett die Laune verdorben. »Sollen wir anfangen?«

Die Tänzerinnen springen auf und beeilen sich, in Position zu gehen. Ich stelle meine Tasche ab und ziehe meine Kapuzenjacke aus, bereit mich aufzuwärmen.

»Wir unterhalten uns später noch über deine Einstellung, junge Dame«, zischt Mum und stolziert an mir vorbei, um einen Platz am Rand der Tanzfläche einzunehmen.

Ich sage nichts, verdrehe nur zum Spiegel hin die Augen.

Eine Pause von Mum und ihrem ständigen Genörgel wäre wirklich nicht das Schlechteste. Was ist denn schon passiert? Ich bin zwei Stunden zu spät gekommen, na und? Wir haben das Studio für den ganzen Tag gemietet, und die Tänzerinnen haben bis heute Abend sowieso nichts Besseres vor. Wahrscheinlich fanden sie es sogar toll, entspannt herumzusitzen, während sie auf mich gewartet haben. Dafür werden sie bezahlt, das ist ihr JOB.

Während ich meine Schultern kreisen lasse und Martin die Musik vorbereitet, beobachte ich im Spiegel ein Grüppchen Tänzerinnen. Sie tuscheln miteinander, und mir entgeht nicht, dass sie mir einen verstohlenen Blick zuwerfen und dann kichern.

Ich starre auf meine Füße und tue so, als wäre ich ganz in mein Warm-up vertieft, wobei ich den Stich in meiner Brust zu ignorieren versuche.

Ich spüre diesen Stich nicht zum ersten Mal. Keine Ahnung, warum es mir überhaupt noch etwas ausmacht, dass meine Backgroundtänzerinnen jedes Mal, wenn wir für ein Konzert oder Musikvideo proben, in den Pausen zusammen lachen und reden, ohne mich je mit einzubeziehen.

Nicht, dass ich mit einbezogen werden *möchte*. Natürlich nicht. Das stelle ich auch immer wieder klar.

Ich bin viel zu beschäftigt, um plaudernd herumzustehen. Worüber sollte ich auch mit ihnen reden? Ihr Leben ist VOLLKOMMEN anders als meins.

Manchmal denke ich allerdings schon darüber nach, wie es wäre, wenn eine von ihnen zu mir herüberkommen und hallo sagen würde. Und ob es nicht vielleicht doch Spaß machen würde, mich mit den anderen abzuklatschen, wenn wir eine Choreographie fehlerfrei durchgetanzt haben, so wie sie es immer tun.

Nach der Generalprobe für ein Konzert in London letztes Jahr wurde ich von meinen Bodyguards gerade zu meinem Wagen gebracht, als ich sah, dass die Tänzerinnen und die Band zusammen von der Konzerthalle aufbrachen.

»Wo gehen die hin?«, fragte ich Mum und blieb an der Autotür stehen, während sie auf ihrem Handy herumtippte.

»Wer?«

»Die Leute, die mit mir zusammen auf der Bühne stehen. Die Musiker und Tänzerinnen«, erklärte ich und zeigte auf sie. »Ich glaube, Martin ist auch dabei.«

»Wahrscheinlich gehen sie was essen«, antwortete Mum.

»Oh. Alle zusammen?«

»Ja.«

Ich zögerte und fragte dann: »Warum bin ich nicht auch eingeladen?«

Mum blickte verwundert von ihrem Telefon auf. »Du hast heute Abend schon was anderes vor. Wir müssen zur Release-Party für dein neues Album, und dann …«

»Ich weiß. Trotzdem: Warum wurde ich nicht *auch* zu dem Abendessen eingeladen? Ich kann mich nicht erinnern, dass mir irgendjemand etwas davon erzählt hat. Keine Ahnung …« Ich zuckte mit den Schultern und versuchte, meine Stimme beiläufig klingen zu lassen und den Kloß in meiner Kehle hinunterzuschlucken. »Wir haben wochenlang zusammengearbeitet, und ich stand heute den ganzen Tag mit ihnen auf der

Bühne … Ist doch irgendwie komisch, dass niemand etwas gesagt hat oder daran gedacht hat, mich einzuladen.«

»Naomi«, sagte Mum und tauschte einen vielsagenden Blick mit meiner damaligen Assistentin Mel aus. »Wenn du zu solcherlei Dingen eingeladen werden willst, solltest du vielleicht versuchen, während der Proben mit deinen Leuten zu reden …«

»Worüber sollte ich denn mit ihnen reden?«

»Worüber du möchtest. Du könntest sie bitten, etwas über sich zu erzählen, oder sie fragen, ob ihnen deine Songs gefallen, oder dich bei ihnen für die harte Arbeit bedanken, die sie in eure Auftritte stecken.«

Ich ging sofort in die Defensive: »Warum fragen sie *mich* nichts? Warum geben *sie* sich keine Mühe, auf *mich* zuzugehen? Ach, ist mir auch egal. Ich bin viel zu beschäftigt für dämliche Abendessen mit Freunden. Schließlich muss ich mein neues Nummer-eins-Album promoten.«

Mit diesen Worten stieg ich in den Wagen und setzte meine Sonnenbrille auf, damit niemand merkte, dass ich blinzelnd gegen die Tränen ankämpfte. Wie dumm von mir, so etwas an mich heranzulassen. Ich schaute aus dem Fenster und tröstete mich mit dem Wissen, dass sie alle nur sein wollten wie ich. Ich war schließlich Naomi Starr und hatte keine Zeit für langweilige Abendessen mit Leuten, die nicht gut genug erzogen waren, um mich einzuladen.

Obwohl ich mir all das einzureden versuchte, spürte ich auch damals diesen stechenden Schmerz in der Brust.

Und als ob das alles noch nicht schlimm genug gewesen

wäre, verkaufte meine damalige Assistentin kurz darauf auch noch Geschichten über mich an die Presse, darunter die Behauptung, ich würde mich einerseits weigern, mit meinen Tänzerinnen zu reden, weil ich sie als unterlegen betrachten würde, andererseits jedoch über sie schimpfen, wenn sie mich nicht mit einbezogen.

Genau aus diesem Grund gebe ich mir keine Mühe, meine Tänzerinnen oder meine Konzertcrew näher kennenzulernen.

Weil ich niemandem vertrauen kann.

»Okay, alle in Position!«, ruft Martin durchs Tanzstudio und klatscht laut in die Hände, was mich aus meinen Gedanken reißt. »Heute wird es ernst, das Konzert ist am Montag! Lasst uns mit dem Anfang von *Shining Bright* beginnen.«

Mir rutscht ein Stöhnen heraus, und Martin wirft mir einen genervten Blick zu.

»Alles in Ordnung, Naomi?«, fragt er mich mit gepresster Stimme.

»Ja, ich dachte nur eigentlich, wir hätten *Shining Bright* gestern schon perfekt hingekriegt. Wir haben die Choreo bestimmt hundertmal durchgetanzt.«

»Ich möchte sie heute trotzdem noch einmal wiederholen, nur zur Sicherheit. Schließlich wird es der Eröffnungssong.«

»Na gut. Allerdings fand ich, dass *Attention Please* mehr Aufmerksamkeit nötig hätte. Außerdem wollte ich mit Ihnen über die Choreo zu *Am I Wrong?* sprechen. Ich bin mir nämlich nicht sicher, ob die Überleitung so funktioniert.

Ich habe gestern Abend noch mal darüber nachgedacht und bin zu dem Schluss gekommen, dass wir sie ändern sollten.«

Mum räuspert sich laut, doch ich ignoriere sie.

»Aber wir waren uns doch einig, dass die Überleitung so, wie sie ist, perfekt ist!«, protestiert Martin mit gequältem Gesicht. »Für eine komplette Änderung der Choreo ist es jetzt ein bisschen spät, findest du nicht?«

Das Problem bei Martin ist: Ich kann seine Stimme auf den Tod nicht ausstehen.

Ich weiß, so etwas sagt man nicht, aber ich muss mir diese Stimme rund um die Uhr anhören, und sie ist wirklich weinerlich und grell. Deshalb habe ich Mum neulich gefragt, ob es nicht Zeit wäre, über einen neuen Choreographen mit einer weniger nervigen Stimme nachzudenken. Sie funkelte mich nur böse an und erwiderte: »Ich tue jetzt einfach mal so, als hättest du das nicht gesagt.«

Eine merkwürdige Reaktion auf meine absolut nachvollziehbare Argumentation.

»Dass es spät ist, ist mir klar«, sage ich und stemme die Hände in die Hüften. »Aber ich bin diejenige, die dort oben auf der Bühne steht und vor Tausenden von Leuten die Choreo tanzt, Martin. Ich möchte vollkommen zufrieden sein mit MEINER Tanzdarbietung zu MEINEM Song.«

Er atmet tief durch und ringt sich ein Lächeln ab. »Verstehe. Dann wird es wohl ein langer Tag werden heute. Nun gut, das bekommen wir schon irgendwie hin.«

»Ich kann leider nicht den ganzen Tag bleiben.«

»*Wie bitte?*«, kreischt Martin so gellend, dass mir die Ohren weh tun

»Ich hab heute Nachmittag einen Termin im Spa, uns bleibt also nur der Vormittag, um die Sache zu klären.«

Martin dreht sich hilfesuchend zu Mum um, die herübermarschiert, um sich in unser Gespräch einzuschalten.

»Uns bleibt nur der Vormittag?«, fragt er und wirft einen verzweifelten Blick auf die Wanduhr. »Dabei haben wir doch schon zwei Stunden verloren!«

»Naomi, in meinem Kalender steht nichts von einem Spa-Termin. Du bist den ganzen Tag hier im Tanzstudio, um für das Konzert am Montag zu proben, und damit basta.«

»Aber, Mum! Du hast gesagt, wenn ich …«

»Ich habe gesagt, dass ich dir heute Abend einen Termin mache, falls du nach dem langen Probentag Entspannung brauchst!«

Sie schreit jetzt fast. Die Tänzerinnen unterbrechen ihre Gespräche und starren zu uns herüber.

»Also wirklich, Naomi!«, faucht Mum. Die Ader auf ihrer Stirn scheint ein Eigenleben entwickelt zu haben. »Keine Ahnung, was in dich gefahren ist! Mir hängt deine Einstellung allmählich zum Hals raus!«

»Mum, es ist *mein* Konzert! Warum habe ich kein Mitspracherecht bei der Art und Weise, wie ich meine Songs performe? Ich finde es ungerecht, dass …«

»Weißt du, was ungerecht ist? Zwei Stunden zu spät aufzutauchen!«, schreit sie. »Und warum warst du zu spät? Weil du quer durch die ganze Stadt gefahren bist, um einen Kaffee zu kaufen! Einen *Kaffee*, Naomi! Und dann willst du einen Tag vor einem großen Konzert plötzlich die Choreo ändern und die ganzen vielen Arbeitsstunden wegwerfen, die Martin und deine Tänzerinnen schon investiert haben? Findest du dieses Verhalten wirklich angemessen?«

»Ich weiß, es ist ein bisschen kurzfristig.«

»Wir können die Choreo jetzt nicht mehr ändern!«, bellt Martin. »Das geht einfach nicht!«

»Warum denn nicht?«, frage ich ein wenig erschrocken über Martins Ton. »Ich hätte da ein paar coole Ideen. Wir könnten wenigstens versuchen, die …«

»Naomi, was ist dein PROBLEM?«, brüllt Mum und wirft verzweifelt die Arme hoch.

Es wird still im Raum. Ich starre sie an. Einige Tänzerinnen treten unbehaglich von einem Fuß auf den anderen. Martin beißt die Zähne zusammen.

Simon, der immer noch meine Tasche hält, blickt betreten zu Boden, während ihm die Schamesröte den Hals hinaufkriecht.

Ich schweige einen Moment, weil ich erst einmal verdauen muss, dass Mum mich vor allen Leuten angebrüllt hat, als wäre ich ein kleines Kind. Dann treffe ich eine Entscheidung. Ich hole tief Luft und wende mich an Martin.

»Sorry. Fangen wir an mit der Probe.«

Mum und Martin tauschen Blicke aus, während ich mich auf meine Position ganz vorn in der Mitte der Tanzfläche begebe. Ich weigere mich den ganzen Vormittag, Mums Blick zu begegnen oder auf Martins lobende Kommentare zu antworten. Ich tanze sämtliche Schritte der Choreographien fehlerfrei und absolut perfekt.

Als wir fünf Minuten Pause machen, gebe ich vor, auf die Toilette zu müssen, und verlasse das Tanzstudio. Ich eile die Treppe hinunter, gehe am Empfang vorbei und verlasse das Gebäude durch die Drehtür, um anschließend in meinen Wagen zu steigen, der direkt vor dem Eingang wartet.

»Zeit für meinen Spa-Termin, Kelly«, verkünde ich und knalle die Tür hinter mir zu.

»Naomi! Riley meinte, Sie wären den ganzen Tag mit Proben beschäftigt«, sagt Kelly, legt ihr Buch beiseite und dreht sich auf dem Fahrersitz nach hinten, um mich überrascht anzusehen.

Ich setze meine Sonnenbrille auf und strahle sie unschuldig an. »Der Plan hat sich geändert.«

KAPITEL FÜNF

RUBY

NAOMI STARR MACHT SICH BEREIT, LONDON ZU ROCKEN!

Popstar Naomi Starr wirkte heute Nachmittag gelassen und glücklich, als sie, wie auf dem Foto zu sehen, die Londoner Konzertarena betrat, in der sie heute Abend vor Tausenden Fans ein Konzert geben wird.

Als vor einigen Monaten der Vorverkauf der Tickets begann, waren sie in Rekordzeit ausverkauft.

»Naomi freut sich riesig darauf, in ihrer Heimatstadt aufzutreten, sie ist seit Wochen unermüdlich am Proben«, verriet uns eine ihr nahestehende Quelle. »Sie kann es kaum erwarten, die Dramen der jüngeren Vergangenheit hinter sich zu lassen.«

Miss Starr stand kürzlich im Mittelpunkt einiger bizarrer Skandale um ihr angeblich divenhaftes Verhalten. So auch letzte Woche, als sie Marina Blairs exklusive Fashionshow gehörig durcheinanderwirbelte. Gestern drangen zudem Berichte an die Öffentlichkeit, sie habe fluchtartig eine Konzertprobe verlassen, weil eine ihrer Tänzerinnen ihr den Bagel weggegessen habe. Eine Stellungnahme dazu von Naomi Starrs Pressevertretung steht noch aus.

»Weißt du, dass du jedes Mal voll das bescheuerte Grinsen im Gesicht hast, wenn du irgendwas über Naomi Starr liest?«, fragt Beth und stupst mich mit dem Ellbogen in die Rippen.

»Nein, hab ich nicht!«

»Hast du wohl.« Sie lacht. »Ich merke sofort, wenn du auf ihrem Instagram-Profil bist oder die neusten Schlagzeilen über sie liest. Dann guckst du immer so verträumt.«

»Ich gucke *gar* nicht verträumt! Ich lese einfach gern, was in ihrem Leben so los ist, das ist alles.«

Beth grinst mich verschmitzt an. »Und träumst davon, an ihrer Stelle zu sein.«

»Na ja, es wäre schon cool, jemand wie Naomi Starr zu sein und keine Probleme mehr zu haben«, erkläre ich und stecke mein Handy weg, bevor es mir aus der Hand fallen kann. »Wetten, sie muss sich nicht wie eine Sardine in einen überfüllten Bus quetschen? Ich hab dir doch gesagt, dass wir lieber auf den nächsten warten sollen.«

Wir fliegen nach vorn, weil der Busfahrer in diesem Moment scharf bremst, und mein Kopf landet in der Achselhöhle des Mannes neben mir. Er wirft mir einen bösen Blick zu und tritt mir dann »versehentlich« auf die Zehen. Vor Schmerz steigen mir die Tränen in die Augen.

»Sag bloß, du würdest lieber in einer geräumigen Limousine mit verdunkelten Scheiben und beheizbaren Luxussitzen herumgegondelt werden, als im übervollen Stehbereich eines Londoner Busses zwischen regennassen Leuten eingezwängt zu sein?« Beth, deren Wange gegen einen Handlauf gedrückt wird, verdreht die Augen. »Du bist so eine Diva!«

Der Bus hält ruckartig an, und die Türen gehen auf. Es wird noch mehrmals auf meinen Füßen herumgetrampelt, und Beth bekommt einen nassen Regenschirm ins Gesicht, bis sich alle Aussteigenden hastig an uns vorbei nach draußen geschoben haben.

»Bäh, voll eklig«, beschwert sie sich und wischt sich Regentropfen und Schlammspritzer aus dem Gesicht. »Wenigstens haben wir jetzt mehr Platz.«

Es sind so viele Fahrgäste ausgestiegen, dass sogar ein paar Sitzplätze frei geworden sind. Sobald die Türen wieder zu sind und der Fahrer losgefahren ist, hangeln Beth und ich uns vorsichtig zu einer komplett leeren Sitzbank ganz hinten im Bus durch.

»Traumhaft!« Beth streicht mit angewidert verzogenem Gesicht über die Sitze, bevor sie sich auf einen davon plumpsen lässt. »Die sind klatschnass von den triefenden Klamotten der Leute. Wenn du wieder aufstehst, siehst du aus, als hättest du dir in die Hose gepinkelt.«

»Ich wünschte, ich hätte Tickets für Naomis Konzert heute Abend«, sage ich wehmütig und setze mich neben sie. »Als der Online-Vorverkauf losging, wollte ich welche kaufen, hing aber zu lange in der Warteschleife.«

»Die machen bestimmt noch ein zweites Konzert«, tröstet mich Beth. »Und dann ergattern wir welche.«

»Ich freue mich SO auf Naomi Starr! In zwei Stunden geht es los!«, verkündet laut eine Stimme in der Sitzreihe vor uns. »*Alle* gehen hin, die ganze Clique ist am Start!«

Erst jetzt merke ich, dass Ali Carlton zusammen mit Noah direkt vor uns sitzt. Es versetzt mir einen Stich, als ich sehe, wie sie ihr Handy hochhält, um Noah die Tickets zu zeigen.

»Wir haben total gute Plätze«, schwärmt sie und weist ihn auf die Sitzreihe hin.

»Cool«, antwortet er gelangweilt. »Welche Songs sind noch mal von ihr?«

»O Gott, Noah, Naomis Lieder sind einfach der HAMMER! Keine Sorge, du kannst nachher neben mir sitzen. Ich kenne sämtliche Texte und werde alle Songs laut mitsingen!«

»Wow, da hat Noah aber Glück«, murmelt Beth leise.

Ich unterdrücke ein Lachen, aber Ali hat Beths Kommentar gehört und fährt auf ihrem Sitz herum.

»Ach, ihr seid das«, sagt sie abfällig. »Geht ihr auch zum Konzert?«

»Leider nicht«, antwortet Beth seufzend, während ich auf meine Schuhe hinunterstarre. »Wir werden also sowohl deinen als auch Naomi Starrs Gesang verpassen.«

»Tja, wie schade. Dann viel Spaß beim Herumsitzen zu Hause«, erwidert Ali und wirft ihre Haare zurück. »Ach, und Ruth …«

»Sie heißt Ruby«, korrigiert Beth sie finster. »Du bist in ihrer Klasse, also müsstest du das eigentlich wissen.«

Ali ignoriert sie und zieht einen Umschlag aus ihrer Tasche. »Hier.« Sie gibt ihn mir.

Ich werfe Beth einen Blick zu, weil ich keine Ahnung habe, was ich mit dem Umschlag soll. Sie wirkt genauso überrascht wie ich, daher öffne ich ihn und ziehe eine dicke schwarze Karte heraus. Es ist eine Einladung.

»Zu deiner Geburtstagsparty?«, frage ich Ali und starre ehrfürchtig auf die goldenen, von kleinen Sternen umgebenen Buchstaben. Auch Beth steht vor Überraschung der Mund offen. »Ist das dein Ernst?«

»Ja, sie findet am Samstag nach dem Finale des Talentwettbewerbs statt. Das Motto ist *Stars und Sternchen*«, berichtet Ali aufgeregt. »Ich gehe natürlich als Naomi Starr.«

Ich weiß noch immer nicht, was ich dazu sagen soll, kann es nicht glauben, dass Ali Carlton *mich* zu ihrem Geburtstag einlädt. Ich bin nie zu irgendwelchen Geburtstagen eingeladen, außer natürlich zu Beths.

Wenn sie Geburtstag feiert, gehe ich meistens mit Daisy zu ihr hinüber, und wir schauen zusammen Filme. Ich werde Ali fragen, ob Beth auch mitkommen darf, allein würde ich mir vor Angst in die Hose machen. Trotzdem freut es mich riesig, dass jemand so Beliebtes wie Ali Carlton möchte, dass ich zu ihrer Party komme.

Vielleicht bin ich doch nicht so unsichtbar, wie ich dachte!

»Wow!«, bringe ich schließlich hervor und halte die Einladung mit beiden Händen fest, als würde sie sonst wieder verschwinden. »Danke!«

»Schon gut.« Ali lächelt. »Könntest du ihm bitte ausrichten, dass er sich ein Kostüm besorgen soll, das zum Motto passt? Das wäre super.«

Ich hebe ruckartig den Kopf. »Ihm?«

»Ja, deinem Bruder John. John aus der Neunten. Er ist doch dein Bruder, oder?«

»Äh … ja. John ist mein Bruder.«

»Dann hatte Charlotte also recht. Sie hat es mir gesagt, nachdem wir gestern unser kleines Aufeinandertreffen am Schwarzen Brett hatten. Kannst du ihm die Einladung bitte geben? Ich wollte sie ihm heute in der Schule persönlich überreichen, aber er war gerade nicht da, als ich die Einladungskarten an seine Freunde verteilt habe. Einer von ihnen meinte, er würde gerade an einem Artikel für die Schulzeitung arbeiten.« Sie lächelt und legt den Kopf schräg. »Er hat diesen niedlichen Nerdlook. Voll süß. Wie auch immer: Könntest du ihm die Einladung geben? Danke.«

»Die Einladung ist für John«, wiederhole ich langsam und versuche, diese Tatsache zu verarbeiten. »Ich … ich soll sie John geben, meinem Bruder.«

»Ja.« Sie wirft mir einen fragenden Blick zu. »Es macht dir doch nichts aus, sie für mich weiterzugeben, oder?«

Beth rutscht unbehaglich neben mir auf dem Sitz herum. Sie weiß ganz genau, was gerade in meinem Kopf vorgeht und dass ich Ali komplett missverstanden habe. Meine Wangen fangen an zu glühen. Ich bin so dämlich! Ali kann sich doch noch nicht mal merken, wie ich heiße, warum sollte sie mich also zu ihrer Party einladen? Leute wie ich werden nicht zu Ali Carltons Partys eingeladen.

»Nein, natürlich nicht«, krächze ich, schiebe die Einladung zurück in den Umschlag und verstaue ihn in meiner Tasche. »Ich gebe sie ihm.«

»Hier ist meine Haltestelle«, verkündet Ali und steht auf. »Komm, Noah. Wir treffen uns alle bei mir zu Hause, damit meine Eltern uns zum Konzert fahren können. Wir dürfen auf keinen Fall zu spät kommen. Das wird SO COOL heute Abend!«

Ich beobachte, wie sie mit Noah im Schlepptau aus dem Bus steigt und einen rosa Glitzerregenschirm aufspannt, bevor sie sich bei ihm einhakt. Lachend gehen die beiden davon.

»Alles okay bei dir?«, fragt mich Beth.

»Ja. Warum denn nicht?«

»Das hat sie mit Absicht getan«, knurrt Beth. »Das ist total offensichtlich. Sie hätte von Anfang an sagen können, dass die Einladung für John ist, oder sie gleich einem seiner Freunde mitgeben können.«

»Schon okay. Mein Fehler. Schön blöd.«

»Ihre Party wird sowieso voll langweilig. Wie wär's, sollen wir an dem Abend was Cooles zusammen unternehmen? Wir könnten zum Beispiel herausfinden, wo Naomi Starr kurz vor dem Konzert abhängt, und uns mit ihr fotografieren lassen. Stell dir Alis Gesicht vor, wenn sie das Bild sieht!«

Ich lächle sie dankbar an. Beth ist echt die beste Freundin überhaupt.

»Klingt super.« Der Bus wird langsamer, weil die nächste Haltestelle naht, und ich ziehe mich an der Stange zwischen den Sitzreihen hoch und stehe auf. »Ich steige hier aus.«

Beth runzelt die Stirn. »Es sind doch noch zwei Haltestellen, bis wir rausmüssen.«

»Ich gehe noch in die Bibliothek«, erkläre ich und winke zum Abschied.

»Dann viel Spaß, du Streberin!«, ruft sie mir hinterher.

Die Türen gehen auf, ich trete hinaus und lande mitten in einer tiefen Pfütze.

»**AAAH!**«

Hastig springe ich auf den Gehweg, aber es ist bereits zu spät: Meine Schuhe sind triefend nass, und das kalte Wasser dringt bis zu meinen Socken vor. Ich höre den Fahrer hinter mir kichern, bevor die Tür zugeht und der Bus weiterfährt. Fluchend stehe ich im strömenden Regen und will gerade nach meinem Regenschirm greifen, als ich merke, dass ich ihn im Bus vergessen habe.

»Das darf doch nicht wahr sein!«, rufe ich und renne auf die Bibliothek zu.

Die Bücherei in unserem Viertel ist mein absoluter Lieblingsort, wenn ich mal wieder einen schlechten Tag habe. Dort ist es friedlich und still, das komplette Gegenteil von zu Hause. Der perfekte Platz, um in Ruhe nachzudenken. Außerdem ist Rose, die Bibliothekarin, total nett. Sie hat dunkle Locken und eine große runde Brille und trägt immer bunt gemusterte Halstücher.

»Hallo, Ruby«, begrüßt sie mich strahlend, als ich mit regennassen Haaren durch die Tür platze. »Oje, hast du deinen Regenschirm vergessen? Und offenbar auch eine ordentliche Jacke.«

»Meinen Schirm habe ich im Bus liegen lassen.«

»Na ja, hier drinnen kannst du dich aufwärmen und deine Sachen trocknen. Schön, dich zu sehen! Heute Nachmittag war sonst noch überhaupt niemand da. Wie geht es dir? Wie läuft es in der Schule?«

Ich streiche mir die triefenden Haare aus der Stirn und trete an ihren Ausleihtresen, auf dem sich Bücher und Papiere stapeln.

»Ganz gut, danke.«

Sie sieht mich durch ihre Brille prüfend an. »Was ist los?«

»Gar nichts«, antworte ich schulterzuckend. »Ich brauche bloß ein Buch für meine Geschichtshausaufgabe über …«

»Ruby«, unterbricht sie mich stirnrunzelnd. »Irgendwas ist los, das merke ich doch. Du hast dein übliches … Strahlen verloren.«

»Was für ein Strahlen?«

»Na, dieses wunderbare Leuchten, das dich sonst immer umgibt. Aber heute versuchst du es zu verstecken. Warum?«

Ich schüttle verlegen lächelnd den Kopf. »Sie sind ja verrückt.«

»Und wie.« Sie grinst. »Na komm, erzähl mir, was los ist.«

»Gar nichts, wirklich. Ich fühle mich nur manchmal … so unsichtbar. Meine Freundin Beth sagt, dass ich mehr Selbstvertrauen brauche, aber es fällt mir eben schwer, selbstbewusst aufzutreten, wenn sich nicht einmal die Leute aus meiner Klasse meinen Namen merken können.«

»Das verstehe ich«, sagt Rose mitfühlend. »Vielleicht brauchst du ein bisschen Unterstützung dabei, dich selbst zu sehen.«

»Mich selbst zu sehen? Wie meinen Sie das? Ich sehe mich doch, zum Beispiel, wenn ich in den Spiegel schaue.«

»Das meine ich nicht.« Sie zieht lachend eine Schublade auf, holt ein Buch heraus und hält es mir hin. »Da.«

Ich nehme es entgegen und betrachte das Cover, auf dem in großen, verschnörkelten Buchstaben steht: *Entdecke dein Leuchten.*

»Was ist das für ein Buch?«, frage ich und drehe es um, um den Text auf der Rückseite zu lesen. »Ich habe jedenfalls noch nie davon gehört.«

»Es ist ein sehr ungewöhnliches Buch, das ich vor langer Zeit entdeckt habe. Es gibt nicht mehr viele Exemplare davon, aber ich konnte immerhin zwei für diese Bibliothek ergattern. Mir selbst hat das Buch sehr geholfen, und ich denke, dich könnte es auch weiterbringen. In erster Linie geht es darum, dass man lernt, Selbstvertrauen aufzubauen und an sich selbst zu glauben. Lies doch mal hinein und sag mir, was du davon hältst. Es stehen viele gute Ratschläge drin.«

»Danke, Rose.« Ich betrachte erneut das Cover. Es wirkt alt und ein bisschen verstaubt. »Meinen Sie wirklich, dass es mir nützlich sein könnte?«

»Einen Versuch ist es wert, oder? Ich fand es hilfreich.« Sie zuckt mit den Schultern. »Durch das Buch habe ich gelernt, dass alles möglich ist, wenn man nur an sich selbst glaubt.«

»Echt? Was denn, zum Beispiel?«

In diesem Moment wird die Eingangstür der Bibliothek so heftig aufgestoßen, dass sie laut gegen die Wand knallt.

Ein Mädchen mit einer großen Sonnenbrille kommt hereinmarschiert, ihre Kleider sind vollkommen durchnässt. Als ich erkenne, wer das Mädchen ist, schnappe ich nach Luft, und das Buch rutscht mir aus den Händen.

Es ist Naomi Starr.

KAPITEL SECHS

NAOMI

Ich stecke in Schwierigkeiten, und zwar ziemlich großen.

Und als wäre das noch nicht schlimm genug, habe ich mich auch noch vollkommen verlaufen und befinde mich in einer Art Buchladen, in dem es staubig riecht und dessen Einrichtung aussieht, als stamme sie aus den fünfziger Jahren des letzten Jahrhunderts.

Igitt.

»Ich brauche einen Wagen«, teile ich der Frau mit, die im Eingangsbereich hinter einem Tresen sitzt und mich durch ihre dicken Brillengläser anblinzelt. »So schnell wie möglich, bitte.«

Daneben steht ein Mädchen, das mich mit offenem Mund anstarrt. Ich tue so, als würde ich sie nicht bemerken. Sie scheint mich erkannt zu haben, und ich habe jetzt wirklich keine Zeit für verrückte Fans.

»Wie bitte?«, fragt die Frau hinter dem Tresen mit hochgezogenen Augenbrauen.

»Einen Wagen, bitte. Und zwar sofort.« Ich nehme meine Sonnenbrille ab, um ihr in die Augen zu sehen. Sie soll wissen, dass ich nicht in der Stimmung bin, mich mit langsamen Menschen herumzuschlagen.

»Das hier ist eine Bibliothek, keine Taxizentrale. Aber ich kann dir gerne sagen, wo die nächste Bushaltestelle ist oder der nächste Taxistand.«

»Hören Sie«, sage ich so geduldig wie möglich. »Ich brauche *dringend* einen Wagen, und ich kann nicht einfach draußen herumschlendern oder an einer Bushaltestelle warten, okay? Die Paparazzi können jeden Moment eintreffen und das Gebäude umzingeln. Beim Aussteigen aus dem Bus hat nämlich dummerweise jemand ein Foto von mir gemacht, und glauben Sie mir, sobald ein Bild von mir in den sozialen Medien auftaucht, hat mich diese Reportermeute ausfindig gemacht. Ich habe mein Handy nicht dabei, deshalb müssen *Sie* mir einen Wagen rufen. *Bitte*. Es ist ein Notfall!«

Die Bibliothekarin holt tief Luft und verkündet dann: »Also gut, ich werde sehen, ob ich ein Taxiunternehmen erreiche.« Dann verschwindet sie in einem kleinen Büro.

Das Mädchen neben dem Tresen bückt sich langsam, um das Buch aufzuheben, das ihr aus der Hand gefallen ist, und starrt mich dann weiter an. Ich bin es gewöhnt, dass sich Leute um mich herum seltsam verhalten, also ignoriere ich sie einfach und konzentriere mich stattdessen auf die Frage, wie ich hinaus zum Taxi gelangen soll, ohne dass Fotos von mir mit vom Regen an den Kopf geklatschten Haaren in der Presse auftauchen.

Der heutige Tag ist ein einziger Albtraum. Es war nicht gelogen, als ich zu der Bibliothekarin gesagt habe, dass es sich um einen Notfall handelt.

Schon als ich am frühen Morgen aus dem Schlaf gerissen wurde, wusste ich, dass es ein furchtbarer Tag werden würde. Nach meiner Rückkehr aus dem Spa gestern Abend hatten Mum und ich uns heftig gestritten.

»Wie KONNTEST du nur?!«, wiederholte sie immer wieder. »*Wie konntest du?*«

Als ob ich etwas total Schlimmes getan hätte! Warum machte sie so ein großes Ding daraus? Ich hatte doch am Vormittag bewiesen, dass ich sämtliche Tanzschritte perfekt beherrschte – wozu also weiterproben? Wenn sowieso niemand Interesse an meinen Ideen zur Darbietung MEINER neuen Songs hatte, warum war es dann so wichtig, dass ich bei den Proben dabei war? Die Backgroundtänzerinnen konnten problemlos ohne mich üben. Ich war stinksauer auf Mum, weil sie mich vor allen Leuten angebrüllt hatte.

»Ich brauchte mal eine PAUSE!«, teilte ich ihr mit und stürmte die Treppe hinauf. »Ständig schreiben mir alle vor, was ich zu tun habe, allmählich fühle ich mich wie ein **eingesperrtes Tier!**«

»Dein Konzert ist morgen Abend, Naomi!«, antwortete sie wutentbrannt und kam hinter mir die Treppe herauf.

Ich knallte meine Zimmertür zu, aber sie stapfte einfach trotzdem herein. Mum respektiert meine Privatsphäre kein bisschen.

»Du hast mich heute wirklich enttäuscht. Hast du eine Ahnung, was für Sorgen ich mir gemacht habe? Ich wusste nicht, wo du bist!«

»Jetzt komm aber, Mum! Ich habe Kelly gesagt, sie soll dir

ausrichten, dass es mir gut geht und dass ich nicht gestört werden möchte.«

»Und was ist mit Martin?«, fauchte sie und verschränkte die Arme.

»Was soll mit ihm sein?«

»Er flippt völlig aus, Naomi! Sein Plan war, den ganzen Tag zu proben, damit morgen alles perfekt sitzt! Was ist mit den Tänzerinnen? Alle haben einen Heidenrespekt vor dem Konzert morgen! Du wirst vor Tausenden Menschen auftreten, da musst du doch vorbereitet sein!«

»Mum, du störst mein *Zen*, und zwar gewaltig«, teilte ich ihr ruhig mit und setzte mich auf das seidene Laken meines Betts. »Geh jetzt bitte und mach die Tür hinter dir zu.«

Sie atmete geräuschvoll aus und sagte dann mit leiserer, sanfterer Stimme: »Das ist gerade eine hektische Zeit, ich weiß. Umso wichtiger ist es, dass du dich weiter voll reinhängst. Mir ist bewusst, wie anstrengend das ist – ich weiß noch genau, wie es war, wenn ich früher auf Welttournee war und es sich anfühlte, als fehlte mir sogar die Zeit zum Atmen. Aber so läuft es nun mal, wenn man in dieser Branche Erfolg haben will. Bitte zieh nie wieder so was ab wie heute, ja? Das ist den anderen gegenüber nicht fair.«

»Und wer interessiert sich dafür, was *mir* gegenüber fair ist?« Ich zog meine Schlafmaske an und lehnte mich in die weichen Kissen zurück. »Wie gesagt: Ich brauchte dringend eine Pause.«

»Was das Konzert morgen angeht …«

»Das Konzert wird super, Mum, keine Sorge«, versicherte

ich ihr, was eigentlich sehr nett von mir war, wenn man bedenkt, wie sauer ich auf sie war. Schließlich hatte sie mir innerhalb von kürzester Zeit meine gute Laune zerstört, die ich mir mühsam im Spa erarbeitet hatte. »Alles wird gut.«

Aber ich irrte mich. Ich irrte mich gewaltig. Nichts wurde *gut*.

Heute Morgen wurde ich nämlich zu einer absolut UNMENSCHLICHEN Stunde aus dem Bett gerissen, als Mum zur Tür hereingestürmt kam und sämtliche Lichter einschaltete, gefolgt von Simon, der mir mit entschuldigendem Gesichtsausdruck einen Becher Kaffee ans Bett brachte.

»Was ist los?«, fragte ich völlig verschlafen. »Brennt unser Haus?«

»Was? Warum sollte unser Haus brennen?«, fragte Mum munter und zog die Vorhänge zurück.

»Weshalb holst du mich sonst um vier Uhr morgens aus dem Bett?«, fragte ich zurück. Inzwischen hatte ich meine Schlafmaske auf die Stirn hochgeschoben und auf meinem Handy die Uhrzeit gecheckt.

»Deine Probe beginnt gleich.«

»*Was?* Stimmt doch gar nicht. Soundcheck ist erst heute Nachmittag.«

»Tja, der Zeitplan hat sich geändert, nachdem du gestern beschlossen hast, fast einen ganzen Probentag sausenzulassen«, erklärte sie spitz. »Es gibt noch viel zu tun, und uns bleibt leider nur der heutige Tag dafür.«

Ich stöhnte, zog meine Schlafmaske wieder herunter und verschwand unter der Bettdecke. »Nein.«

Sie setzte sich neben mich und schlug sanft die Bettdecke zurück. »Naomi, ich weiß, es war alles ein bisschen viel in letzter Zeit. Darüber habe ich gestern Abend gründlich nachgedacht. Du hast recht.«

Ich hebe meine Maske an und werfe ihr einen Blick zu. »Hä?«

»Du hast recht: Du hast dir eine Pause verdient, nachdem du so viel um die Ohren hattest.«

»Du … du stimmst mir zu?«

»Ja, und ich dachte, wir könnten vielleicht eine Abmachung treffen.«

»Ich bin ganz Ohr.«

»Wenn du jetzt aufstehst und dir heute bei den Proben und abends beim Konzert so richtig Mühe gibst, sage ich für morgen *sämtliche* Termine ab. Du bekommst den Tag frei und kannst tun und lassen, was du möchtest. Ich buche dir noch mal das Spa, oder wir gehen zusammen shoppen … was auch immer du willst. Du entscheidest.«

Ich setzte mich auf, unsicher, ob das nur ein Trick war. Ich konnte mich nicht daran erinnern, wann ich das letzte Mal einen Tag freigehabt hatte.

»Meinst du das ernst?«

»Ja«, sagte sie. »Ein entspannter Tag tut dir bestimmt gut vor deinem Konzert in Berlin. Aber heute gibt es einfach eine Menge Leute, die auf dich zählen, nicht zuletzt deine Fans. Deshalb musst du noch einmal alles geben. Was meinst du?«

Ich tat so, als müsste ich erst einen Moment darüber nachdenken. »Also gut. Abgemacht.«

Ich sprang aus dem Bett, bereit, mich an die Arbeit zu machen. Es war ewig her, dass ich selbst irgendwelche Entscheidungen treffen durfte, daher erschien mir der Gedanke, einen ganzen Tag lang tun zu können, was *ich* wollte, mehr als verheißungsvoll.

Zunächst lief auch alles nach Plan. Ich erschien pünktlich zu den Proben und beschwerte mich fast gar nicht darüber, wie früh es war. Ich ertrug Martins schrille Stimme und gab ihm nur ganz selten Widerworte. Ich ließ nicht mal das ekelhafte Mittagessen zurückgehen, das Simon mir besorgte, obwohl ich es kaum herunterbekam. Geduldig ertrug ich am Nachmittag den EWIG dauernden, langweiligen Soundcheck, und ich beschwerte mich nur einmal ganz kurz, als auch die Beleuchtungsprobe gefühlt ein Jahr dauerte. Ich sagte nichts, als meine Kostümbildnerin mich beim Anpassen eines meiner Konzertoutfits versehentlich mit einer Nadel piekte, und ich hielt mich sogar zurück, als meine Visagistin mit meinem Make-up für das Konzert fertig war.

»Wie finden Sie es, Miss Starr?«, fragte sie.

Ich fand es FURCHTBAR. Der Lidstrich war verwackelt, der Lidschatten hatte die falsche Farbe, und sie hatte beschlossen, »frischen Wind hineinzubringen«, indem sie eine neue Lippenstiftfarbe ausgewählt hatte. Leider eine unglaublich hässliche.

»Naomi, du siehst **umwerfend** aus!«, schwärmte Mum und strahlte mich von ihrem Stuhl aus an.

Meine Mutter ist eine sehr gute Lügnerin.

Wie auch immer, das ALLES ließ ich anstandslos über mich

ergehen, weil wir unsere Abmachung getroffen hatten. Meinen Teil hielt ich ein. Doch als ich gerade dabei war, meine Stimme für den Auftritt aufzuwärmen, liefen die Dinge plötzlich aus dem Ruder.

»Kann ich dich einen Moment sprechen?«, fragte Mum und zog mich sanft vom Klavier und meiner Gesangslehrerin weg.

»Findest du, dass meine Stimme flach klingt? Ich finde, sie klingt flach. Kann mir jemand ein Wasser holen? Simon! Kannst du mir bitte ein Wasser holen? Ich klinge flach. Simon! Warte! Könnte ich auch noch eine Holunderlimo bekommen? Bitte beeil dich, mein Hals ist trocken!«

»Naomi, deine Stimme klingt super«, versicherte mir Mum. »Wegen mor …«

»Außerdem würde ich gern kurz mit der Tontechnik sprechen.« Ich seufzte. »Mein Headset war SO unbequem vorhin beim Soundcheck. Die haben es sicher nicht richtig angepasst. Unglaublich, man sollte meinen, dass in einer so großen Arena echte Profis arbeiten.«

»Naomi, hör mir jetzt bitte mal zu. Wegen deines freien Tags mor …«

Ich wusste, was sie mir sagen wollte, noch bevor sie es ausgesprochen hatte. Entrüstet machte ich einen Schritt von ihr weg. »Nein! Du hast es versprochen! Wir haben eine Abmachung!«

»Ich weiß, und es tut mir wahnsinnig leid!« Sie klang, als meinte sie es wirklich so, aber darum ging es nicht. »Ich habe alles versucht, um dein morgiges Meeting mit dem Plattenlabel zu verschieben, leider vergeblich. Es gibt gewisse Leute, die bei dem Meeting unbedingt dabei sein müssen, und es ist eben schwer, so viele Terminkalender unter einen Hut zu bringen …«

»NEIN. Ich arbeite morgen nicht. Und damit basta.«

»Es ist nur ein einziges kurzes Meeting. Ich verspreche, du hast den ganzen restlichen Tag frei.«

»Mum! Nein! Das ist unfair!«, protestierte ich wütend. »Alle anderen Menschen haben freie Tage, nur ich nicht!«

»Du bekommst Zeit für dich! Ich mache es wieder gut, okay? Ich habe wirklich getan, was ich konnte«, behauptete sie verzweifelt. »Nur eine Besprechung, und das war's.«

»**NEIN,** habe ich gesagt!«

»Äh, Ms. Starr?« Ein Bühnenarbeiter näherte sich uns nervös. »Ich unterbreche Sie nur ungern, aber es gibt noch ein paar Dinge, die wir vor Beginn des Konzerts mit Ihnen besprechen müssten. Ist das okay, wenn Sie gleich mit mir kommen? Uns bleibt nicht mehr viel Zeit.«

»Ja, natürlich.« Mum nickte und fügte an mich gewandt hinzu: »Ich bin gleich wieder da.«

Schmollend sah ich ihr hinterher. Sie folgte dem Bühnenarbeiter aus dem Raum, und meine Gesangslehrerin räusperte sich.

»Naomi? Sollen wir da weitermachen, wo wir aufgehört haben?«

»NEIN! Ich brauche frische Luft!«, blaffte ich, schnappte mir meine Sonnenbrille und marschierte zur Tür hinaus.

Hinterher tat es mir leid, dass ich so schroff zu ihr gewesen war. Es ist schließlich nicht ihre Schuld, dass mein Leben eine einzige große Katastrophe ist. Ich hätte meinen Frust nicht an ihr auslassen dürfen, aber ich war einfach so SAUER auf Mum! Ist es zu viel verlangt, wenn ich nach all der harten Arbeit auch mal Zeit für mich haben will? Und was sollte dieser Mist mit den Terminkalendern? HALLO?! Ich bezweifle, dass irgendjemand beim Plattenlabel einen so vollen Terminkalender hat wie ich. Die sollen sich gefälligst nach meinem Zeitplan richten und das Meeting auf einen anderen Tag verschieben!

Ich stürmte durch den Bühneneingang auf eine leere Gasse hinaus, setzte meine Sonnenbrille auf und lehnte mich gegen die Hauswand. Dass es in Strömen regnete, war mir vollkommen egal. Ich war so überfordert und wütend auf die ganze Welt, dass ich am liebsten geheult hätte. Dabei heule ich eigentlich NIE. Ich versuchte, tief und gleichmäßig zu atmen, wie es mir die Masseurin gestern im Spa vorgemacht hatte.

»Meine Güte, sind Sie steif!«, hatte sie gesagt, nachdem sie mit meiner Hot-Stone-Rückenmassage begonnen hatte. »Sie müssen sich entspannen!«

»Was glauben Sie, warum ich hier im Spa bin, Sie Genie?«, hätte ich gern erwidert, begnügte mich stattdessen jedoch mit einem »Mmm«.

Als ich dort in der Gasse hinter der Arena meine Atemübungen machte, sah ich auf der Hauptstraße einen Bus näherkommen und hatte plötzlich einen Gedanken: *Ich könnte einfach in diesen Bus steigen und abhauen.*

Ich könnte abhauen. Allein sein. Ruhe finden. Ruhe war etwas, was ich nicht kannte. Um mich herum herrschte immer das totale Chaos. Egal, wo ich hinging. Ich war ständig umringt von Leuten, die redeten, ihre Arbeit machten, telefonierten, mir sagten, wo ich hinmusste, was ich tun sollte, was ich sagen sollte und zu wem.

Ich könnte in diesen Bus steigen und das alles hinter mir lassen.

Ohne noch einmal darüber nachzudenken, rannte ich los.

Mit meinem Konzert-Make-up im Gesicht und ohne Handy sprintete ich durch den Regen, die Gasse entlang Richtung Hauptstraße. Ich sprang gerade noch rechtzeitig in den Bus, bevor er wieder losfuhr. Niemand erkannte mich, und ich zog mich auf einen Fensterplatz im hinteren Teil des Busses zurück. Dann nahm ich meine Sonnenbrille ab, weil ich damit an einem Regentag wie heute wahrscheinlich Aufmerksamkeit auf mich gezogen hätte. Ich saß da, blickte aus dem Fenster und sah die Arena hinter mir kleiner werden und schließlich verschwinden. Mit einem Seufzer der Erleichterung lehnte ich mich auf meinem Sitz zurück.

Ich blieb eine Ewigkeit im Bus sitzen, hochzufrieden mit mir, weil ich Mum erfolgreich die Stirn geboten hatte. Vor kurzem hatte ich einen Spruch in meinem offiziellen Instagram-Profil gepostet, in dem es darum ging, für sich selbst einzutreten. Hunderttausende Follower hatten den Spruch geliket. Ich hatte das Gefühl, dass ich gerade genau das tat: Ich trat für mich selbst ein.

Aber ich konnte natürlich nicht für immer in dem Bus sitzen bleiben. Außerdem hatte ich inzwischen leichte Gewissensbisse, weil ich mein Handy nicht dabeihatte und Mum bestimmt ausflippte vor Panik. In diesem Moment sah ich auf der Armbanduhr eines Mannes, der in meiner Nähe aufstand, wie viel Uhr es war.

Ich hatte den Anfang meines Konzerts verpasst!

Meine Kehle schnürte sich zu, und mein ganzer Körper verspannte sich. Dann rief ich mir in Erinnerung, dass doch genau das mein Ziel gewesen war, als ich aus der Arena gestürmt war: Ich hatte allen einen Schreck einjagen wollen. Vielleicht fingen sie jetzt endlich einmal an, mir zuzuhören.

Als mir auffiel, dass ein paar Mädchen einige Sitzreihen vor mir nach Luft schnappten und nicht besonders dezent ihre Handys auf mich richteten, stieg ich aus dem Bus. Und jetzt bin ich hier in dieser Bibliothek und will nur noch nach Hause.

»Ich bin dein größter Fan«, sagt das Mädchen neben dem Tresen so leise, dass ich es kaum verstehe.

»Tja, kann sein, aber ich bin gerade nicht in der Stimmung für Fans«, erwidere ich abweisend.

Sie lässt sofort beschämt den Kopf hängen. Ich bekomme ein schlechtes Gewissen und öffne den Mund, um ihr zu versichern, dass sie nichts dafür kann, doch in diesem Moment taucht die Bibliothekarin wieder auf.

»Ich habe dir ein Taxi bestellt. Es müsste jeden Moment hier sein.«

»Super.«

Ich ziehe meine Sonnenbrille wieder auf und spähe durch das Fenster in der Eingangstür. Der Regen hat sich inzwischen zu einem Nieseln abgeschwächt. Ich sehe Menschen, die die Straße entlangeilen, Autos, die am Straßenrand halten, Fahrer, die mit Kameras um den Hals aussteigen.

»Die Paparazzi sind da«, sage ich laut. »Ich *wusste* es.«

Ich beiße mir auf die Lippe, während die Reporter sich vor der Bibliothek postieren, miteinander plaudern und ihre Kameras prüfen. Ich habe ECHT keine Lust darauf, dass sie Fotos von mir in diesem Zustand schießen – ich sehe aus wie eine ertränkte Ratte. Überhaupt bin ich heute ein gefundenes Fressen für die Presse: Erst tauche ich nicht zu meinem eigenen Konzert auf, und dann verstecke ich mich auch noch vor Regen triefend und mit zerlaufenem Make-up in einer Bibliothek.

Ein weiteres Auto kommt die Straße entlanggefahren und parkt schräg vor dem Eingang. Es ist ein Taxi.

»Okay, auf geht's.« Ich drehe mich zu der Frau und dem Mädchen um. »Ich brauche etwas, das ich mir vors Gesicht halten kann.«

»Wie bitte?« Die Bibliothekarin sieht mich verwirrt an.

»Etwas, womit ich mich vor den Reportern abschirmen kann!«, dränge ich ungeduldig. »Eine Zeitung oder so was. Beeilen Sie sich! Der Presseauflauf da draußen wird immer größer!«

Sie beginnt sich umständlich auf dem Büchertresen umzusehen, aber der sieht aus wie eine Müllhalde, und ich habe nicht den ganzen Tag Zeit.

»Gib mir einfach das da«, sage ich wütend und reiße dem Mädchen, das behauptet, mein größter Fan zu sein, das Buch aus der Hand.

Ideal ist es nicht, aber es wird reichen müssen. Ich hole tief Luft und öffne die Tür, wobei ich den Kopf senke und mir das

Buch vors Gesicht halte, um mich vor dem Blitzlichtgewitter zu schützen, das sofort einsetzt. Mit großen Sätzen renne ich zum Taxi, reiße die Tür auf und springe auf den Rücksitz. »**LOSFAHREN! LOSFAHREN!**«, schreie ich.

Der Fahrer drückt aufs Gaspedal, und wir schießen die Straße entlang, weg von den Paparazzi.

»Wow!«, sagt der Fahrer und blickt in den Rückspiegel. »Sind Sie *Naomi Starr?*«

»Ja, bin ich«, antworte ich, lehne mich zurück und schiebe meine Sonnenbrille hoch. »Aber im Moment wünschte ich, ich wäre jemand anders.«

KAPITEL SIEBEN

RUBY

»ZEIT ZUM AUFSTEHEN, RUBY!«

Mums Stimme und ihr lautes Klopfen an meiner Zimmertür reißen mich aus dem Schlaf. Offenbar bin ich gestern Abend beim Lesen eingeschlafen, denn mein Gesicht klebt noch an einer Buchseite. Ich löse sie vorsichtig ab und schmiege mich dann wieder ins Kissen, in der Hoffnung, noch fünf Minuten dösen zu können.

Aber Mum hat die Tür angelehnt gelassen, und Daisy schiebt sich herein und bellt sich die Seele aus dem Leib. Sie hüpft auf mein Bett und fängt an, mir das Gesicht abzuschlecken. Anscheinend war sie gerade mit Dad Gassi gehen, denn sie ist voller Matsch und verteilt ihn auf meiner ganzen Bettdecke. Trotzdem fällt es mir schwer, böse auf sie zu sein, weil sie einfach so süß ist.

»Guten Morgen, Daisy«, sage ich lachend und versuche, sie und ihren stinkenden Atem von mir wegzuschieben. »Ist ja schon gut, ich stehe auf.«

»Die Zwillinge haben leider mal wieder das ganze Warmwasser verbraucht!«, ruft Mum die Treppe herauf. »Heute Morgen wird also kalt geduscht!«

Roman haut meine Tür auf, die laut gegen die Wand knallt. »Pech gehabt, du Loserin!«

»Roman! Ich muss heute unbedingt meine Haare waschen!«, stöhne ich und werfe mein Kissen nach ihm, aber er ist schon wieder verschwunden und es landet auf dem Boden. »Ihr seid solche NERVENSÄGEN!«

»Wieso, ein bisschen heißes Wasser ist noch übrig«, behauptet Reggie. »Es war noch nicht komplett eiskalt, als ich aus der Dusche gestiegen bin.«

»DANN GEH ICH JETZT DUSCHEN!«, ruft John aus seinem Zimmer.

»NEIN, ICH ZUERST!«, brülle ich, springe aus dem Bett und rase zum Badezimmer, während mir Daisy, die glaubt, das Ganze wäre ein lustiges Spiel, um die Beine springt.

»**YES!**«, ruft John grinsend, als er die Badezimmertür vor mir erreicht und sie mir vor der Nase zumacht. Mit einem Klicken schiebt er den Riegel vor.

»Neeeeein!« Ich hämmere gegen die Tür und höre im nächsten Moment drinnen die Dusche rauschen. »John, ich muss mir die Haare waschen!«

»Wer zuletzt kommt, den bestraft das Leben!«, ruft er zurück.

Über Brüder im Allgemeinen und diesen Morgen im Besonderen schimpfend trotte ich mit Daisy zurück in mein Zimmer und krabble ins Bett, um zu warten, bis endlich ich an der Reihe bin. Ich greife nach meinem Buch, um mir die

Zeit zu vertreiben. Während ich mit dem Finger den Buchtitel nachfahre, muss ich lächeln und kann noch immer nicht fassen, was gestern passiert ist.

Ich habe *Naomi Starr* kennengelernt! DIE Naomi Starr!

Na gut, genau genommen kann von Kennenlernen keine Rede sein, aber sie stand ewig neben mir in der Bibliothek, während sie auf ihr Taxi gewartet hat. Ich wünschte, ich hätte nicht diesen dämlichen Satz zu ihr gesagt! Wahrscheinlich hört sie ständig von irgendjemandem, er sei ihr größter Fan.

Nachdem sie hinausgeeilt war, blieb ich wie angewurzelt stehen und brachte die nächsten fünf Minuten kein Wort heraus. Rose fand das urkomisch und drohte, mir einen Eimer kaltes Wasser über den Kopf zu kippen, um mich aus meiner Starre zu reißen.

»Das war Naomi Starr!«, stieß ich schließlich krächzend hervor. »Unglaublich!«

»Ich weiß. Nicht besonders nett, oder?«

»Naomi Starr. Sie stand direkt dort«, sprudelte ich hervor. Roses Einwand nahm ich gar nicht zur Kenntnis.

Mir war vollkommen egal, dass Naomi nicht den nettesten Eindruck gemacht hatte. Im Internet las ich später, dass sie kurz vor ihrem Konzert aus der Arena gestürmt war, weil sie nicht wie eigentlich geplant einen Tag freibekommen hatte. Sie hatte also wahrscheinlich einfach nur schlechte Laune gehabt. Wie auch immer, für mich spielte das keine Rolle. *Ich war Naomi Starr begegnet!*

»Sie hat einfach das Buch mitgenommen«, stellte Rose missmutig fest. »Ohne sich auch nur zu bedanken.«

»Vielleicht bringt sie es wieder zurück«, murmelte ich noch ganz benommen.

»Das bezweifle ich. Dein Glück, dass ich noch ein zweites Exemplar habe.« Sie verschwand zwischen den Regalreihen und kam mit dem Buch in der ausgestreckten Hand zurück. »Aber verlier es nicht, Ruby. Das ist mein letztes Exemplar.«

»Naomi Starr und ich leihen uns das gleiche Buch aus der Bibliothek aus!«, sagte ich aufgeregt. »Sie wird das Gleiche lesen wie ich!«

»Ach, Ruby«, antwortete Rose lachend und schüttelte den Kopf über mich. »Ich bezweifle, dass sie das Buch auch nur aufschlagen wird. Sie brauchte es nur als Schutzschild vor den Paparazzi. Wie auch immer, ich hoffe, dass es wenigstens dir ein bisschen weiterhilft. Vielleicht kannst du dadurch lernen, so selbstbewusst zu sein wie dein großes Idol.«

»Ich hoffe es«, sagte ich dankbar und umklammerte fest mein Exemplar. *Entdecke dein Leuchten.* »Versprechen Sie, dass Sie mir Bescheid geben, wenn sie zurückkommt, um das andere Exemplar zurückzugeben?«

Rose versprach es, und ich machte mich auf den Weg nach Hause. Sobald ich die Bibliothek verlassen hatte, rief ich Beth an, um ihr alles zu erzählen. Sie kreischte regelrecht ins Telefon und konnte es überhaupt nicht fassen.

Ihre Reaktion war deutlich befriedigender als die meiner Familie, als ich beim Abendessen Bericht erstattete. Das Ganze lief so ab:

Dad: »Wer?«

Mum: »Was meintest du gerade über Bücher?«

Jeroame: »Ist das die von dieser Girl Group?«

Roman: »Es wäre cooler gewesen, wenn du *Riley* Starr getroffen hättest.«

Reggie: »Wisst ihr noch, als ich mal Elton John gesehen habe?«

John: »Das war nicht Elton John. Das war nur jemand, der ihm ähnlich sah.«

Nach dem Abendessen rief ich Isabella an, um es auch ihr zu erzählen, und sie sagte: »Wow, das ist SO cool, Rubes! Wie ist sie so? Oh-oh, ich muss los. Wir haben heute einen Quizabend in der Studentenvereinigung. Aber ich ruf dich morgen an, und dann erzählst du mir alles, ja? Hab dich lieb, Schwesterchen!«

Wenigstens *ein* Familienmitglied erkannte, was für ein Riesending mein Erlebnis war, auch wenn es keine Zeit zum Telefonieren hatte.

Es war wirklich ein Riesending. Das größte überhaupt. Den Moment, in dem Naomi Starr zur Tür hereinkam, werde ich in meinem ganzen Leben nicht vergessen. Wenn ich doch nur nicht so perplex gewesen wäre! Ach, was soll's.

Ich blättere durch Entdecke dein Leuchten, um zu der Seite zu gelangen, über der ich letzte Nacht eingeschlafen bin. Das Kapitel, das auf dieser Seite beginnt, heißt: **Schlüpfe in die Haut einer anderen Person.**

»Schön wär's«, sage ich laut. »Ich würde alles dafür geben, in der Haut von jemand anderem zu stecken statt in meiner eigenen.«

Ich weiß nicht, ob es daran liegt, dass ich immer noch ein

bisschen überwältigt bin von der gestrigen Aufregung, jedenfalls überkommt mich beim Lesen plötzlich so ein … seltsames Gefühl.

Alles fängt an zu kribbeln, und mir wird schwindelig.

Was ist nur los mit mir?

KAPITEL ACHT

NAOMI

Mum redet nicht mehr mit mir.

Eigentlich ganz angenehm. Ich sollte öfter meine Konzerte schwänzen, wenn das bedeutet, dass ich dann endlich mal meine Ruhe habe.

Das verpasste Konzert schafft es in sämtliche Nachrichten, und in den sozialen Medien bin ich ebenfalls Gesprächsthema Nummer eins. Anscheinend wird man sofort als Diva abgestempelt und von allen Seiten angefeindet, wenn man vom eigenen Konzert abhaut und seine Fans warten lässt. Okay, es war vielleicht nicht mein klügster Schachzug, aber ich verstehe trotzdem nicht, warum mein Presseteam so einen Aufstand deswegen macht. Mein Name ist *überall*. Alle reden über mich, selbst seriöse Menschen in seriösen Fernsehsendungen. Ich bin momentan der berühmteste Mensch auf diesem Planeten. Man sollte meinen, meine Presseleute würden sich über diese einmalige Gelegenheit freuen, meine Marke weiter auszubauen.

Aber nein. Stattdessen jammern sie herum, weil sie die ganze Nacht durcharbeiten und auf Schlaf oder Freizeit oder was auch immer verzichten mussten.

Jetzt wissen sie, wie es mir ständig geht.

Ich habe Mum noch nie so wütend erlebt wie gestern Abend, als sie von der Arena nach Hause kam. Dabei hatte ich sie sofort angerufen, nachdem ich bei uns in Chelsea angekommen war und wieder ein Telefon zur Verfügung hatte. Ich hatte ihr versichert, dass mir nichts passiert sei und es mir gut gehe. Ich sei zwar noch sauer, würde mich jedoch unter Umständen dazu bereiterklären, zurückzukommen und das Konzert nachzuholen. Sie müsse mir nur einen Wagen schicken.

Sie hatte erwidert, dass es dafür zu spät sei. Wenn ich endlich vor Ort, fertig geschminkt und angezogen wäre, hätten die Fans bereits mehrere Stunden gewartet, das könne man ihnen nicht antun. Außerdem würde die Arena um elf schließen, und so weiter und so fort. **GÄHN**.

Sie hatte sich nicht mal entschuldigt am Telefon!

Ich dachte: Wenn sie nach Hause kommt, hält sie mir bestimmt eine ihrer üblichen Standpauken und schwadroniert darüber, dass man die Leute nicht derart im Stich lassen darf. Danach würde sie sich dafür entschuldigen, dass sie mir meinen freien Tag gestrichen hat, und wir würden ins Bett gehen. Und morgen wäre dann alles wieder gut.

Von wegen.

Als sie nach Hause kam, sah sie RICHTIG übel aus. Das soll jetzt nicht fies klingen, aber sie bräuchte selbst mal ein bisschen Zeit im Spa. Begleitet wurde sie von einer ganzen Armee von Presseleuten, die sich in meinem Wohnzimmer häuslich einrichteten und betont laut darüber sprachen, was ihnen für eine lange Nacht bevorstünde.

»Denkt dran, dass ihr euch die Schuhe ausziehen müsst, wenn ihr wieder stundenlang auf- und abmarschiert«, mahnte ich.

Mum würdigte mich nicht mal eines Blickes. Ohne ein Wort ging sie zum Kühlschrank, nahm eine Flasche Wasser heraus und hielt sie sich an den Kopf.

Ich folgte ihr in die Küche. »Mum«, setzte ich an. »Tut mir leid, dass ich dir nicht gesagt habe, wo ich bin, aber ich brauchte Zeit für mich. Findest du nicht, ich hätte es verdient, dass …«

Sie hob die Hand, um mich zum Schweigen zu bringen.

»Bitte, Naomi«, flüsterte sie mit resignierter, schwacher Stimme, die mich mehr schockierte, als wenn sie mich wieder angebrüllt hätte. »Bitte nicht. Ich kann mich jetzt nicht damit befassen.«

Sie schob sich an mir vorbei und eilte ins Wohnzimmer zu den Presseleuten, wobei sie die Tür fest hinter sich zumachte, als klares Zeichen, dass ich dort nicht willkommen war. Das ärgerte mich, denn *wenn* hier jemand allen Grund dazu hatte, davonzustürmen und sich in einem Zimmer einzusperren, war das ja wohl ich.

Heute Morgen klopfte dann Simon zaghaft an meine Tür, um mir mitzuteilen, dass es Zeit zum Aufstehen sei.

»Wo ist meine Mutter?«, fragte ich gähnend.

»Unten. Bei den anderen«, antwortete er nervös.

»Kannst du ihr bitte sagen, dass sie zu mir hochkommen soll? Wir müssen noch mal über gestern reden.«

Er zögerte. »Äh … na ja … Sie hat ausdrücklich zu mir gesagt, dass sie momentan nicht mit Ihnen reden möchte. Ich glaube, sie hat ziemlich viel um die Ohren. Außerdem hat sie die ganze Nacht durchgearbeitet und …«

»Interessiert mich nicht, Simon.«

»Oh … äh … ich … ich heiße übrigens Sam.«

»Könnten Sie bitte dem Koch sagen, dass er mir wieder so einen grünen Saft machen soll? Ich habe Kopfschmerzen.«

»Ähm … Ihr Koch hat doch heute frei.«

Ich seufzte gereizt. »Können SIE mir den Saft dann bitte machen? Diese Kopfschmerzen sind DER HORROR!«

Er nickte, schloss die Tür hinter sich und ließ mich mit meinen Gedanken über den gestrigen Tag allein.

Einerseits verstehe ich ja, dass die Leute sauer sind. Wirklich. Wenn ich ein Konzertticket gekauft hätte und die Sängerin einfach nicht auftauchen würde, würde ich mich auch ärgern. Andererseits bekommen meine Fans ja ihr Geld zurück. Und die Mitarbeiter der Arena erleben so was bestimmt ständig und sind daran gewöhnt.

Im Internet stehen nicht besonders nette Dinge über mich. Ich gebe mir Mühe, nicht bei jeder neuen Meldung und jedem neuen Kommentar auf mein Handy zu schauen, weil ich ja weiß, dass es nichts Gutes sein wird.

Die wissen gar nichts, rede ich mir ein, während ich nun doch durch die fiesen Kommentare scrolle. *Sie verstehen es einfach nicht.*

Ich schalte mein Handy aus und pfeffere es in die Zimmerecke. Dann lasse ich mich in die Kissen zurücksinken und überlege, was ich tun soll. Hinuntergehen und mich Mum und dem Presseteam stellen, möchte ich lieber noch nicht. Weiterschlafen werde ich allerdings auch nicht können, das weiß ich. Ich rolle mich auf die Seite, und mein Blick fällt auf das Buch, das ich gestern aus der Bibliothek mitgenommen habe.

Ich greife danach und lese den Titel: *Entdecke dein Leuchten.*

Zerstreut schlage ich die ersten Seiten auf, um zu sehen, worum es geht. Ich habe sowieso nichts Besseres zu tun, und vielleicht lenkt es mich von diesem Albtraum ab, in das sich mein Leben verwandelt hat.

Eine Kapitelüberschrift erregt meine Aufmerksamkeit, und ich höre auf zu blättern. Dort steht: **Schlüpfe in die Haut einer anderen Person**.

»Das sollten all diese Leute dringend mal tun«, murmele ich grimmig. »In meine Haut schlüpfen und am eigenen Leib erfahren, wie es WIRKLICH ist, ich zu sein!«

Vielleicht sind mir die gemeinen Onlinekommentare doch mehr zu Herzen gegangen, als ich mir eingestehen will, denn beim Lesen des Kapitelanfangs wird mir ein bisschen schwummrig.

»SIMON!«, brülle ich. »WO BLEIBT MEIN SAFT? MIR GEHT ES GAR NICHT GUT!«

Plötzlich fängt mein ganzer Körper an zu kribbeln, und mir wird schwindelig. Oha. Was geht denn jetzt ab?

Was ist nur los mit mir?

KAPITEL NEUN

RUBY

Es passiert, als ich einen fettgedruckten Absatz des Kapitels lese. Es ist ein einzelner Absatz mitten auf einer ansonsten leeren Seite.

> **Um etwas über sich selbst zu erfahren, braucht man manchmal eine andere Perspektive. Schlüpf in die Haut einer anderen Person, tritt in ihre Fußstapfen, sieh die Dinge durch ihre Augen.**
> **Entdecke dein Leuchten.**

In diesem Moment bemerke ich es. Die Buchstaben … Moment mal, das kann doch nicht sein! Fangen die Buchstaben etwa an zu … *leuchten?*

WUUUSSSSSSSCCCHHH!

KAPITEL ZEHN

NAOMI

Oh Mann, dieses Buch ist echt schlecht. Um ehrlich zu sein, ist das ganze Kapitel gähnend langweilig, aber dieser komische Abschnitt, der da allein mitten auf der Seite steht, könnte zumindest ansatzweise interessant sein.

> Um etwas über sich selbst zu erfahren, braucht man manchmal eine andere Perspektive. Schlüpf in die Haut einer fremden Person, tritt in ihre Fußstapfen, sieh die Dinge durch ihre Augen.
> Entdecke dein Leuchten.

Okay, Simon muss schleunigst mit dem Saft zurückkommen, ich glaube nämlich, mit mir stimmt was nicht. Bilde ich mir das nur ein, oder haben die Buchstaben wirklich angefangen zu … *leuchten?*

WUUUSSSSSSSCCCHHH!

KAPITEL ELF

RUBY

(ALS NAOMI)

Einen Moment lang ist alles schwarz.

Bin ich etwa wieder eingeschlafen?, denke ich und setze mich ruckartig auf. Heftig blinzelnd überlege ich, wie lange ich wohl geschlummert habe. Mein Kopf tut weh, aber das Schwindelgefühl ist weg. Ich schaue mich blinzelnd um und erstarre.

Moment mal. Das ist nicht mein Zimmer.

Das Zimmer, in dem ich liege, ist **RIESIG**, ungefähr fünfmal so groß wie meins. Und total schick eingerichtet, mit einem funkelnden Kronleuchter an der Decke, schneeweißen Wänden, an denen teuer wirkende Gemälde hängen, und eleganten grauen Samtvorhängen. Im ganzen Raum stehen glänzende Vasen mit wunderschönen Rosen in allen Regenbogenfarben. Ich selbst liege in einem Riesenbett unter einem Himmel aus hauchdünnem Stoff. Die Bettwäsche ist aus der zartesten, glattesten Seide, die ich je berührt habe, und als ich mich aufstützen will, versinken meine Hände in einem Berg kuschelweicher Kissen. Neben mir liegt *Entdecke dein Leuchten*, aufgeschlagen auf der Seite, die ich zuletzt gelesen habe.

Träume ich?

Bestimmt träume ich.

Ich schließe fest die Augen und öffne sie dann wieder. Nein, ich bin immer noch hier in diesem fremden Zimmer. Ich kneife mir ins Handgelenk, doch nichts passiert.

»Bin ich … im Himmel?«, krächze ich, kralle meine Finger in die Bettdecke und sehe mich um. »Bin ich … tot? ICH BIN TOT!«

»Sagen Sie doch nicht so was«, ertönt eine sanfte Stimme von der Tür. »Es wächst sicher bald Gras über die Sache.«

Ich schreie auf. Ein Mann kommt zu mir geeilt, mit einem Tablett in der Hand, auf dem mehrere Gläser mit einer grünen Flüssigkeit stehen.

»Entschuldigen Sie! Ich … ich wollte Sie nicht erschrecken. Ich hatte geklopft, aber Sie haben es offenbar nicht gehört.« Er hält mir das Tablett hin. »Hier. Ich habe gleich mehrere gemacht, für alle Fälle. Verzeihen Sie, dass es so lange gedauert hat. Ich konnte mich nicht an das genaue Rezept erinnern, und da ich nicht wollte, dass es wieder nach Entengrütze schmeckt, habe ich mir besonders viel Mühe gegeben.«

Ich starre ihn entsetzt an.

»Alles in Ordnung mit Ihnen?«, fragt er mich, nachdem ich ihn eine Weile angeschwiegen habe. »Sie wirken … aufgebracht.«

»*Wo bin ich?*«, stoße ich heiser hervor. Meine Stimme gehorcht mir nicht.

»Wie bitte?«

»Wo ich bin, habe ich gefragt.«

Er runzelt sorgenvoll die Stirn. »Sie sind zu Hause. In Ihrem Schlafzimmer.«

»Ist das alles hier ein Scherz? Ein Streich, den mir irgendjemand spielt? Sie kommen mir bekannt vor. Stecken Roman und Reggie hinter der Sache? Sind Sie ein Freund von den beiden? Was ist hier los? Wer sind Sie?«

»Ich bin Sam, Ihr persönlicher Assistent«, stammelt er und schluckt. Dann greift er nach einem der Gläser und gibt es mir. »Sie sollten vielleicht wirklich schnell ein bisschen Saft trinken. Und ich gehe Ihre Mutter holen. Sie scheinen heute nicht … Sie selbst zu sein.«

Bevor er aus dem Zimmer eilt, blickt er noch mal mit besorgter Miene über die Schulter. Mein Herz pocht so heftig in meiner Brust, dass ich Angst habe, es könnte zerspringen. Das alles muss ein Traum sein, aber ich habe noch nie zuvor so lebhaft und realistisch geträumt.

Ich stelle den Saft auf dem Nachttisch ab, schlage die seidene Bettdecke zurück und schiebe meine Beine aus dem Bett. Dabei merke ich, dass ich in dem schönsten Schlafanzug stecke, den ich je gesehen habe, und als ich mir mit der Hand durch die Haare fahren will, ertaste ich eine Schlafmaske auf meinem Kopf.

Wer war dieser Mann? Ich habe das Gefühl, ihn schon einmal gesehen zu haben, aber ich weiß nicht mehr, wo. Welchen Namen hat er mir noch mal genannt? War es Simon? Nein. Sam. Er sei mein Assistent, hat er gesagt.

Ich schnipse triumphierend mit den Fingern. Jetzt weiß ich wieder, woher ich ihn kenne! Er ist Naomi Starrs persönlicher

Assistent! Ich habe ihn schon ein paar Mal auf Pressefotos gesehen, auf denen er immer in einigem Abstand hinter Naomi stand. Und ich erinnere mich, dass Naomi damals kurz zuvor ihre persönliche Assistentin gefeuert hat, weil die diese Geschichten über sie an die Presse verkauft hatte. Die sozialen Medien überschlugen sich regelrecht, weil jeder wissen wollte, wer wohl ihren Platz einnehmen würde. Angeblich erhielt Naomis Mutter Tausende Bewerbungen. Beth witzelte damals, ich solle es doch auch versuchen.

Ich kichere und schäme mich ein bisschen dafür, dass ich offenbar so von Naomi Starr und ihrem Leben besessen bin, dass ich jetzt schon träume, ich wäre sie.

So schön dieser Traum ist, allmählich sollte ich aufwachen. John ist bestimmt längst fertig im Bad, und ich will nicht zu spät zur Schule kommen. Ich kneife mich noch einmal in den Arm, diesmal fester.

Die Zimmertür geht auf, und Sam kommt herein. Diesmal ist er nicht allein. Eine große, attraktive Frau mit hohen Wangenknochen läuft auf mich zu, sie trägt einen langen roten Kimono. **OH. MEIN. GOTT.**

Riley Starr. Es ist Riley Starr! Naomis Mutter! Und sie kommt auf mich zu!

DAS IST DER BESTE TRAUM ALLER ZEITEN!

Ohne nachzudenken springe ich auf und verbeuge mich, verwirrt von all diesen verrückten Sinneswahrnehmungen.

Riley Starr bleibt stehen und tauscht einen Blick mit Sam aus, der genauso verblüfft wirkt wie sie. Sie verschränkt die Arme und seufzt.

»Was tust du da?«, fragt sie und hebt vollkommen unbeeindruckt die Augenbrauen.

»Entschuldigung. Das war dumm von mir. Entschuldigung. Keine Ahnung, warum ich mich verbeugt habe!«, stammle ich lachend. »Hallo, Riley Starr! Sie sind es! Hier in meinem Traum!«

»Was? Was soll dieses Spielchen?« Sie runzelt die Stirn. »Willst du dich damit noch mehr in den Mittelpunkt spielen? Was meinst du mit *hier in meinem Traum?* Du träumst nicht. Soweit ich das erkennen kann, bist du hellwach.«

Ihr strenger Tonfall und die Art, wie sie mich ansieht, lassen meine Glücksgefühle mit einem Mal verpuffen. Sie steht wartend da und klopft ungeduldig mit dem Fuß auf den Boden, während ich noch einmal den Blick durch den Raum schweifen lasse. Es sieht alles so … echt aus. In einem Traum ist doch normalerweise alles irgendwie verschwommen, oder nicht?

Ist man sich beim Träumen jemals derart im Klaren darüber, dass man gerade träumt? Und wenn es einem klar wird, ist das nicht meist der Zeitpunkt, an dem man aufwacht?

»Wach auf!«, befehle ich mir unvermittelt, schließe die Augen und balle die Hände zu Fäusten. »Allmählich wird es seltsam. Wach auf! Wach auf!«

»Keine Ahnung, ob du beschlossen hast, nun endgültig verrücktzuspielen, oder ob du einfach nur hoffst, dass gestern nur ein schrecklicher Albtraum war: Ich kann dir versichern, dass dem nicht so ist«, teilt mir Riley Starr mit erschöpfter Stimme mit. »Wir haben die ganze Nacht für dich durchgearbeitet und eine Stellungnahme in deinem Namen herausgegeben.«

»Entschuldigung, darf ich vielleicht kurz …« Ich mache mit ausgestreckter Hand ein paar vorsichtige Schritte auf sie zu. »Ich muss etwas nachprüfen.«

Mit zitternden Händen trete ich dicht an sie heran und stupse ihren Arm mit dem Finger an. Ich warte eine Sekunde und stupse dann noch mal.

»Was um *alles* in der Welt tust du da?«

»Das ist alles so merkwürdig. So unfassbar merkwürdig«, sage ich und trete einen Schritt zurück. Vor Panik schnürt sich mir die Kehle zusammen. »S-sie wirken so *echt*. Bin ich … bin ich in einer Fernsehsendung? Habe ich das hier bei irgendeinem Wettbewerb gewonnen und bin dann vor Aufregung in Ohnmacht gefallen und mittendrin wieder aufgewacht?«

Riley Starr und Sam starren mich an.

»Sie sind wirklich Riley Starr«, fahre ich fort und zeige auf sie. »*Die* Riley Starr. Und ich bin hier …« Ich mache eine Geste durch den Raum. »… in diesem wunderschönen, unglaublichen Zimmer.« Ich vergrabe den Kopf in meinen Händen. »*Was passiert hier gerade?* Ich bin komplett durcheinander!«

»Hör mal, ich glaube, dir ist alles ein bisschen zu viel geworden gestern Abend …«

»Das Letzte, woran ich mich erinnere, ist, dass ich dieses Buch gelesen habe«, sage ich. Ich versuche, logisch zu denken und mein Gehirn zur Vernunft zu bringen. »Ich habe das Buch gelesen und mich plötzlich irgendwie seltsam gefühlt …«

»Ich habe das heutige Meeting abgesagt«, verkündet Ms. Starr mit gequältem Gesicht. »Deine Botschaft ist klar und deutlich bei mir angekommen. Die Plattenfirma ist STINK-SAUER, es ist also wahrscheinlich gar nicht so schlecht, wenn wir ein bisschen Zeit ins Land gehen lassen. Aber was gestern Abend passiert ist, ist absolut inakzeptabel. Du hast Tausende deiner Fans enttäuscht.«

»I-ich habe Tausende meiner Fans enttäuscht«, wiederhole ich stammelnd.

»Schön, dass du das endlich einsiehst«, sagt sie und holt dann tief Luft. »Mir ist vollkommen klar, dass dein Leben momentan stressig und kräftezehrend ist. Ich selbst hatte auch nie wirklich einen freien Tag, als ich meine ersten Alben herausgebracht habe, und ich weiß noch, dass ich völlig überwältigt war vom Leben im Rampenlicht. Deshalb bin ich auch bereit, unseren gestrigen Streit vorerst auf Eis zu legen und mit dir einen freien Tag zu verbringen. Aber ich möchte, dass du dich anschließend wieder voll und ganz deinen Terminen widmest. Wenn du erst mal Freizeit brauchst, um dazu überhaupt imstande zu sein, dann ist das eben so.«

Ich überlege, ob es möglich ist, dass Riley Starr den Verstand verloren hat.

Andererseits lautet die Frage vielleicht eher, ob *ich* den Verstand verloren habe.

»Äh … okay.«

»Ich habe ein paar Programmpunkte für dich organisiert, für den Fall, dass du ausgehen und was Schönes unternehmen möchtest. Wenn du allerdings lieber zu Hause bleiben und entspannen willst, ist das auch in Ordnung.« Sie zögert und fügt dann hinzu: »Das hast du dir verdient.« Diesen letzten

Satz sagt sie so langsam und betont, als wollte sie vor allem sich selbst überzeugen.

»Soll ich Ihnen den potenziellen Plan für den heutigen Tag vorlesen?«, fragt Sam.

Ich denke zuerst, dass er Ms. Starr meint, doch beide sehen mich an und scheinen auf eine Antwort von mir zu warten.

»Okay …?«

Er fängt an, laut vom Tablet abzulesen: »Zunächst haben wir eine Massage und eine Maniküre für Sie gebucht, hier zu Hause. Am späteren Vormittag ist dann ein Tisch zum Brunchen im Ritz für Sie und Ms. Starr reserviert. Außerdem sind Sie eingeladen, die Premierenvorstellung eines neuen Musicals im West End zu besuchen, es handelt sich um eine Matinee, reserviert sind natürlich die besten Plätze. Dann hat das Westfield Shopping Centre in Shepherd's Bush angeboten, am Nachmittag seine Tore für den Publikumsverkehr zu schließen, damit Sie dort in aller Ruhe shoppen können – sämtliche gewählten Artikel gehen aufs Haus. Für den Abend haben wir Tische in einer Auswahl Londoner Sternerestaurants für Sie reserviert. Aber wenn Sie nicht zweimal an einem Tag auswärts essen möchten, stehen mehrere Spitzenköche bereit, um Ihnen die Gerichte Ihrer Wahl zu Hause zu kochen. Ach, und dann habe ich gerade noch mit Disney telefoniert: Das Unternehmen würde Ihnen gern einen bisher unveröffentlichten Film für Ihr Heimkino zur Verfügung stellen und wird mir gleich ein paar Optionen zur Auswahl zukommen lassen.«

Mir bleibt der Mund offen stehen.

»Was meinst du?«, fragt mich Riley Starr und betrachtet

prüfend mein Gesicht. »Spricht dich irgendetwas davon an? Du kannst völlig frei wählen. Nichts von alldem ist ein Muss. Wenn du lieber den ganzen Tag im Bett bleiben und dich mal so richtig ausruhen willst …«

»SOLL DAS EIN WITZ SEIN?« Ich fange an, vor Aufregung auf der Stelle zu hüpfen. »Das klingt alles absolut UNGLAUBLICH! Ich hoffe, ich wache niemals aus diesem unfassbar genialen Traum auf! Aber jetzt mal im Ernst: Habe ich einen Wettbewerb gewonnen? Komme ich ins Fernsehen?«

Es klopft an der Tür, und eine Frau steckt ihren Kopf ins Zimmer.

»Ich störe Sie nur ungern, aber die Kosmetikerinnen sind da. Sollen sie alles für die Schönheitsbehandlungen vorbereiten?«

Wieder drehen sich alle zu mir um und warten auf meine Antwort.

»JA, GERNE! Wow, das ist ja der Hammer!«

Sam wirkt erleichtert.

»Komm einfach runter, wenn du so weit bist«, fordert mich Ms. Starr auf und wendet sich zum Gehen. »Ich muss noch ein bisschen weiterarbeiten. Wir brechen nach deiner Massage und Maniküre zum Brunch auf.«

»Kann ich Ihnen noch irgendetwas bringen, bevor ich gehe?«, fragt Sam.

»Nein, ich brauche nichts. Vielen Dank, Sam.«

Er schnappt hörbar nach Luft. »Sie … Sie haben mich Sam genannt!«

»Heißen Sie nicht so?«

»Doch«, flüstert er, und ein Lächeln breitet sich auf seinem Gesicht aus. »Doch, so heiße ich. *Danke.*«

»Ach Moment, eine Frage noch, Sam. Wissen Sie, wo das Badezimmer ist?«

»Das Badezimmer?«

»Ja.«

Er sieht mich an, als wäre das eine Fangfrage. Dann antwortet er: »Ihr persönliches Badezimmer ist hinter Ihnen, die Tür befindet sich direkt dort.«

»ICH HABE EIN EIGENES BADEZIMMER?«

Aufgeregt renne ich zu der Tür, auf die er gezeigt hat, und öffne sie. Vor mir erstreckt sich das schönste Badezimmer, das ich in meinem ganzen Leben gesehen habe. Es ist von oben bis unten marmorgefliest, hat ein goldenes Waschbecken, eine riesige ebenerdige Dusche und die größte Badewanne, die ich mir vorstellen kann.

Ich gehe hinein, mache die Tür hinter mir zu und schließe sie ab.

»Was ist hier eigentlich los?«, flüstere ich. *»Wo bin ich hier bloß hineingeraten?«*

Über dem Waschbecken hängt ein großer goldgerahmter Spiegel. Ich hole ein paarmal tief Luft, schlucke den Kloß in meiner Kehle herunter und stelle mich davor. Zögerlich hebe ich den Kopf und blicke hinein.

»AAAAAAAAAAAAAAAAAHHHHHHHHHHHHHHHHHH!«

KAPITEL ZWÖLF

NAOMI

(ALS RUBY)

Irgendwas stinkt hier. Wie Hundeatem. Igitt.

Ich fühle mich etwas benommen. Wahrscheinlich bin ich eingeschlafen. Wie spät es wohl ist? Warum wurde mir noch nicht mein Saft gebracht? Warum braucht Simon so EWIG dafür? Er hat Glück, dass ich ihn nicht entlasse. Ich blinzle mir den Schlaf aus den Augen.

Meine Umgebung wird klarer, und ich merke, dass eine kalte, feuchte Schnauze meine Nase berührt.

Es ist ein Hund, und er hechelt mir direkt ins Gesicht.

»AAAAAAAAAHHHHHHHHHHHHHHHH!«

Ruckartig weiche ich zurück und versuche, seitlich von dem stinkenden Tier wegzukrabbeln, aber plötzlich verschwindet das Bett unter mir und ich falle auf den Boden. Nachdem ich mich wieder aufgerappelt habe, hebe ich den Kopf und spähe zaghaft über den Matratzenrand. Der Hund ist immer noch da. Er bellt jetzt. Ich kreische und ziehe den Kopf ein.

»Mum! Mum! Da ist ein räudiger Köter in meinem Zim-

mer, er will mich angreifen! Bringt ihn raus! Bringt ihn raus! Ruft die Polizei! Simon! Mum! Kommt schnell!«

Der Hund bellt noch ein letztes Mal, springt dann vom Bett und huscht aus dem Zimmer. Ich stoße einen Seufzer der Erleichterung aus, stehe auf und sehe mich um.

»Was um alles in der …?«

Ich taumele erschrocken rückwärts und stoße gegen eine Wand.

Ich bin nicht in meinem Zimmer. *Ich bin nicht in meinem Zimmer!* Kein Wunder, dass ich vorhin abgestürzt bin: Das Bett, in dem ich lag, hat die Größe eines Couchtischs! Und das Zimmer ist *winzig*. Ich glaube, ich war in meinem ganzen Leben noch nicht in einem derart kleinen Raum! Befinde ich mich in einem begehbaren Kleiderschrank?

Wo bin ich? Was ist hier los? Ist das ein Albtraum?

»Okay, das ist jetzt wirklich nicht mehr lustig. Wach auf, Naomi, wach auf!«

Ich schließe die Augen und öffne sie wieder, aber ich stehe immer noch in diesem schrecklichen Handschuhfach von einem Zimmer. Auch nachdem ich mir mit der flachen Hand auf die Wange geschlagen habe, wache ich nicht aus meinem verrückten Traum auf. Ich blicke nach unten und sehe, dass ich in einem mit Hunden bedruckten Flanellschlafanzug stecke. Ich habe noch nie IN MEINEM GANZEN LEBEN einen Flanellschlafanzug getragen! Als ich entsetzt den Ärmel umklammere, bemerke ich meine Fingernägel. Sie sehen WIDERLICH aus, raspelkurz und mit abgeplatztem Nagellack! Was ist mit meinen wunderschönen langen Gelnägeln passiert, die ich mir neulich im Spa habe auffrischen lassen? WELCHER SCHRECKLICHE MENSCH WÜRDE MIR SO ETWAS ANTUN?

»Ich möchte jetzt bitte aufwachen!«, murmele ich.

Nichts passiert. Das Allerschlimmste ist, dass es sich überhaupt nicht wie ein Traum anfühlt. Vielleicht schlafe ich also gar nicht. Vielleicht ist das alles real und ich wurde irgendwie ohne mein Wissen hierhergebracht. Ist das so etwas wie eine Prüfung? Hat Mum beschlossen, mich wegen des verpassten Konzerts zu bestrafen – indem sie mich schlafend in diesem Minizimmer-Schrägstrich-Verlies einsperrt? Das erscheint mir selbst für ihre Verhältnisse übertrieben.

»Mum? Bist du hier irgendwo?«

Niemand antwortet. Ich glaube nicht, dass sie so weit gehen würde, nur um deutlich zu machen, wie sauer sie ist. O nein! VIELLEICHT WURDE ICH ENTFÜHRT! Das Letzte, woran ich mich erinnern kann, ist, dass ich dieses dämliche *Entdecke dein Leuchten*-Buch gelesen habe, und dann …

Moment mal. Das Buch liegt dort auf dem Bett. Es ist auf der Seite aufgeschlagen, die ich zuletzt gelesen habe. Wie seltsam. Wer immer mich entführt hat, er muss auch das Buch mitgenommen haben.

Ein seltsames Verhalten für einen Kidnapper.

»Okay, keine Panik, keine Panik«, versuche ich mich zu beruhigen und schleiche auf Zehenspitzen zur Tür.

Überall auf dem Boden sind Kleider und Bücher verstreut. Mit gerümpfter Nase schlängle ich mich durch die Unordnung. Wie schlampig die blauen Wände gestrichen sind! In diesem Moment fällt mir auf, dass an einer von ihnen jede Menge Poster von … *mir* hängen!

Vielleicht war es ein durchgeknallter Fan, der mich entführt hat!

»Dafür wanderst du für JAHRE ins Gefängnis!«, fauche ich. Wer auch immer hinter dieser Sache steckt, er wird dafür büßen müssen!

Die Zimmertür steht ein Stück offen, weil sich vorhin dieser ekelhafte Hund hindurchgezwängt hat. Ich höre Lärm und Geklapper aus dem Rest des Hauses. Vielleicht gibt es mehr als nur einen Kidnapper! Ich schlucke. Dann entdecke ich in einer Zimmerecke einen Tennisschläger und schnappe ihn mir, um ihn angriffsbereit vor meinen Körper zu halten. Ein verstohlener Blick durch den Türschlitz verrät mir, dass der Flur und der Treppenabsatz leer sind, also schleiche ich hinaus.

Von unten her sind Stimmen zu hören, aber es scheinen mehrere Personen durcheinanderzureden, so dass ich nichts verstehe. Laute Hintergrundgeräusche überlagern die Stimmen, es klirrt und kratzt, als würde Besteck über Teller bewegt.

Was ist dort unten los?

Plötzlich wird eine Tür aufgerissen, und ein Junge im Teenageralter schlendert mit einem Handtuch um die Hüfte auf den Flur hinaus.

Ich schreie auf, mache einen Satz nach vorn und schwinge mit aller Macht den Tennisschläger.

Der Junge weicht mir geschickt aus und fängt schallend an zu lachen, als ich durch mein heftiges Ausholen aus dem Gleichgewicht gerate und gegen eine Wand pralle.

»Hoppla!«, sagt er kichernd. »Warum denn so wütend? So lang war ich jetzt auch wieder nicht unter der Dusche. Und gib nicht schon wieder mir die Schuld dafür, dass kein heißes Wasser mehr da ist. Das haben Jeroame und die Zwillinge verbockt.«

Mit diesen Worten marschiert er in ein weiteres Zimmer davon und schließt die Tür hinter sich, als wäre nichts Außergewöhnliches passiert.

WAS IST HIER LOS?!

Ich muss sofort zu einem Telefon und die Polizei anrufen. Und meine Fahrerin. Und Mum.

Doch bevor ich überlegen kann, wie ich das anstellen soll, erscheint eine Frau auf der Treppe. Sie trägt eine karierte Pyjamahose und ein zu großes T-Shirt mit der Aufschrift »So viele Bücher, so wenig Zeit«. Ihre Haare sehen aus, als hätte sie sie seit Wochen nicht mehr gekämmt, und sie trägt einen Stapel vollgekritzelter Seiten mit sich herum.

»Da bist du ja!«, sagt sie zu mir, während ich mich ängstlich gegen die Wand drücke und den Tennisschläger vor mich halte, für den Fall, dass sie mich angreifen will. »Hast du Daisy irgendwo gesehen? Ihre Pfoten sind total matschig, und ich muss sie dringend abduschen, bevor sie jedes Bett im ganzen Haus schmutzig macht. Auf deinem Bett hat sie es sich bestimmt schon gemütlich gemacht, oder?«

Ich starre die Frau blinzelnd an.

»Du springst besser schnell unter die Dusche, sonst kommst du zu spät in die Schule«, fährt sie mit einer wedelnden Handbewegung fort. »Die Jungs sind schon fast fertig mit dem Frühstück. Sieht dir gar nicht ähnlich, so spät dran zu sein. Wahrscheinlich ist John wieder vor dir ins Bad gesprintet, oder?«

»Wenn Sie mich nicht gehen lassen, rufe ich die Polizei!«, sage ich so selbstsicher wie möglich, obwohl jeder Muskel meines Körpers angespannt ist.

»Was?« Sie stemmt lächelnd die Hände in die Hüften, als hätte ich gerade etwas Lustiges gesagt. »Wenn ich dich nicht wohin lasse? Oh, meinst du etwa den Klassenausflug von Roman und Reggie? Schatz, wenn du wirklich mitwillst, erlaube ich es natürlich, aber ich glaube nicht, dass du Klettern in Wales so wahnsinnig spannend finden würdest.«

»Ich werde PERSÖNLICH den Polizeipräsidenten anrufen, und dann wandern Sie für den REST IHRES LEBENS hinter Gitter!«

»Schon gut, schon gut, kein Grund, so schwere Geschütze aufzufahren«, sagt sie und blättert durch den Papierstoß in ihrer Hand. »Dann fahr meinetwegen mit.«

»WER SIND SIE? WAS HABEN SIE MIT MIR VOR?«

Sie ignoriert die Fragen, die ich ihr entgegenbrülle, einfach und fragt ihrerseits: »Du hast nicht zufällig irgendwo Seite vierundachtzig und fünfundachtzig gesehen? Ich habe sie irgendwo liegen gelassen, dabei sind sie total wichtig für die Handlung. Ich treffe mich heute Vormittag mit der Autorin. Das Buch wird eine ganz große Sache, das sage ich dir als einer der Ersten, Ruby.«

»Was ist das hier für ein Haus?«, frage ich verzweifelt und mache eine ausschweifende Handbewegung. »Wo bin ich? Und wer ist Ruby?«

»Das sind alles äußerst wichtige philosophische Fragen, Schatz. Ich freue mich schon darauf, ein andermal mit dir darüber zu diskutieren. Aber jetzt mach dich bitte für die Schule fertig.« Sie verschwindet um die Ecke, dann höre ich eine Tür zugehen.

»Das ist doch verrückt.« Ich lasse verdutzt den Tennisschläger sinken. »*Warum ist plötzlich alles so seltsam?*«

Ich höre Pfoten die Treppe herauftappen und schnappe nach Luft, als ich wieder diesen großen, zotteligen, schlammverkrusteten Hund sehe. Als er mich entdeckt, fängt sein Schwanz wie wild an zu wedeln, wobei Schlammbröckchen gegen die Wände fliegen.

»Feines Hundchen«, piepse ich und lege den Tennisschläger auf den Boden, damit er merkt, dass ich in friedlicher Absicht unterwegs bin. »Ganz brav!«

Mit aufgeregtem Bellen rast er auf mich zu. Ich mache auf dem Absatz kehrt und renne um mein Leben, zurück in das Zimmer, in dem ich aufgewacht bin. Schwer atmend knalle ich die Tür hinter mir zu. Der Hund bleibt bellend davor stehen und fängt dann laut an zu winseln. Nach ein paar Minuten gibt er sein Wimmern auf, und ich höre stattdessen ein schmatzendes, knackendes Geräusch.

Ich versuche, meinen Atem unter Kontrolle zu bringen und zu überlegen, was ich jetzt tun soll, doch in diesem Moment klopft es laut an der Tür, und ich erschrecke mich fast zu Tode.

»Ruby! Hier draußen liegt noch der Tennisschläger, mit dem du mich vorhin attackiert hast, als ich aus der Dusche kam. Willst du den nicht mal aufheben?«

»Lass mich in Ruhe!«, schreie ich zurück.

»Ist ja schon gut, beruhig dich. Ich wollte dich nur darauf hinweisen, dass Daisy den Griff komplett zerkaut hat. Und ziemlich viele Saiten. Ich nehme den Schläger mit runter und lege ihn irgendwohin, wo sie nicht drankommt. Und beeil dich, Ruby! Wenn du den Bus verpasst, zwingt mich Mum, mit dir dazubleiben und den späteren Bus zu nehmen. Ich muss aber früh los, weil wir eine Redaktionssitzung für die Schulzeitung haben.«

»*Wer ist Ruby?*«, frage ich und schiebe mir die Haare hinters Ohr.

»RUBY!«, brüllt plötzlich eine andere Stimme durch die Tür. Ich mache erschrocken einen Satz von ihr weg. »Beeil dich! Du hast noch fünf Minuten, bevor wir aufbrechen.«

Ich berühre noch einmal meine Haare, weil ich beim Zurückstreichen gemerkt habe, dass sie sich komisch anfühlen. Sie sind viel rauer als sonst. TOTAL kraus und widerspenstig. Das kann eigentlich gar nicht sein, weil ich in letzter Zeit immer diese mega-teure glättende Haarkur verwende, damit genau das nicht passiert.

»Erst meine Fingernägel, und jetzt auch noch meine Haare!«, knurre ich und stampfe mit dem Fuß auf. »Wer hat mich so zugerichtet?«

In der Ecke neben dem Schreibtisch hängt ein Spiegel. Mein Herz schlägt so heftig, dass das Blut in meinen Ohren rauscht, als ich mit dem Fuß die Kleidungsstücke und Bücher auf dem Boden beiseiteschiebe und darauf zugehe. Ich drehe das Gesicht und schaue mich an.

Oh. Mein. Gott.

Fassungslos reiße ich die Hände ans Gesicht. Das bin ich nicht! *Mein Spiegelbild zeigt nicht mich!* Es zeigt das Mädchen aus der Bibliothek!

Ich stoße einen derart markerschütternden Schrei aus, dass kurz darauf drei Jungen durch die Tür hereinstürzen, gefolgt von dem schrecklichen Hund, der zwischen ihren Beinen durchschlüpft und mit seinen riesigen schlammigen Pfoten an mir hochspringt.

KAPITEL DREIZEHN

RUBY

(ALS NAOMI)

Wer hätte gedacht, dass es in einer Luxuslimousine so viele Knöpfe gibt?!

»Man könnte meinen, du hättest noch nie in einer Limousine gesessen«, sagt Riley Starr und tippt auf ihrem Handy herum, während ich zum hundertsten Mal auf den Knopf drücke, der die Klappe zu einem in die Armstütze eingelassenen Minikühlschrank öffnet.

Das ist so cool!

Die aufregende Fahrt in der Limousine lenkt mich ein bisschen von der ABGEFAHRENEN Situation ab, in der ich mich befinde. So verrückt es klingen mag: Auf irgendeine Weise scheine ich *Naomi Starr* geworden zu sein.

Ja, ich weiß!

Nichts von alldem ergibt irgendeinen Sinn! Seit ich vor einer guten Stunde in den Spiegel geblickt habe und mich Naomi Starr daraus angeschaut hat, stehe ich unter Dauerstrom und kann es noch immer nicht glauben. Nach jenem ersten Blick schrie ich zunächst aus vollem Hals, taumelte rückwärts und stürzte in die Badewanne, woraufhin plötzlich total viele Bodyguards in den Raum platzten, um sich zu vergewissern, dass ich nicht von einem durchgeknallten Stalker angegriffen worden war oder so was.

»Was ist passiert?«, brüllte einer von ihnen.

»ICH BIN NAOMI STARR!«, brüllte ich zurück, kletterte aus der Badewanne und zeigte auf mein Spiegelbild. **»ICH BIN NAOMI STARR!«**

Die Bodyguards blickten mich schweigend an. Dann traten sie den Rückzug an, wobei einer von ihnen murmelte: »Erinnere mich bitte daran, nie wieder für einen Popstar zu arbeiten«. Danach marschierte ich eine Ewigkeit in dem fremden Badezimmer auf und ab und bemühte mich, nicht in Panik zu geraten. Was sollte ich jetzt tun? Ich spritzte mir mehrmals kaltes Wasser ins Gesicht, doch jedes Mal, wenn ich in den Spiegel sah, blickte mir wieder Naomi Starrs Gesicht entgegen.

»*Wie kann das sein?*«, flüsterte ich.

Ich steckte in Naomi Starrs Körper. Und wenn ich hier in ihrem Körper war, was war dann aus meinem geworden? Und wo war die echte Naomi?

Ich konnte das alles überhaupt nicht fassen. Was für ein **WAHNSINN!**

Nachdem ich ein paar Minuten auf dem Badezimmerboden gesessen und herauszufinden versucht hatte, ob ich verrückt geworden war, klopfte Riley Starr an die Tür und fragte mich, ob alles okay mit mir sei und ob ich immer noch eine Massage wolle.

Um ein Haar hätte ich geantwortet: »Ich hab jetzt keine Zeit für Massagen, ich bin IM KÖRPER EINER ANDEREN PERSON gelandet!«

Aber was konnte ich schon tun? Ich brauchte Zeit, um nachzudenken und einen Plan zu schmieden. Ich musste diese ganze verrückte Geschichte erst einmal in Ruhe verarbeiten, meine derzeitige Panik loswerden und Ordnung in meine Gedanken bringen. Und um das zu schaffen, musste ich mich entspannen …

Wie könnte man sich besser entspannen als bei einer Massage?

Wenn ich schon in Naomi Starrs Körper steckte und alle mich wie Naomi Starr behandelten, dann konnte ich mich genauso gut wie Naomi Starr *benehmen*, oder etwa nicht?

OKAY, ich geb's zu, mir ist immer noch kein Plan eingefallen, ABER ich erlebe gerade den besten Tag meines Lebens, also was soll's? Die Massage war unglaublich: Die Kosmetikerin verwendete dafür alle möglichen duftenden Öle, und ich schlief nach fünf Minuten ein. Bis ich eine halbe Stunde später für die Maniküre geweckt wurde.

Sam brachte mir den ganzen Vormittag immer wieder gesunde, köstlich schmeckende Smoothies, und dann verkündete er auf einmal: »Ach ja, Beyoncé hat ihr neues Album geschickt, soll ich es für Sie anmachen?«

»Das ist doch noch gar nicht veröffentlicht«, korrigierte ich ihn, während ich weiter eine Handmassage genoss. »Es erscheint erst in zwei Wochen.«

»Ja, aber sie hat es Ihnen schon vor dem Erscheinungstermin zukommen lassen«, erwiderte er. »Wie immer.«

Ich konnte nicht glauben, dass ich das wirklich erlebte. ICH! Ruby! Es ergab einfach keinen Sinn. Ich saß da, lauschte fantastischer, bisher unveröffentlichter Musik, bekam die Nägel gemacht und trank frisch gepresste Säfte, während ich um diese Zeit eigentlich in der SCHULE hätte sitzen sollen.

Hihi.

Während eine Frau namens Tina mit beruhigenden, kreisenden Bewegungen meine Schläfen massierte und gleichzeitig die letzte Schicht Lack auf meine Nägel aufgetragen wurde, versuchte ich dahinterzukommen, wie das alles passieren konnte. War es doch nur ein hyperrealistischer, verrückter Traum? Falls nicht, falls das alles WIRKLICH passierte, musste etwas anderes dahinterstecken. Doch nicht etwa irgendeine Form von …

Magie?

Nein, so etwas gab es nicht, das war bescheuert.

Auch jetzt in der Limousine bin ich mit meinen Überlegungen noch keinen Schritt weiter, aber egal: Es macht einen Riesenspaß, sich zu einem vornehmen Brunch im Ritz kutschieren zu lassen und auf der Fahrt dorthin sämtliche Knöpfe auszuprobieren. Für den heutigen Tag durfte ich mir aus Naomi Starrs Kleiderschrank ein Outfit aussuchen, und ich kann euch eins sagen: Sie hat eine MENGE Klamotten! Ihr begehbarer Kleiderschrank hat ungefähr die Größe unseres gesamten Hauses und ist voll mit Kleidung von jedem Designer, den man sich nur vorstellen kann. Dann hat sie noch einen separaten begehbaren Schrank für Schuhe und Handtaschen. Echt jetzt. Ihre Schuhe haben einen EIGENEN BEGEHBAREN SCHRANK!

Ich entschied mich für ein blaues Kleid von Marina Blair, dazu eine edle Strumpfhose und unglaubliche, mit silbernen Nieten besetzte schwarze Stiefel, die ich mir in einer Million Jahren nicht werde leisten können. Anschließend brauchte ich eine Ewigkeit, um eine Handtasche auszuwählen. Letztendlich nahm ich eine mit Leopardenmuster, von der ich weiß, dass Naomi sie selbst designt hat.

Sie passte perfekt zu meinem restlichen Outfit und war sogar groß genug für das *Entdecke dein Leuchten*-Buch. Ich wollte es unbedingt mitnehmen, weil es das Letzte war, an das ich mich als Ruby erinnern konnte, bevor ich plötzlich in Naomis Körper gelandet war.

»Ach, übrigens«, sagt Riley Starr, ohne von ihrem Handy aufzublicken, während wir durch die Londoner Innenstadt gleiten. »Es wird schlimmer werden als sonst, wenn wir ankommen. Irgendwo gab es ein Leak, und jetzt weiß die ganze Presse, dass wir im Ritz brunchen wollen.«

»Keine Sorge, Miss Starr«, sagt der Bodyguard, der neben mir sitzt. »Wir haben alles unter Kontrolle.«

»Hä?«, mache ich, weil ich gerade einen Knopf entdeckt habe, der mir vorher noch nicht aufgefallen war. Ich drücke ihn, und das Innere der Limousine wird plötzlich von dröhnend lauter Musik erfüllt.

»Naomi! Mach das sofort leiser!«

»Sorry, tut mir leid«, antworte ich und drücke hastig alle erreichbaren Knöpfe, weil ich nicht weiß, wie man die Lautstärke reguliert.

Glücklicherweise kommt mir Sam zu Hilfe, indem er sich

vorbeugt und die Musik mit dem richtigen Knopf wieder ausstellt.

»Wie gesagt, es wird schlimmer werden als sonst«, warnt mich Ms. Starr erneut. Ich habe immer noch keine Ahnung, wovon sie spricht. »Wie du dir sicher vorstellen kannst, hat dein gestriges Verhalten für gehörigen Wirbel gesorgt. Sie werden alle vor dem Ritz lauern.«

»Wer ist alle?«

»Wir sind da«, verkündet die Fahrerin.

»Moment noch, wer wird alles hier lauern?«

Keiner antwortet, weil das auch gar nicht mehr nötig ist. Sobald die Autotür aufgeht, bricht ohrenbetäubender Lärm über uns herein, Hunderte Kameras blitzen auf, und die Limousine wird in Sekundenschnelle von einem Schwarm Paparazzi umringt.

Hoppla.

»Ich bin da«, versichert mir der Bodyguard, während ich panisch den Rand meines Sitzes umklammere. »Behalten Sie einfach den Kopf gesenkt. Das Übliche.«

»Aber …«

Er steigt aus dem Wagen und schirmt den Türbereich vor den Reportern ab, die verzweifelt versuchen, mit ihren Kameras über ihn hinweg zu fotografieren. Die Objektive zoomen mich heran, erfassen mich dabei, wie ich nervös auf dem Sitz zur Tür rutsche. Mit einer Hand schütze ich meine Augen vor dem Blitzlichtgewitter, während ich nach der Sonnenbrille Ausschau halte, die mir Ms. Starr beim Verlassen des Hauses in die Hand gedrückt hat.

»Los geht's!«, weist mich der Bodyguard ungeduldig an.

Ich steige aus dem Wagen und bin sofort verloren in einem Meer aus Geschrei und grellen Lichtern. Eine Hand packt mich fest – die des Bodyguards, nehme ich an –, und auf meiner anderen Seite flankiert mich ebenfalls jemand. Ich werde zum Hoteleingang gezogen, kann kaum etwas sehen vor lauter Kameras, die mir ins Gesicht blitzen, stolpere über meine eigenen Füße, als die Reportermeute wie eine Welle herbeiwogt, um noch dichter an mich heranzukommen. Alle versuchen sich gegenseitig zu übertönen und meine Aufmerksamkeit zu erregen, indem sie mir ihre Mikrophone ins Gesicht schieben.

»Naomi, was ist gestern eigentlich genau passiert?« – »Naomi, warum haben Sie Ihre Fans im Stich gelassen?« – »Stimmt es, dass Sie sich mit Ihrem Management gestritten und daraufhin das Konzert sausengelassen haben?« – »Naomi, welchen Designer tragen Sie heute?« – »Stimmt es, dass Sie sich im zarten Alter von dreizehn Jahren aus dem Musikbusiness zurückziehen werden?« – »Können Sie uns irgendetwas über die Gerüchte sagen, Ihr Plattenlabel wolle wegen Ihres divenhaften Benehmens die Zusammenarbeit mit Ihnen beenden?« – »Naomi, wie lautet Ihre Reaktion auf die Behauptung Ihrer Tänzerinnen, Sie würden nie live singen?«

Ich werde durch eine Drehtür in eine wunderschöne Hotellobby geschoben. Der Lärm der Reporter dringt nur noch gedämpft an meine Ohren und wird allmählich vom sanften Klimpern eines Klaviers verdrängt. Als der Bodyguard meinen Arm loslässt, bleibe ich stehen und atme tief durch.

»Das war schrecklich«, sage ich mit bebender Stimme und nehme meine Sonnenbrille ab. »So etwas will ich nie wieder erleben.«

»Wir heißen Sie wie immer herzlich in unserem Hause willkommen, Miss Starr«, sagt ein Mann, der von der Rezeption herübereilt. »Wünschen Sie Ihren üblichen Tisch? Er ist bereits für Sie vorbereitet, aber Sie können auch jeden anderen Tisch wählen, wenn Ihnen das lieber ist.«

»Mein üblicher Tisch klingt super«, antworte ich und sehe mich ehrfürchtig um. Das Hotel gleicht einem Palast.

Während man uns zum besten Tisch des Restaurants geleitet, fange ich an zu kichern.

»Was ist denn so witzig?«, fragt mich Riley, nachdem wir uns gesetzt haben. Der Kellner legt ihr gerade eine Serviette auf den Schoß.

»Ich lache, weil ich so ein Glück habe! Unglaublich, dass ich hier im Ritz bin! Und mit dir brunche!« Inzwischen habe ich mir angewöhnt, Riley zu duzen und in Gedanken nicht mehr Ms. Starr zu nennen, weil sie jedes Mal vollkommen perplex war, wenn ich sie gesiezt habe. Dankbar nehme ich die mit Goldquasten verzierte Speisekarte entgegen, die mir ein Kellner hinhält. »Irgendwie ist das alles total surreal. Aber wunderschön!«

Sie wirkt verdutzt. »Ich glaube, das ist das Netteste, was du seit langem zu mir gesagt hast.«

Mir fällt auf, dass die Gäste von den anderen Tischen zu uns herüberschauen. Ich nehme an, es wirkt ein bisschen komisch, dass am Tisch neben uns zwei uniformierte Personenschützer sitzen, die nichts essen, und daneben Sam, der auf seinem Tablet herumwischt und hin und wieder ein Telefongespräch annimmt, um mit angespannter Stimme zu sagen: »Nein, sie ist momentan leider nicht zu sprechen.«

Ich fange die Blicke eines Pärchens auf, das uns von einem Nebentisch aus beobachtet. Beide sehen rasch woanders hin.

»Nervt dich das alles nicht manchmal?«

»Was denn?«, fragt Riley zurück und studiert weiter die Speisekarte.

»Dass dich alle ständig anstarren.«

Sie hält zögernd inne und denkt über meine Frage nach. »Weißt du, ich stehe schon so lange im Rampenlicht, dass ich mich daran gewöhnt habe.«

»Ach ja«, sage ich nickend. »Dein erstes Album kam raus, als du achtzehn warst, stimmt's? Und es war sofort ein Riesenhit.«

»Stimmt. Wie ewig das her ist.« Sie lächelt. »Ich kann mich trotzdem noch genau an das Gefühl erinnern, als mir mein Manager mitteilte, dass es auf Platz eins der Charts stand. Das war unglaublich. Mein Leben wurde völlig auf den Kopf gestellt.«

»Inwiefern?«

»Na ja …« Sie weist mit dem Kinn auf einen Tisch mit Restaurantgästen, die unverhohlen zu uns herüberstarren. »Plötzlich wurde ich überall erkannt, wo auch immer ich hinging. Anders als du bin ich nicht ins Showbiz hineingeboren worden. Mein bis dahin völlig unspektakuläres Leben wurde innerhalb eines einzigen Tages unendlich aufregend und glamourös. Du kannst dir nicht vorstellen, wie sich das anfühlt!«

Ich lächle in mich hinein. »O doch, das kann ich mir vorstellen.«

»Deshalb ist es auch so wichtig, am Ball zu bleiben, damit der Erfolg anhält«, erklärt Riley mit Nachdruck und beugt sich zu mir vor. »Interviews zu geben, Fotoshootings zu machen, auf die richtigen Veranstaltungen zu gehen und so weiter. Ich weiß, das alles ist anstrengend und mitunter auch ziemlich langweilig, aber glaub mir, es lohnt sich. Sonst hast du keine Chance, mit deinen Alben langfristig Erfolge zu erzielen und weiter oben mitzuschwimmen.« Sie macht eine ausschweifende Handbewegung. »Dieser Luxus hier kann auch ganz schnell wieder verschwinden. Es geht darum, eine Marke aufzubauen, und wir müssen deine Marke so nachhaltig etablieren, wie wir nur können.«

»Aber Naomis Marke … äh, ich meine … *meine* Marke«, korrigiere ich mich, weil sie mich so komisch ansieht, »na ja, also die Marke Naomi Starr ist doch schon riesengroß.«

»Stimmt. Dank der harten Arbeit, die wir alle hineinstecken, nicht zuletzt du selbst.« Sie hält zögernd inne. »Wenn du allerdings jeden Tag tust, was du gestern getan hast – wenn du Konzerte ausfallen lässt und nicht zu Proben erscheinst –, werden deine Fans irgendwann die Nase voll haben und sich von dir abwenden, genau wie deine Mitarbeitenden, die Presse und dein Plattenlabel. Das habe ich bei anderen Popstars alles schon erlebt. Ich möchte nicht riskieren, dass du verlierst, wofür du so fleißig gearbeitet hast.«

»Klingt einleuchtend«, gebe ich ihr recht und lächle dankbar den Kellner an, der gerade ein Glas Holunderlimonade vor mir abgestellt hat.

»Ich sage dir das alles, Naomi, damit du verstehst, warum ich in letzter Zeit so streng mit dir bin. Dass du heute einen freien Tag hast, an dem du wieder zu Kräften kommen und dich mal richtig entspannen kannst, ist mir wichtig, aber morgen müssen wir uns wieder an die Arbeit machen. Wir müssen deinen Fauxpas in Ordnung bringen und die Welt davon überzeugen, dass das nur ein winziger Ausrutscher in deiner ansonsten glanzvollen Karriere war. Klingt das nach einem guten Plan?«

»Das klingt sogar nach einem sehr guten Plan«, antworte ich, weil ich annehme, dass Naomi ihr diese Antwort geben würde.

Ein Lächeln breitet sich auf Rileys Gesicht aus, und ihre Schultern entspannen sich sichtlich. »Super. Ich bin echt froh, dass wir darüber geredet haben. Nachdem das geklärt ist, schieben wir den gestrigen Albtraum für den Rest des Tages beiseite, was meinst du? Wir konzentrieren uns einzig und allein darauf, endlich einmal eine schöne, stressfreie Zeit miteinander zu verbringen. Tage wie diesen werden wir nicht oft erleben, also lass uns das Beste daraus machen!«

»Au ja!«, sage ich mit einem breiten Lächeln und hebe mein Glas mit Holunderlimo, um es gegen ihr Champagnerglas zu stoßen. »Das machen wir!«

KAPITEL VIERZEHN

NAOMI

(ALS RUBY)

»Ruby! Warte!«

Ein Mädchen mit grellpinken Haaren und der gleichen Schuluniform, wie ich sie trage, ruft nach mir. Sie kommt die Straße entlang auf mich zu, nachdem ich eben aus dem Haus geflüchtet bin.

»Du gehst in die falsche Richtung. Die Bushaltestelle ist doch da drüben«, sagt das Mädchen. »Wo willst du denn hin?«

»Ich brauche einen Wagen, und zwar sofort!«

»Hä?«

»Ich sagte, ich brauche einen Wagen! Hast du einen?«

»Äh, falls du es vergessen hast: Wir sind erst dreizehn. Insofern: Nein.« Sie verschränkt die Arme und sieht mich komisch an. »Was ist los?«

Wenn ich doch nur eine Antwort auf diese Frage wüsste! Ich befinde mich in einem furchtbaren Albtraum, in dem ich im Körper einer anderen Person feststecke. Es klingt total VERRÜCKT, aber es stimmt! Als vorhin die drei Jungen ins Zimmer gestürzt kamen, nachdem ich mein Spiegelbild gesehen hatte, versuchte ich ihnen zu erklären, was passiert war.

»Ich bin Naomi Starr! NAOMI STARR!«, wimmerte ich und blickte erneut in den Spiegel, aus dem mir nach wie vor ein unbekanntes Gesicht entgegenstarrte. »Ich stecke in einem fremden Körper! **Helft mir!**«

Die drei fingen an zu lachen und schüttelten die Köpfe über mich. Einer sagte: »O Mann, Ruby, allmählich übertreibst du es mit deiner Naomi-Starr-Besessenheit!« Dann zeigte er auf die Uniform, die gefaltet auf einem Stuhl neben dem Schreibtisch lag, und fügte hinzu: »Zieh dich lieber schnell an. Wir verpassen sonst den Bus.«

Nachdem die drei das Zimmer wieder verlassen hatten, verbrachte ich noch einige Sekunden damit, panisch in den Spiegel zu starren, bevor ich aktiv wurde. Ich musste hier raus und irgendwie wieder nach Hause, und im Schlafanzug würde ich nicht weit kommen. Die Schuluniform auf dem Stuhl war besser als nichts. Während ich mir die schrecklichen Sachen anzog – ernsthaft, die Leute, die einen zwingen, eine derart potthässliche Bluse anzuziehen, müssten BESTRAFT werden –, fiel mein Blick auf das *Entdecke dein Leuchten*-Buch, das auf dem Bett lag. Ich beschloss, es mitzunehmen. Es war der einzige vertraute Gegenstand, der mir geblieben war.

Doch auf der Suche nach einer Tasche oder Tüte, mit der ich das Buch transportieren konnte, entdeckte ich nur einen alten, gammeligen Rucksack.

»Na ja, mich wird schon keiner sehen mit diesem Ding«, seufzte ich und stopfte das Buch hinein.

Dann rannte ich die Treppe hinunter und stürzte aus dem Haus, bevor mich irgendjemand aufhalten konnte, und der schmuddelige Köter bellte dabei die ganze Zeit.

»Ich hab jetzt keine Zeit für lange Erklärungen, aber es ist was total … Verrücktes passiert. Ich brauche einen Wagen, um zurück zu meinem Haus zu kommen«, sage ich zu dem Mädchen mit den pinken Haaren und sehe mich verzweifelt um, um herauszufinden, wo ich ungefähr bin.

Wir stehen in einer Wohnstraße, und ich kann nirgendwo wartende Taxis entdecken. Geld habe ich auch keins, aber darüber mache ich mir keine Sorgen. Meine Mutter wird alles bezahlen, wenn ich erst einmal zu Hause bin.

»Dein Haus ist direkt hinter dir«, bemerkt das Mädchen und zeigt auf die Tür, aus der ich gerade gestürzt bin.

»Hast du ein Handy? Kannst du mir ein Taxi rufen? Es ist ein Notfall!«

»Wozu brauchst du ein Taxi? Muss ich mir Sorgen um dich machen?« Sie runzelt die Stirn. »Ruby, *ich* bin es doch! Du kannst mir alles erzählen!«

»Bitte ruf mir einfach ein Taxi!«, flehe ich ungeduldig.

»Erst, wenn du mir sagst, was hier eigentlich los ist«, beharrt sie stur. »Du bist heute irgendwie nicht du selbst. Wenn du irgendwelche Ängste oder Sorgen hast, verrat sie mir, damit ich dir helfen kann.«

PUH! Das ist GENAU der Grund, warum ich keine Freundinnen habe.

Weil sie immer alles so kompliziert machen.

»Also gut.« Ich stoße einen langen Seufzer aus. »In Wirklichkeit bin ich Naomi Starr und nur in diesem Körper gefangen. Ich brauche einen Wagen, um wieder nach Hause zu kommen, und weil ich kein Handy dabei habe, kann ich mir nicht selbst einen rufen. Außerdem weiß ich die Nummern von meiner Mutter und meinem Assistenten nicht auswendig. Also musst du mir ein Taxi rufen, damit ich zurück zu unserer Villa in Chelsea fahren kann.«

Zunächst schweigt das Mädchen ungläubig. Dann fängt es an zu lachen. Aus vollem Hals.

»Das ist die WAHRHEIT!«, beteure ich und klopfe ungeduldig mit dem Fuß auf den Boden, während sie sich die Lachtränen aus den Augen wischt. »Kannst du mir jetzt bitte ein Taxi rufen? Du meintest doch, du willst mir helfen.«

»Eins muss man dir lassen«, stößt sie kichernd hervor. »Ich hatte mir ja auch überlegt, irgendwie den heutigen Mathetest zu schwänzen, aber DEINE Ausrede ist echt **unschlagbar.**«

Als mir klar wird, dass sie mir die Wahrheit niemals abnehmen wird, beschließe ich, die Taktik zu wechseln.

»Gut, dann bin ich eben diese Ruby und versuche irgendwie die Schule zu schwänzen. Erwischt«, sage ich und hebe die Hände. »Hilfst du mir jetzt?«

Sie hört auf zu lachen und reißt die Augen auf. »Meinst du das ernst? Du willst heute echt nicht in die Schule?«

»Genau!«

»Du hast doch noch NIE geschwänzt! Was ist los mit dir? Hat es damit zu tun, dass Ali gestern nur John zu ihrer Party eingeladen hat und nicht dich?«

»Ja.« Ich nicke ernst und spiele meine Rolle mit Bravour, wie ich finde. Vielleicht sollte ich darüber nachdenken, mir ein zweites Standbein als Schauspielerin aufzubauen, sobald ich dieses ganze Chaos überstanden habe. »Ja, genau. Ich liebe John, und es tut mir einfach weh, ihn mit Ali zu sehen.«

Das Mädchen rümpft angewidert die Nase. »Hast du gerade wirklich gesagt, dass du John *liebst?* Deinen eigenen *Bruder?*«

Mist.

»Ich meinte natürlich, ich habe John sehr lieb, gerade weil er mein Bruder ist. Und … ich will nicht, dass er auf Alis Party geht. Weil Ali einfach …« Ich rate ins Blaue. »… nicht so nett ist?«

Für einen kurzen Moment glaube ich, alles vermasselt zu haben, aber dann nickt das Mädchen, als könnte es mich gut verstehen. **UFF!**

»Ja, wäre schon irgendwie doof, wenn John anfangen würde, mit Leuten wie Ali abzuhängen. Aber ich glaube, da brauchst du dir keine Sorgen zu machen. Er ist zwei Jahre älter als sie. Sie hat ihn und seine Freunde doch bloß eingeladen, weil sie vor Noah cool dastehen wollte.« Das Mädchen zögert. »Hat dich das gestern wirklich *so* fertiggemacht?«

»Ja, total. Ich will Alice heute einfach nicht sehen.«

»Ali«, korrigiert sie mich verwirrt.

»Siehst du? Es widerstrebt mir sogar, ihren Namen auszusprechen. Egal, ich will jetzt nicht mehr darüber reden. Was ich will, ist ein Taxi. Bitte hilf mir! Du bist doch *meine Freundin!*«

»Wo willst du denn hin?«, fragt sie mit besorgtem Blick.

»Kannst du die Zeit nicht einfach in der Bibliothek totschlagen?«

»Doch, klar. Da fahre ich hin. In die Bibliothek. Du brauchst dir also keine Sorgen um mich zu machen.«

»Warum gehst du nicht zu Fuß hin? Für die Strecke brauchst du kein Taxi.«

»Ich will heute in eine andere Bibliothek. Eine große, die ganz weit weg ist«, erkläre ich und fange an, mich zu ärgern. Wer ist dieses Mädchen, und warum muss es mir EINE MILLION Fragen stellen?

»Du willst in die Staatsbibliothek?«

»JA! Genau, in die Staatsbibliothek. Dort gibt es ... äh . . ein Buch. Ein ganz spezielles. Das Einzige, das mich jetzt trösten kann.«

»Das ist mal wieder typisch für dich«, sagt sie mit einem kleinen Lächeln. Sie wirft einen Blick über die Schulter zu der Haustür, aus der ich gekommen bin. »Okay. Wir hauen besser schnell ab, bevor deine Brüder rauskommen und zum Bus aufbrechen. Lass uns vor zur Hauptstraße gehen, und wenn wir dort kein Taxi finden, googeln wir ein Taxiunternehmen und rufen an.«

»**Danke!**«, rufe ich erleichtert und würde sie am liebsten umarmen.

Was ziemlich seltsam ist. Ich habe nur sehr selten das Bedürfnis, jemanden zu umarmen, weil ... na ja, ihr wisst schon. Ziemlich abstoßende Angelegenheit.

Sie geht in die entgegengesetzte Richtung los als die, in die ich wollte, und ich folge ihr. Wir biegen um eine Ecke und erreichen eine dicht befahrene Straße. An einer Bushaltestelle stehen einige Schüler mit der gleichen Schuluniform herum, wie wir sie tragen.

»Los, komm«, sagt das Mädchen und geht an der Bushaltestelle vorbei, um hinter einem Geschäft an der Ecke in Deckung zu gehen. »Ich glaube nicht, dass du hier ein Taxi erwischst, also rufe ich dir eins. Apropos: Wo hast du eigentlich dein eigenes Handy?«

»Äh … das hat der Hund zerkaut«, antworte ich, während sie nach einem Taxiunternehmen googelt und dort anruft.

»Okay, das Taxi ist unterwegs«, teilt sie mir mit und steckt das Handy wieder weg. »Ich renne dann mal besser zurück zur Bushaltestelle, der Bus kommt gleich. Bist du sicher, dass du klarkommst?«

»Ja, bin ich. Vielen Dank, liebe … äh, Freundin. Und keine Sorge. Ich werde bald wieder ganz die alte sein.«

Sie nickt zweifelnd, verabschiedet sich dann und gesellt sich zu den Schülern an der Bushaltestelle. Das Taxi kommt und hält am Straßenrand. Nachdem ich eingestiegen bin, nenne ich dem Fahrer die Adresse unserer Stadtvilla. Sofort fühle ich mich ein bisschen besser. Wenigstens bin ich jetzt unterwegs zurück nach Hause und kann in Ruhe weiter darüber nachdenken, was dieser ganze Wahnsinn soll.

Wie ist das überhaupt passiert? Wie bin ich in einem fremden Körper gelandet?

Moment mal – bedeutet das, dass diese Ruby jetzt in meinem Körper steckt? In meinem Haus? Mit **meinen** Sachen? Dass sie **mein Leben lebt?**

O Gott.

Wenn sie auch nur darüber nachdenkt, meine Kleider anzufassen, bekommt sie RICHTIG Ärger!

Von meinen Schuhen rede ich lieber gar nicht erst.

»Da wären wir!«, verkündet der Fahrer fröhlich, als wir endlich vor unserem Haus in Chelsea halten. »Zahlst du bar oder mit Karte?«

»Ich schicke gleich jemanden raus, der Sie bezahlt«, antworte ich, springe aus dem Wagen und renne auf das Tor unseres Hauses zu.

»**HEY!**«, ruft er mir hinterher und steigt ebenfalls aus. **»Komm sofort zurück!«**

»Warten Sie doch bitte einen Moment«, sage ich so höflich wie möglich. »Ich werde einen meiner Hausangestellten bitten, Sie zu bezahlen.«

Er murmelt leise etwas vor sich hin und wartet, wobei er sich mit dem Rücken an sein Taxi lehnt und mich lauernd beobachtet. Ich drücke auf den Knopf der Sprechanlage am Tor. Es klingelt, dann ertönt knisternd eine Stimme.

»Hallo?«

»HI! Hallo!«, melde ich mich aufgeregt und winke in die Kamera, weil ich für einen Augenblick vergesse, dass ich in einem fremden Körper stecke. »Können Sie mich bitte reinlassen? Ich bin's, Naomi!«

»Naomi wer?«

»Naomi Starr!«

Erst herrscht Schweigen, dann sagt die Stimme: »Bitte verlassen Sie sofort das Anwesen.«

»Nein! Nein, warten Sie! Ich bin es! Ich stecke nur in einem anderen Körper!«

»Ich bitte Sie höflich und ruhig darum, das Grundstück zu verlassen. Vielen Dank.«

WARUM GLAUBT MIR NIEMAND?!

Andererseits … würde *ich* mir glauben? Wahrscheinlich eher nicht.

Wenn ich im Körper dieser Ruby stecke, stehen die Chancen gut, dass sie im Gegenzug in meinem steckt. Dann ist sie vielleicht jetzt genauso panisch und durcheinander wie ich. Ich MUSS mit ihr sprechen! Auf keinen Fall darf ich einfach so aufgeben.

»Ich bin mit Naomi Starr verabredet«, sage ich, nachdem ich erneut die Klingel gedrückt habe. »Ist sie da? Könnten Sie sie bitte einfach fragen? Sagen Sie ihr, dass ein Mädchen namens *Ruby* vor der Tür steht. Ich wette, sie lässt mich sofort rein, wenn Sie ihr das mitteilen.«

»BITTE verlassen Sie das Anwesen, sonst rufen wir die Polizei«, fordert mich die Stimme in schroffem Ton auf. **»Und zwar sofort.«**

WIE KANN DIESE PERSON ES WAGEN, SO MIT MIR ZU SPRECHEN?!

»Wenn ich wieder zurück in meinem eigenen Körper bin, werden Sie so was von GEFEUERT!«, brülle ich in die Sprechanlage.

Auf meine Drohung folgt Schweigen. Ich drücke wieder und wieder auf die Klingel – ohne Erfolg. Aber ich weigere mich, meine Niederlage zu akzeptieren, und denke darüber nach, übers Tor zu klettern. Wie schwer kann das schon sein? In Filmen machen die Leute das ständig.

Entschlossen lege ich die Hände auf die Querstreben, um mich an ihnen hinaufzuziehen. Ich versuche, mit den Füßen irgendwo Halt zu finden, rutsche jedoch immer wieder ab. Auf diese Weise komme ich nicht einmal ansatzweise ans obere Ende des Tors, geschweige denn darüber hinweg. Ich beschließe, dass ein wenig Anlauf nicht schaden kann. Wenn ich vor dem Tor hochspringe, schaffe ich es vielleicht. Doch auch mit Anlauf und Sprung gelingt es mir nicht, höher als bis zur ersten Querstrebe zu kommen. Nach einigen Versuchen bemerke ich das Gelächter hinter mir.

Ich drehe mich um und sehe, dass der Taxifahrer sich vor Lachen krümmt.

»Entschuldigung, was ist denn da so witzig?«

»Du, wie du versuchst, dieses Tor zu erklimmen«, gibt er unumwunden zu und zieht sein Handy aus der Tasche. »Das muss ich unbedingt filmen!«

»Wenn Sie das tun, setze ich Sie auf die Liste der Personen, die ich verklagen werde! Derjenige, der vorhin auf mein Klingeln geantwortet hat, steht schon drauf, und Sie sind der nächste!«

»Hey, du schuldest mir immer noch die Taxigebühr!«, hält er stirnrunzelnd dagegen. »Wenn hier jemand verklagt wird, dann DU.«

»Ich könnte Ihnen die Taxifahrt sofort bezahlen, wenn die mich mit Riley oder Naomi Starr sprechen lassen würden!«, jammere ich und zeige aufs Tor. »Wirklich, das ist nicht gelogen. Wenn ich versuchen wollte, mich ums Zahlen zu drücken, wäre ich doch längst abgehauen. Ich schwöre Ihnen, dass ich Riley Starr kenne und dass sie Ihnen Ihr Geld geben wird, sobald ich ihr alles erklärt habe.«

Er stößt einen schweren Seufzer aus. »Okay, nehmen wir mal an, du sagst die Wahrheit. Warum schaust du dann nicht einfach in den sozialen Medien nach?«

»Was soll ich in den sozialen Medien nachschauen?«

»Wo die beiden sind. Hier.« Er tippt etwas in sein Handy, wartet einen Moment und scrollt dann auf seinem Display herum, bis sich seine Miene plötzlich aufhellt. »Da! Schon gefunden. Sie sind zum Brunchen im Ritz.«

»Woher wissen Sie das?«

»Weil Twitter voll mit dieser Meldung ist. Siehst du? Die Leute haben Fotos von den beiden beim Reingehen gepostet. Sie müssen losgefahren sein, kurz bevor wir hier ankamen.«

»WORAUF WARTEN WIR DANN NOCH? Schnell!« Ich reiße die hintere Tür des Taxis auf. »Wir müssen auch dorthin! Los, los, los!«

Er steigt widerwillig ein. Nachdem ich ihm fest versprochen habe, dass er DEFINITIV beide Fahrten bezahlt bekommt, fahren wir los Richtung Londoner Innenstadt. Dass es uns gelungen ist, die beiden aufzuspüren, hat mir neue Hoffnung gemacht, daher springe ich sofort aus dem Wagen, nachdem wir vor dem Hotel gehalten haben.

»So leicht kommst du mir nicht davon«, sagt der Taxifahrer und folgt mir in die Lobby.

Ich stürme so schnell durch die Drehtür, dass die Portiers mir mit offenem Mund hinterherstarren. Als sie mich eingeholt haben, um zu fragen, ob sie mir weiterhelfen können, habe ich die Lobby mit dem Taxifahrer im Schlepptau bereits zur Hälfte durchquert.

Ich stürme ins Restaurant weiter und lasse den Blick durch den Raum schweifen, bis ich sie entdecke. Mein Herz setzt einen Schlag aus, und ich fühle mich, als würde ich gleich in Ohnmacht fallen.

Es ist nämlich wirklich ziemlich seltsam, die eigene Mutter beim Anstoßen mit … nun ja … mit *einem selbst* zu beobachten.

KAPITEL FÜNFZEHN

RUBY

(ALS NAOMI)

Ich lasse mein Glas fallen.

Die Holunderlimonade ergießt sich über den ganzen Tisch und spritzt auch auf Rileys Kleid, aber das ist mir egal. Ich sehe nämlich gerade, wie ein verärgert aussehender Mann mit großen Schritten hinter jemandem ins Restaurant gelaufen kommt, der genauso aussieht wie … *ich*.

»Hey!«, ruft das Mädchen, das mir zum Verwechseln ähnlich sieht und dabei ZIEMLICH wütend klingt. Zielstrebig marschiert es zu mir und baut sich vor mir auf. »Verschwinde aus meinem Körper!«

Mir fällt die Kinnlade herunter. Das Mädchen bin ich. Ich! Ich stehe direkt vor mir.

Total abgefahren.

»Ach, du meine Güte, Miss und Ms. Starr, es tut mir so leid«, stammelt einer der Kellner, während mehrere Hotelmitarbeiter herbeieilen, um das Mädchen vom Tisch wegzubringen. »Komm sofort mit und lass die Starrs in Ruhe brunchen!«, sagt einer von ihnen zu dem Mädchen.

»Ich lasse sie ganz sicher NICHT in Ruhe brunchen«, erwidert die Ruby, die nicht ich bin, und schüttelt die Hand des Mannes ab. »Ich bin nämlich **selbst eine Starr!** Mum! Ich bin es!«

O mein Gott. Naomi Starr steckt in meinem Körper. **NAOMI STARR IST ICH!**

»Ich habe dieses Mädchen noch nie in meinem Leben gesehen«, erklärt Riley, die das Geschehen entsetzt verfolgt.

»Das Mädchen schuldet mir zwei Taxifahrten!«, sagt der verärgerte Mann an Riley gewandt. »Und angeblich sind *Sie* diejenige, die sie mir bezahlt.«

»Ich habe keine Ahnung, wie Sie hier hereingekommen sind«, presst der Oberkellner zwischen zusammengebissenen Zähnen hervor. »Wären Sie beide jetzt bitte so freundlich …«

»Sie steckt in meinem Körper! Sagen sie ihr, sie soll ihn zurückgeben!«

»Warten Sie!« Ich springe von meinem Stuhl auf. »Schon gut, Sie brauchen die beiden nicht hinauszubefördern. Äh … *Ruby,* warum gehen wir nicht und unterhalten uns in Ruhe?«

»Du kennst dieses Mädchen?«, fragt Riley entgeistert.

»Ja«, krächze ich mit staubtrockenem Mund. »Das ist eine alte Freundin von mir.«

»Eine alte Freundin? Ich wusste gar nicht, dass du überhaupt Freundinnen hast.«

»Na ja, du kennst mich ja. Ich … ich hänge sowas eben nicht gern an die große Glocke. Wie auch immer, ich bin gleich wieder da«, teile ich Riley mit, greife nach meiner Handtasche und gehe zur Tür. »Wir haben etwas Wichtiges zu besprechen.«

»Ich verlange, dass ich zuerst bezahlt werde!« Der Taxifahrer brüllt seine Forderung beinahe, so wütend ist er.

»Ich habe aber kein Geld«, zischt das Mädchen ihn an. »Vielleicht könntest du, *Naomi*« – wenn Blicke töten könnten, wäre ich jetzt nicht mehr unter den Lebenden – »freundlicherweise deine *Mutter* bitten, mir auszuhelfen.«

Ich räuspere mich. »Ja. Ja, Mum, würde es dir was ausmachen, diesem Mann sein Geld zu geben? Ich zahle es dir zurück, versprochen. Sorry.«

»Na schön«, antwortet sie müde. »Ich kümmere mich darum. Aber nach deinem Gespräch kommst du sofort wieder und erklärst mir, was das alles hier soll, Naomi.«

»Natürlich. Danke! Du bist die beste Mutter der Welt!«

Naomi schnaubt verächtlich und folgt mir aus dem Restaurant, während Riley den Taxifahrer bezahlt. »So was Kitschiges würde ich niemals sagen!«

»Entschuldigen Sie, gibt es hier irgendwo einen ruhigen Ort, an dem ich mich mit meiner Freundin unterhalten kann?«, frage ich am Restauranteingang einen Kellner.

»Natürlich«, antwortet er und führt uns in einen kleineren Speisesaal, der vom Hauptflur des Hotels abzweigt.

Sobald die Tür hinter uns zugegangen ist und wir allein sind, explodiert das Mädchen, das aussieht wie ich.

»Okay, WAS ist hier los? Steckst *du* hinter der ganzen Geschichte? Hast *du* mir meinen Körper gestohlen? WER BIST DU?! Tausch uns wieder zurück! **TAUSCH UNS SOFORT WIEDER ZURÜCK!**«

Ich hebe abwehrend die Hände und mache einen Schritt

zurück. »Die ganze Sache ist mir genauso rätselhaft wie dir! Ich habe keine Ahnung, was los ist, ich schwöre es!«

»Du hast mir meinen Körper gestohlen!«

»Du hast mir meinen gestohlen!«

»WARUM SOLLTE ICH JEMANDEM DEN KÖRPER STEHLEN?«

»Ich weiß es nicht. Ich weiß nicht, wie das passiert ist ...« Ich halte inne, weil mir plötzlich aufgeht, was ich gerade mache. »Wow! Ich rede mit Naomi Starr!«

»JA!«, sagt sie wütend.

»O Gott. Sorry, ich habe jetzt erst geschnallt, dass ich mich mit dir unterhalte. Unglaublich, ich lerne gerade Naomi Starr kennen! Ich bin ein **Riesenfan** von dir! Und ausgerechnet du bist jetzt ich. Total verrückt. Naomi Starr ist ich, und ich bin Naomi Starr. O Mann.« Ich fahre mir mit einer Hand durch die Haare.

Sie starrt mich an. »Du meinst, du steckst gar nicht hinter der Sache? Du hast diese ganze Körpertauschgeschichte nicht irgendwie absichtlich herbeigeführt?«

»Natürlich nicht! Ich weiß, die Umstände sind ziemlich seltsam, aber darf ich dir was sagen?« Ich breche ab und hole tief Luft. »Du bist meine allerliebste Popsängerin auf der ganzen Welt. Ich finde dich unglaublich toll und liebe alle deine Songs. Es ist mir eine echte Ehre, dich kennenzulernen. Das flasht mich gerade total.«

Sie wirkt nicht besonders beeindruckt. »Aha. Okay, wie auch immer. Hast du nun mit Hilfe von Magie oder sonst was unsere Leben vertauscht oder nicht?«

»NEIN! Ich habe auch keine Ahnung, was los ist. Seit ich heute Morgen als du aufgewacht bin, bin ich völlig am Durchdrehen.«

Sie sieht mich misstrauisch an. »Wie soll das denn sonst passiert sein? Du warst doch gestern auch in der Bibliothek, oder? Das warst du.«

»Ja, das war ich.«

»Vielleicht ist schon dort irgendwas mit uns passiert. Sind wir auf dem Weg hinein vielleicht durch gestaltverändernden Atommüll gelaufen oder so was? In Filmen kommt das immer wieder vor.«

Ich kann mir das Lachen nicht verkneifen.

Sie funkelt mich wütend an. »Hast du eine bessere Erklärung?«, fragt sie und verschränkt die Arme.

»Nein, sorry«, beeile ich mich zu sagen. Meine Wangen glühen. »Ich … äh … ich kann mich nicht an irgendwelchen Atommüll erinnern. Wir hätten es doch sicher gemerkt, wenn wir durch so was durchgelaufen wären, oder?«

»Was könnte es dann sein?«, klagt sie und fängt an, im Raum auf- und abzugehen. »Wir müssen uns wieder zurückverwandeln! Das ist doch krank! Ich will nicht noch mal mit einer sabbernden Hundeschnauze im Gesicht aufwachen!«

»Ach, du bist schon Daisy begegnet!«, rufe ich, begeistert darüber, dass Naomi Starr meinen Hund kennt. »Sie ist total lieb und anhänglich. Hast du sonst noch jemanden von meiner Familie kennengelernt? Deine Mum ist übrigens echt cool, und dein Assistent ist auch voll nett. Ich finde wirklich …«

»Mir doch egal, was du von Simon hältst!«, blafft sie mich an.

»Von Sam«, korrigiere ich leise, bereue es jedoch sofort, weil sie die Hände zu Fäusten ballt.

Es ist eigenartig, mich selbst so wütend zu erleben. Ich hatte keine Ahnung, wie mein Gesicht aussieht, wenn ich sauer bin. Meine Augäpfel treten seltsam weit hervor, und mein Mund wird total winzig, bis er fast verschwindet.

»Wir müssen das irgendwie wieder in Ordnung bringen«, stößt sie zwischen zusammengebissenen Zähnen hervor.

»Fangen wir doch mal ganz von vorn an«, schlage ich vor, bemüht, diese ganze Sache aufzuklären. Ich setze mich an einen Tisch und bedeute ihr, sich ebenfalls zu setzen. »Was ist das Letzte, woran du dich als Naomi erinnerst?«

»Ich lag im Bett. Simon wollte mir einen Saft machen. Ich habe gelesen. Meine nächste Erinnerung ist, dass ich als du aufgewacht bin und total benommen war. Als hätte ich nur noch zähen Nebel im Kopf.«

»Bei mir war es genauso! Das Letzte, woran ich mich erinnere, ist, dass ich gelesen habe. Und dann bin ich plötzlich in deinem Bett aufgewacht.«

Sie runzelt vor lauter Konzentration die Stirn. »Was hast du denn gelesen?«

»Dieses Buch aus der Bibliothek. *Entdecke dein Leuchten.*«

Sie springt so schnell auf, dass ihr Stuhl nach hinten umkippt. Nachdem sie sich meinen Rucksack vom Boden geschnappt hat, zieht sie ebenfalls *Entdecke dein Leuchten* daraus hervor und knallt das Buch auf den Tisch.

»Genau das habe ich auch gelesen!«, ruft sie und zeigt darauf. »Das ist es! Das muss die Erklärung sein! Wir haben beide das gleiche Buch gelesen, und dann – **PAFF!** – hat es unsere Körper vertauscht. Ich erinnere mich noch, dass die Buchstaben geleuchtet haben!«

Ich öffne ihre Handtasche, ziehe mein Exemplar heraus und lege es auf dem Tisch neben ihres. »Meinst du wirklich, diese Bücher haben uns vertauscht?«

»Wie soll es sonst gewesen sein? Sieh nur, wir haben sie beide dabei. Das muss doch etwas zu bedeuten haben! Wir sind irgendwie mit ihnen verbunden«, sagt sie aufgeregt und blättert durch ihr Buch, bis sie bei einer bestimmten Seite innehält. »Bis hierhin bin ich beim Lesen gekommen. Das ist das Letzte, woran ich mich erinnere.«

Um etwas über sich selbst zu erfahren, braucht man manchmal eine andere Perspektive. Schlüpf in die Haut einer fremden Person, tritt in ihre Fußstapfen, sieh die Dinge durch ihre Augen.
Entdecke dein Leuchten.

»Bei mir GENAUSO!« Ich schnappe nach Luft und blättere zu der Seite mit dem Absatz.

»Vielleicht können wir auf dieselbe Weise wieder zurücktauschen. Wir lesen einfach gleichzeitig diesen Absatz, und schon ist die Sache erledigt.« Sie klatscht in die Hände, was mich erschrocken zusammenzucken lässt. »Problem gelöst.«

»Meinst du, das funktioniert?«

»Einen Versuch ist es wert. Wir müssen den Absatz aber genau gleichzeitig lesen. Ich zähle bis drei.«

»Lesen wir ihn laut?«

Sie sieht mich nachdenklich an. »Nein, zu Hause habe ich ihn nicht laut gelesen. Du?«

Ich schüttle den Kopf.

»Okay, dann versuchen wir zuerst, ihn nur im Kopf zu lesen, und wenn das nicht klappt, lesen wir ihn noch mal laut. Bereit?«

Ich ziehe das Buch zu mir heran und nicke. Sie holt tief Luft, und ich sehe, dass sie krampfhaft die Finger kreuzt, damit es auch ja funktioniert.

»Eins … zwei … drei!«

Ich lese den Absatz durch. Nichts passiert. Ich lese ihn noch einmal von vorn bis hinten, nur zur Sicherheit. Vergeblich, ich stecke immer noch in Naomis Körper.

»Es hat nicht geklappt!«, ruft sie.

Etwas beschämt nehme ich zur Kenntnis, dass ich erleichtert bin. Ich habe so viele Stunden meines bisherigen Lebens damit verbracht, davon zu träumen, Naomi Starr zu sein, und mir vorzustellen, wie toll es wäre, keine Probleme zu haben und so berühmt zu sein, dass man alles umsonst bekommt und die Leute ausflippen, sobald man den Raum betritt. Am meisten hat mich dabei immer die Frage interessiert, wie es sich wohl anfühlt, für etwas so viel Talent zu haben, dass man genau weiß, wohin man gehört und was man mit dem eigenen Leben anfangen will.

Ich bin zwar erst seit ein paar Stunden Naomi Starr, doch bisher haben sich alle meine Träume erfüllt. Niemand hat mir einfach das Wort abgeschnitten oder mich angerempelt, als wäre ich überhaupt nicht da. Ich musste nicht in die Schule und dort den ganzen Tag sterbenslangweiligen Unterricht über mich ergehen lassen, und niemand hat mir zu verstehen gegeben, dass ich nicht auf eine Party eingeladen bin, weil ich nicht cool oder interessant genug bin.

Und das Beste von allem: Niemand hat mir Kartoffelbrei an den Kopf geworfen.

»Dann versuchen wir eben, es laut zu lesen«, verkündet die echte Naomi und greift erneut nach ihrem Buch.

Aber auch das funktioniert nicht. Wir lesen den Absatz dreimal hintereinander laut vor, sicher ist sicher.

»**AAAH!** Warum klappt es nicht?«, brüllt sie, wirft das Buch quer durchs Zimmer und setzt sich dann schmollend wieder hin.

Es ist wirklich komisch, mir selbst dabei zuzusehen. Wenn die Situation nicht so ernst wäre, würde ich laut darüber lachen, wie divenhaft ich auf einmal wirke. Wenn ich mich zu Hause so aufführen würde, würden meine Brüder sich erst über mich kaputtlachen und mir dann irgendeinen Streich spielen, der mich wieder auf den Boden der Tatsachen zurückholt – mir zum Beispiel einen Eimer Eiswasser über den Kopf gießen, während ich schlafe.

Je länger ich darüber nachdenke, umso überzeugter werde ich, dass es doch besser wäre, unsere Körper wieder zurückzutauschen. Naomi wird nämlich sonst **nicht lange überleben** in meiner Katastrophenfamilie.

»Warte mal«, sage ich und fahre die Sätze, die wir gerade gelesen haben, mit dem Finger nach. »Vielleicht geht es gar nicht so sehr darum, den Abschnitt zu lesen, sondern darum, ihn zu *hören.*«

Sie sieht mich blinzelnd an. »Du meinst, als Audiobuch oder so?«

»Nein, *hinzuhören.* Zu *verstehen*, was uns der Abschnitt mitteilen will. Es geht darum, die Dinge mit den Augen einer anderen Person zu betrachten, stimmt's?« Ich lese den Abschnitt noch einmal langsam vor, damit wir die Worte wirklich in uns aufnehmen können. *»Um etwas über sich selbst zu erfahren, braucht man manchmal eine andere Perspektive. Schlüpf in die Haut einer fremden Person, tritt in ihre Fußstapfen, sieh die Dinge durch ihre Augen. Entdecke dein Leuchten.«*

»Das Buch will, dass wir uns durch die Augen der jeweils anderen betrachten?« Sie sieht mich ungläubig an. »Aber *warum?* Ich bin total zufrieden damit, die Dinge mit MEINEN Augen zu betrachten!«

»Da steht, dass wir etwas über uns selbst lernen können, wenn wir in die Haut der jeweils anderen schlüpfen.« Ich hole tief Luft. »Ich fürchte, wir müssen uns einfach darauf einlassen. Vielleicht ist das die einzige Möglichkeit, wieder zurückzutauschen.«

»Ist das dein Ernst? Meine einzige Möglichkeit, wieder zurückzutauschen, soll darin bestehen, dein Leben zu leben? Wie kann das irgendwer von mir erwarten? Ich kann nicht in diesem Haus leben oder in diesem Zimmer schlafen! Deine Brüder sind so laut! Dein Hund stinkt. Und überhaupt: Was soll dieser hässliche Flanellschlafanzug, Ruby? FLANELL Das darf wirklich nicht wahr sein! Und ich kann nicht zur Schule gehen! Ich war noch nie in einer Schule – ich habe nicht die geringste Ahnung, was ich dort tun soll! Schließlich bin ich NAOMI STARR! Ich kann mich doch nicht einfach unter … *normale Menschen* mischen!« Sie zögert und fügt dann hinzu: »Nimm es mir bitte nicht übel.«

»Tu ich nicht.« Und das meine ich wirklich so. Ich habe gesehen, wie Naomi lebt, daher weiß ich, dass mein Leben definitiv eine Herausforderung für sie sein wird.

Sie geht noch ein wenig auf und ab, tief in Gedanken versunken, bleibt irgendwann stehen, lehnt sich mit dem Rücken an die Wand und schließt die Augen. »Uns bleibt wohl tatsächlich nichts anderes übrig. Niemand würde uns jemals glauben, was passiert ist. Falls wir es doch irgendwann erzählen, wird man uns für verrückt halten«, sagt sie und wirkt niedergeschmettert. »Was meinst du, wie lange es dauert? Reden wir von Stunden? Tagen? **Monaten?**«

»Ich weiß es nicht. Aber wir tauschen auf jeden Fall unsere Handynummern aus und bleiben in Kontakt. Dann können wir uns gegenseitig auf dem Laufenden halten und uns notfalls helfen. Uns Tipps geben, wie wir am besten … die jeweils andere sind. Ich weiß, es wird dir nicht leichtfallen, zur Schule zu gehen, aber könntest du bitte trotzdem hingehen, damit ich nicht von der Schule fliege? Das wäre echt toll.«

»Ich glaube, ich habe vorhin eine deiner Schulfreundinnen getroffen«, erzählt sie. »Ein Mädchen mit pinken Haaren.«

»Beth!« Ich grinse und überlege, wie Beth wohl reagieren würde, wenn sie wüsste, dass ich gerade eine Zeitlang als Naomi Starr lebe. »Sie ist meine beste Freundin und echt cool, du wirst sie lieben. Über welche deiner Freundinnen oder Freunde sollte ich Bescheid wissen?«

Sie senkt den Blick auf den Boden und murmelt: »Keine.«

»Oh. Okay.« *Sie hat* **keine** *Freunde?*

»Glaubst du wirklich, das funktioniert?«, wechselt sie das Thema. »Glaubst du, dass wir uns plötzlich wie von Zauberhand zurückverwandeln, wenn ich eine Weile so tue, als wäre ich du, und du eine Weile so tust, als wärst du ich?«

»Einen Versuch ist es auf jeden Fall wert«, antworte ich zuversichtlich. »Vielleicht macht es uns ja sogar Spaß! Das ist so, als würden wir uns in einer virtuellen Realität bewegen.«

Sie verdreht die Augen. »Na klar. Tja, dann machen wir am besten so schnell wie möglich weiter. Je eher wir die Sache durchziehen, desto eher können wir wieder zurücktauschen. Halt mich bitte jeden Tag auf dem Laufenden. Dein Handy ist bestimmt irgendwo in deinem Zimmer, oder?«

»Ja, auf meinem Schreibtisch, normalerweise unter einem Buch. Ich schicke dir gleich von deinem Handy aus eine Nachricht, dann hast du die Nummer. Dein Handy habe ich übrigens auf dem Boden gefunden, bevor wir hierher aufgebrochen sind.«

»Ja, ich hatte es quer durchs Zimmer geworfen, weil ich gemeine Kommentare über mich im Internet gelesen hatte«, erklärt sie und sieht mich dann stirnrunzelnd an. »Versuch bitte, meinen Ruf nicht noch schlimmer zu machen, als er sowieso schon ist. Ich habe eine steile Karriere hingelegt und will nicht, dass das alles umsonst war.«

»Keine Sorge, deine Mum hat mir deswegen auch schon

einen Vortrag gehalten. Ich verspreche, dass ich mir Mühe gebe.« Insgeheim kann ich mein Glück kaum fassen. Ich darf weiterhin Naomi Starr sein! **NAOMI STARR!** Ich darf ein berühmter Popstar sein und ein Luxusleben führen, ohne jegliche Probleme. Das ist der verrückteste, unglaublichste Traum ALLER Zeiten! Ich könnte PLATZEN vor Freude!

Ich muss unbedingt das Beste aus jedem einzelnen Moment herausholen!

»Dir zuliebe hoffe ich, dass wir bis morgen Abend wieder im richtigen Körper stecken«, sagt die echte Naomi mürrisch und geht Richtung Tür.

»Warum?«

»Wegen dem Konzert.«

»Welches Konzert?«

»Hat Mum noch nicht mit dir darüber gesprochen? Ich trete morgen vor siebzehntausend Leuten in Berlin auf.« Sie lächelt mich schief an. »Denk dran: Ich habe diese Woche schon ein Konzert ausfallen lassen. Meine Mum wird niemals zulassen, dass ich mich vor noch einem drücke.«

Meine Glücksgefühle sind ebenso schnell wieder verschwunden, wie sie gekommen sind.

KAPITEL SECHZEHN

NAOMI

(ALS RUBY)

»Ich schaffe das«, sage ich laut und blicke zu dem Gebäude auf, das vor mir aufragt. »Es ist nur eine Schule. Ich habe schon Schulen in Filmen gesehen. Das ist keine große Sache.«

Beklommen gehe ich die Betonstufen der Eingangstreppe hinauf, schiebe die Tür auf und betrete einen langen, leeren Flur. An den Wänden hängen jede Menge hässlicher Bilder, und es riecht eigenartig. Kein Wunder, dass manche Jugendliche die Schule hassen, wenn es hier so stinkt. Die Leuchtröhren an der Decke sind auch viel zu grell. Wollen die, dass ihre Schüler erblinden?

Bevor ich Ruby im Ritz zurückgelassen habe, hat sie mir noch Tipps für den heutigen Tag gegeben. Sie meinte, dass zu dem Zeitpunkt, an dem ich hier eintreffen würde, schon die meisten Vormittagsstunden vorbei sein würden und ich deshalb am besten in der Schulbücherei auf die Mittagspause warten solle. Alles, was ich dann tun müsse, sei, Beth ausfindig zu machen und mich an sie zu halten. Angeblich haben wir sämtliche Fächer zusammen.

Ich folge Rubys Anweisungen und gehe auf die Doppeltür am Ende des Flurs zu, wobei ich einen langen Seufzer ausstoße.

ALS OB ich unter normalen Umständen jemals in eine Schule gehen würde. Ich! Naomi Starr! In eine *Schule*!

Alles an dieser Situation ist so falsch, dass ich mich am liebsten über die hässliche Schuluniform erbrechen würde, in der ich stecke.

»Ruby! Da bist du ja!«, brüllt plötzlich eine Stimme den Flur entlang.

Ich zucke zusammen. Eine der Türen, an denen ich gerade vorbeigeschlendert bin, ist aufgegangen, und ein dürrer, dunkelhaariger Mann mit Brille blickt wütend heraus. Er hat einen eigenartig kleinen Kopf, und seine Gesichtszüge wirken wie zusammengeknüllt. Irgendwie erinnert er mich an ein aufgebrachtes Frettchen.

»Wo warst du heute Morgen?«, fragt er und baut sich in der Tür auf. »Und wo, bitte, willst du jetzt hin?«

Ich bin nicht auf diesen Überfall vorbereitet.

»Äh, was meinen *Sie* denn, wo ich hinwill?«, frage ich zurück und hoffe, dass er mir auf die Sprünge hilft.

»Ich habe keine Ahnung, aber ich weiß, wo du sein *müsstest!* Nämlich in meinem Unterricht! Hast du wenigstens einen guten Grund dafür, dass du fast den gesamten Vormittag versäumt hast?«

»Ja«, antworte ich schulterzuckend und erinnere mich an das, was Ruby mir geraten hat. »Ich hatte einen Arzttermin. Haben meine Eltern denn nichts gesagt? Sie wollten heute Morgen im Sekretariat anrufen.«

Er runzelt die Stirn. »Mir hat niemand was mitgeteilt.« Er wirft mir einen misstrauischen Blick zu, tritt dann jedoch beiseite und zeigt ins Klassenzimmer. »Dann komm und setz dich. Du kannst später nachholen, was du verpasst hast, unter anderem den angekündigten Test.«

Ruby scheint recht damit gehabt zu haben, dass die Ausrede mit dem Arzttermin immer funktioniert.

»Keine Sorge, das glauben sie dir schon«, hatte sie voller Zuversicht gesagt und sich an die Rezeption im Ritz gelehnt, während der Portier ein im Voraus bezahltes Taxi gerufen hatte, das mich zur Schule bringen sollte. »Ich habe vorher noch nie irgendwas angestellt, also werden sie keinen Verdacht schöpfen. Ehrlich gesagt würde es mich überraschen, wenn überhaupt jemand mitbekommen hat, dass ich heute nicht da war.«

Es war nicht Teil von Rubys Plan, dass ich direkt in den Unterricht gehe, aber mir bleibt wohl nichts anderes übrig. Das wütende Frettchen starrt mich immer noch erwartungsvoll an.

»Okay«, sage ich und marschiere mit großen Schritten ins Klassenzimmer. Wäre doch gelacht, wenn ich das nicht spontan irgendwie hinbekäme.

Ich bitte euch. Ich bin Naomi Starr, ich kann alles schaffen.

»Wo soll ich mich hinsetzen?«, frage ich den Lehrer.

»Da, wo du immer sitzt«, antwortet er griesgrämig, schließt die Tür und geht zum Pult ganz vorn im Klassenzimmer.

Zum Glück ist im ganzen Raum nur noch ein Stuhl frei, also gehe ich davon aus, dass das meiner ist. Er befindet sich im hinteren Bereich neben dem Mittelgang. Ich betrachte meine Klassenkameraden, von denen die meisten sich nicht einmal die Mühe machen, von ihren Büchern aufzublicken. Höchst ungewohnt für mich. Normalerweise heften sich alle Blicke auf mich, sobald ich einen Raum betrete.

Ich weiß natürlich, dass ich momentan wie Ruby aussehe, aber die Reaktion der anderen irritiert mich trotzdem.

Das Mädchen mit den pinken Haaren sitzt an einem Tisch am Fenster. Wenigstens sie hat sich gerader hingesetzt, als ich hereingekommen bin. Jetzt winkt sie mir zu, und ich begrüße sie mit einem Nicken.

»Also, wo waren wir?«, fragt der Lehrer genervt und dreht sich zur Tafel hinter ihm um, auf der jede Menge Zahlen und Symbole stehen.

O nein, Mathe.

Der Lehrer – wie ich im Laufe der Stunde erfahre, heißt er Mr. Jones – beginnt langatmig über irgendetwas Langweiliges zu schwafeln, und ich nutze die Gelegenheit und sehe mir meine Umgebung genauer an. Denn das erwartet dieses dämliche Buch ja anscheinend von mir: Ich soll die Dinge mit Rubys Augen betrachten und etwas über mich selbst erfahren, bevor ich endlich mein eigenes Leben zurückhaben darf.

Okay, was ich durch Rubys Augen sehe, ist Folgendes: ein Haufen gelangweilter Schüler tut so, als würde er zuhören; der Junge neben mir kritzelt in seinem Schulbuch herum; das Mädchen auf seiner anderen Seite hat sich offensichtlich seit Tagen nicht mehr die Haare gekämmt; das Mädchen vor dem ungekämmten Mädchen schreibt unter ihrem Tisch Textnachrichten; und ein Junge auf der anderen Seite des Klassenzimmers bespritzt die vor ihm sitzenden Schüler mit Tinte.

Was kann ich aus diesen Beobachtungen lernen? Dass ich nicht in diese Schule passe.

Super. Das war die totale Erleuchtung. Ich schließe die Augen und hoffe, dass das reicht, um wieder in meinem Körper zu landen.

»Ruby, störe ich dich bei deinem Nickerchen?«

Ich öffne die Augen und sehe, dass Mr. Jones mich böse anstarrt.

»Nein, nein, keine Sorge«, antworte ich. »Machen Sie ruhig weiter mit … mit dem, was Sie gerade erzählt haben.«

Seine kleinen runden Frettchenaugen treten hervor, als wollten sie ihm gleich aus dem Gesicht springen. Einige Schüler drehen sich auf ihren Stühlen nach mir um und sehen mich erstaunt an.

»Wie liebenswürdig von dir. Ich weiß nicht, was heute mit dir los ist, Ruby, aber unterlasse es bitte in Zukunft, in meinem Unterricht die Augen zuzumachen!«, stößt das Frettchen wütend hervor und zeigt auf die Tafel. »Wie wäre es, wenn du nach vorne kommst und für uns diese Gleichung löst?«

»Lieber nicht, Mathe ist nicht so mein Ding.«

Diese Antwort sorgt bei meinen Mitschülern für Gekicher und noch mehr verblüffte Gesichter. Vielleicht ist Ruby ja das totale Mathe-Ass. Ups.

»Verstehe«, faucht Mr. Jones. »Dann ist Nachsitzen vielleicht *dein Ding?*«

Ich schnaube verächtlich. »Wohl kaum. Was für eine

dämliche Frage. Niemand mag Nachsitzen, das dürfte doch offensichtlich sein.«

»Das war's. Du bleibst heute nach dem Unterricht da und sitzt nach.«

»Ist das Ihr Ernst? Weswegen denn?«

»Wegen deiner Aufmüpfigkeit!«, echauffiert sich Mr. Jones. »Keine Ahnung, was heute plötzlich in dich gefahren ist!«

»Nur weil ich nicht nach vorn an die Tafel gekommen bin, um eine Gleichung zu lösen? Dafür muss ich nachsitzen? Das ist VOLL ungerecht!« Ich drehe mich zu dem Jungen neben mir um. »Ist der immer so? Falls ja, solltet ihr wirklich mal darüber nachdenken, die Schule zu verklagen. Ich kann euch einen hervorragenden Anwalt empfehlen.«

»RUBY!«, brüllt Mr. Jones, dessen Gesicht inzwischen puterrot angelaufen ist. »Wie kannst du es wagen, so mit mir zu sprechen!«

»Ich habe nicht mit Ihnen gesprochen, sondern mit ihm hier.« Ich deute mit dem Kopf in Richtung des Jungen und werfe Mr. Jones einen warnenden Blick zu. »Ich an Ihrer Stelle würde mich mal um einen netteren Tonfall bemühen, ich habe nämlich nicht gelogen: Mein Anwalt ist der beste der ganzen Stadt.«

Die anderen Schüler schnappen kollektiv nach Luft, vereinzelt ist Gekicher zu hören. Alle scheinen das Schauspiel zu genießen. Ich hingegen verstehe überhaupt nicht, wo das Problem sein soll. Hallo? Wenn jemand unhöflich zu mir ist, darf ich ja wohl auch unhöflich zu ihm sein! Ich lasse mir von niemandem sagen, was ich zu tun habe!

Mr. Jones sieht aus, als würde er gleich vor Wut platzen. Er zeigt mit dem Finger zur Tür.

»Raus. Aus. Meinem. Unterricht«, presst er keuchend hervor. »SOFORT!«

»Sehr gut!« Ich springe auf und schnappe mir meinen Rucksack. »Ich fand es hier sowieso nicht so toll. Kann mir jemand den Weg zu einem … einem Ruheraum oder so was Ähnlichem beschreiben? Ich nehme mal an, dass ihr hier kein Spa habt, aber vielleicht einen Aufenthaltsraum oder einen Ort, wo ich mir einen Kaffee holen kann?«

Meine Mitschüler starren mich schweigend an. Mr. Jones steht mit offenem Mund da.

O Mann, diese Leute haben so was von schlechte Umgangsformen.

»Okay, auch egal, danke für die Hilfe«, murmele ich, stolziere hinaus und knalle die Tür hinter mir zu.

Nirgendwo sind Schilder angebracht, was echt mega-nervig ist. Ich beschließe, wie ursprünglich geplant, in die Bücherei zu gehen, bis es zur Mittagspause klingelt. Dort ist es hoffentlich still, und ich kann mich ungestört ausruhen. Später kann ich dann immer noch diese Beth fragen, wo der Aufenthaltsraum ist.

Die Bücherei ist leer. Ich setze mich auf einen äußerst unbequemen Stuhl und warte.

GÄHN. Ist das langweilig hier. Ich rutsche ein wenig tiefer und WÜNSCHTE, ich hätte wenigstens Rubys Handy dabei, um ein bisschen durch die sozialen Medien zu surfen. Mein erstes Mal in der Schule läuft bisher nicht besonders super.

Was glaubt dieser Mr. Jones eigentlich, wer er ist? Unglaublich, dass Ruby sich solche Typen gefallen lässt. Und wie lange muss man als Schüler eigentlich in so einem Klassenzimmer sitzen und zuhören? Ich war maximal zehn Minuten dort, und das hat mir schon gereicht.

Plötzlich ertönt eine schrille Glocke. Ich höre Schritte und Stimmen auf dem Flur vor der Bibliothek. Offenbar kommen endlich die Schüler aus den Klassenzimmern.

GOTT SEI DANK! Mittagspause. Ich hoffe, es gibt hier gute Restaurants, ich bin nämlich völlig ausgehungert.

»Ruby! Dachte ich mir doch, dass du dich hier versteckst!«

Beth kommt angelaufen, stellt ihren Rucksack auf dem Tisch neben mir ab und stemmt die Hände in die Hüften.

»Was war denn DAS eben?«, fragt sie.

»Was?«

»Ach, ich weiß auch nicht. Vielleicht dein seltsames Kräftemessen mit Mr. Jones? Total verrückt!«

»Ist doch kein großes Ding. Was für ein NERVIGER Typ. Findest du nicht auch, dass er wie ein wütendes Frettchen aussieht?«

»Du steckst richtig tief in der Patsche. Ich habe gesehen, wie er nach dem Unterricht Richtung Rektorat gestapft ist.«

»Na und?«

»Das ist alles total untypisch für dich«, sagt sie langsam und scheint die Welt nicht mehr zu verstehen. »Ruby, du verhältst dich heute irgendwie komisch. Ist alles okay bei dir? Hast du das Buch gefunden, nach dem du in der Staatsbibliothek suchen wolltest?«

»Hä?« Ich sehe sie verständnislos an. Dann fällt mir unser Gespräch von heute Morgen wieder ein. »Ach so. Ja, hab ich. Also, wollen wir los zum Mittagessen?«

Sie nickt. Ein Lächeln breitet sich auf ihrem Gesicht aus. »Klar, gerne. Bist du sicher, dass mit dir alles in Ordnung ist? Ich hab dich noch nie vorher so erlebt.«

»Wie denn?«, frage ich und folge ihr aus der Bücherei ins Gewimmel des Schulflurs.

Igitt. ÜBERALL Menschen.

»Keine Ahnung. Du bist heute einfach … anders. Du gehst sogar anders. Viel selbstsicherer als sonst.«

»Wie läuft das hier mit dem Mittagessen?«, frage ich, gelangweilt von unserem Gespräch. »Gibt es mehrere Restaurants, aus denen man auswählen kann, oder nur eins? Ich habe nämlich ein paar Unverträglichkeiten, über die ich den Koch informieren muss.«

Ihr verblüfftes Gesicht erinnert mich daran, dass ich ja Ruby bin, und die weiß vermutlich, wie viele Restaurants es gibt, schließlich geht sie hier jeden Tag zur Schule.

»Ich meinte … auf welches Essen hast du heute Lust?«, sage ich schnell, um meinen Fehler wieder auszubügeln.

»Auf das, was es heute als vegetarisches Gericht gibt«, antwortet sie und beäugt mich misstrauisch von der Seite. »Das nehmen wir doch immer.«

Ich tue so, als wüsste ich genau, wo wir hingehen, und folge ihr um eine Ecke und anschließend einen ewig langen weiteren Flur entlang. Wir gehen auf eine knallgrüne Doppeltür zu.

Wer auch immer für die Inneneinrichtung dieses Gebäudes zuständig war, muss farbenblind gewesen sein.

Beth schiebt die Tür auf, und wir werden von ohrenbetäubendem Lärm begrüßt. Entsetzt betrachte ich den Ort, zu dem Beth mich geführt hat. Es ist keineswegs ein Restaurant, sondern eher so etwas wie eine *Kantine.* Überall sitzen Kinder und Jugendliche herum, reden durcheinander, lachen laut, zeigen sich gegenseitig etwas auf ihren Smartphones, klappern mit Besteck und Geschirr.

Und was noch schlimmer ist: Es wird nicht am Tisch bedient! Ich sehe keinen einzigen Kellner. Stattdessen müssen wir uns ein ekliges feuchtes Tablett nehmen – ein TABLETT! – und Schlange stehen, um uns in einem hässlichen, an ein Büffet erinnernden Selbstbedienungsbereich unser Essen zu holen.

»Das ist ein Witz, oder?«, platze ich heraus, als Beth mir ein Tablett reichen will.

»Wieso, so nass ist es heute gar nicht«, erwidert sie und hält mir weiter das Tablett hin. »Das darunter ist viel schlimmer. Ich habe extra nachgeschaut.«

Ich nehme widerstrebend das Tablett entgegen und halte es auf Armlänge von mir weg.

»**BÄH**, hier riecht es total EKLIG!« Ich muss würgen, als wir uns ans Ende der Schlange stellen. »Ich esse garantiert nichts, was hier serviert wird.«

»Sieht aber ganz okay aus heute«, sagt sie und reckt den Hals, um über die Leute zu spähen, die vor uns stehen.

»Ist das der einzige Ort an dieser Schule, an dem man Essen bekommt? Da bestelle ich doch lieber was! Irgendwo in der

Nähe gibt es garantiert ein gutes Restaurant mit Lieferservice. Kann ich mir dein Handy leihen?«

Sie bricht in Gelächter aus. »Du bist heute echt mega-seltsam!«

Ich will ja nicht pingelig sein, aber eine Antwort auf meine Frage war das nicht. Gerade will ich sie auf die Schulter tippen und erneut um ihr Handy bitten, als ein Mädchen mit langen glänzenden roten Haaren auf uns zustolziert, als gehörte ihr die ganze Schule.

»Hallo, Ruby«, sagt sie und stemmt die Hände in die Hüften. Ein zweites Mädchen begleitet sie und imitiert jede ihrer Bewegungen.

Beth sieht mich an und verdreht die Augen. Ich gehe daher stark davon aus, dass wir diese Mädchen beide nicht leiden können.

»Ich habe mit John gesprochen«, sagt das Mädchen übellaunig.

»Okay«, erwidere ich gelangweilt. »Schön für dich.«

»Er meinte, du hättest ihm die Einladung nicht gegeben.«

»Welche Einladung?«

Sie schaut mich an, als hätte ich ihr gerade eine Ohrfeige verpasst.

»Die Einladung zu meiner Party! Die ich dir gestern im Bus gegeben habe. Du solltest sie an ihn weiterreichen!«

»Verteil doch deine Einladungen selbst«, sage ich und mustere sie von Kopf bis Fuß. NIEMAND redet ungestraft in diesem Ton mit mir. »Für wen hältst du dich eigentlich?«

Meine Worte zeigen sofort Wirkung. Ich höre Beth neben

mir scharf einatmen, während die Schüler, die in der Schlange vor und hinter uns stehen, tuschelnd die Köpfe zusammenstecken. Es wird deutlich leiser in der Kantine, weil sich offenbar alle für unseren Schlagabtausch interessieren.

Aus der Art, wie sich diese rothaarige Tussi aufführt, schließe ich, dass sie eins der angesagten Mädchen der Schule ist. Die kenne ich aus Filmen – von allen verehrt, aber auch ein wenig gefürchtet. Und Ruby ist anscheinend das genaue Gegenteil, sonst wären nicht alle so überrascht darüber, dass sie diesem Mädchen plötzlich die Stirn bietet.

Tja. Zeit, das zu ändern.

»*Was hast du gerade zu mir gesagt?*«, faucht die Rothaarige.

»Ich habe gesagt, *du sollst deine Einladungen selbst verteilen*«, wiederhole ich und wende mich dann von ihr ab, um wieder Beth anzusehen. »Ich meinte das vorhin ernst. Kann ich mir dein Handy ausleihen, um was zu essen zu bestellen? Bei dem Gestank hier drinnen wird mir echt schlecht.«

»Hallo?«, sagt das rothaarige Mädchen mit schriller Stimme. »Wie wär's mit einer Entschuldigung?«

»Warum sollte ich mich bei dir entschuldigen?«

Ihr schießt die Röte in die Wangen. »Weil du meine Partyeinladung zwar genommen, sie aber nicht wie versprochen an John weitergegeben hast! Hast du sie irgendwo versteckt, weil du sauer bist, dass du nicht auch eingeladen bist? Das ist doch VOLL kindisch!«

»**Haha!** Warum sollte es mich interessieren, ob ich zu *deiner* Party eingeladen bin?«

Ihre Augen verengen sich zu Schlitzen. »Wenn dir das alles so egal ist, dann sag nicht, dass du die Einladung weitergibst, wenn du es in Wirklichkeit gar nicht vorhast!«

»Okay, da du das Thema ganz offensichtlich nicht fallenlassen willst, klären wir die Sache sofort«, sage ich mit gelangweilter Stimme. Dann räuspere ich mich und rufe laut: **»JOHN?«**

Ein Junge, den ich von Rubys Zuhause wiedererkenne, winkt mir quer durch die nun vollkommen stille Kantine zu. Die Aufmerksamkeit scheint ihm ZIEMLICH unangenehm zu sein.

»Hey, John, du bist eingeladen zur Party von …« Ich halte inne und drehe mich zu dem rothaarigen Mädchen um. »Wie war dein Name?«

Beth kichert, und das Mädchen faucht *»Ali!«*, als hätte ich gerade ein schreckliches Verbrechen begangen.

»John«, beginne ich erneut, »du bist zu Alices Party eingeladen!«

»ALI!«, ruft das Mädchen.

»Ist doch egal. Also Alis Party. Hast du gehört, John?«

Er nickt.

»Siehst du?«, sage ich lächelnd zu Ali. »Alles geklärt. Also dann, tschüss.«

Für den Bruchteil einer Sekunde sieht sie so aus, als wollte sie mich entweder anbrüllen oder in Tränen ausbrechen. Dann scheint sie zu beschließen, dass keins von beidem eine Option ist, und macht auf dem Absatz kehrt, um aus der Kantine zu stürmen. Ihre Freundin rennt ihr hinterher und stammelt: »Ali! Ali! Warte doch mal! Alles okay?«

»Ruby, ich habe immer noch keine Ahnung, was mit dir los ist«, sagt Beth und blickt Ali grinsend hinterher. »Aber was auch immer es ist, es ist absolut GENIAL!«

KAPITEL SIEBZEHN

RUBY

(ALS NAOMI)

»Also«, sagt Riley, als wir durch den Eingang des leeren Einkaufszentrums schlendern, »wo möchtest du anfangen?«

Was ich hier gerade erlebe, ist verrückt. Einfach nur komplett **VERRÜCKT**. Das gesamte riesige Westfield Shopping Centre in Shepherd's Bush wurde für den Publikumsverkehr gesperrt, und das nur, damit ich in Ruhe einkaufen kann. Außer uns ist niemand hier, bis auf die Verkäuferinnen, die am Eingang ihrer jeweiligen Geschäfte stehen und darauf hoffen, dass ich mich für sie entscheide.

Ach ja: Ich darf mir aussuchen, was auch immer ich möchte! Es ist alles umsonst!

Kann ich bitte nie wieder aufwachen aus diesem Traum?

»Klamotten!«, antworte ich aufgeregt und kneife mich heimlich, um nicht vor lauter Glück in Ohnmacht zu fallen.

»Was für eine Überraschung«, sagt Riley lachend, die gerade eine E-Mail auf ihrem Handy schreibt. »Also los, geh du voraus.«

Mit Sam und einem Bodyguard, die sich einige Schritte hinter uns halten, steuern wir auf den ersten Designerladen zu. Die Storemanagerin begrüßt uns am Eingang und zeigt auf ihre akkurat aufgereihten Angestellten.

»Hier sind Ihre persönlichen Einkaufsassistenten, Miss Starr. Wenn Sie irgendetwas brauchen, egal was, melden Sie sich einfach. Mein Team freut sich, Ihnen in jeder Weise behilflich zu sein.«

»Wow, danke!« Ich atme tief ein und betrachte all die wunderschönen, edlen Kleidungsstücke, die in dem hell erleuchteten Laden ringsum auf Bügeln hängen.

»Ich mache noch eben einen Anruf wegen des Berlin-Konzerts«, verkündet Riley und löst damit einen kleinen Panikanfall in mir aus. Ihr entgeht meine Reaktion nicht. »Du brauchst dich heute nicht damit zu befassen, keine Sorge. Geh und hab einen schönen Nachmittag!«

Das lasse ich mir nicht zweimal sagen. Wie in meinen kühnsten Träumen schlendere ich durch den menschenleeren Laden, wähle Kleidungsstücke aus, die mir optisch zusagen, und gebe sie Andrew, einem der Verkäufer, der darauf besteht, sie für mich zu halten. Wenn seine Arme zu voll werden, kommt eine Kollegin herbeigeeilt, um ihm die Sachen abzunehmen und sie zur Umkleide zu bringen, während ich weiter meine Auswahl treffe.

Als ich endlich fertig bin und wir in den Umkleidebereich gehen, legt Andrew mit einem wissenden Lächeln ein Naomi-Starr-Album ein, und ich fühle mich GENAU wie in einer dieser Filmszenen, in denen die Protagonistin verschiedene Outfits nacheinander anprobiert und fröhlich vor dem Spiegel herumtanzt.

Aus meinem echten Leben kenne ich das Anprobieren von Klamotten hingegen als ermüdend, langweilig und schweißtreibend. Normalerweise bleibe ich dabei in einem Pullover stecken, weil ich meinen Kopf versehentlich in einen Ärmel geschoben habe, und Beth muss in die Kabine kommen, um mir wieder herauszuhelfen.

Aber nicht heute. Heute bin ich ein glamouröser Popstar und das Anprobieren klappt wie am Schnürchen.

»Was meinen Sie?«, frage ich Andrew, als ich in Kleidungsstück Nummer eins (von ungefähr dreißig noch auf mich wartenden Teilen) aus der Kabine komme.

»Sehr hübsch!«, urteilt er, und seine Kolleginnen nicken zustimmend.

»Dann nehme ich es.« Ich strahle und bewundere das Kleid im Spiegel. Ich glaube, es ist das schönste Kleid, das ich je gesehen habe, ein silbergraues, bodenlanges Spitzenkleid, verziert mit zarten, perlenbesetzten Blumen. Als Ruby hätte ich niemals Gelegenheit bekommen, so ein Kleid anzuprobieren, geschweige denn, es mitzunehmen und auf einer Veranstaltung zu tragen.

Aber als Naomi Starr darf ich anziehen, was auch immer ich möchte.

Nach einer weiteren Viertelstunde hat Andrew mehrere Tüten mit Kleidungsstücken vollgepackt, für die ich mich entschieden habe, und ich überlege fieberhaft, ob mir die knallpinke Hose gefällt, die ich gerade anhabe.

»Könnten Sie bitte Riley für mich holen? Sie müsste auch irgendwo im Laden sein«, sage ich und betrachte grübelnd mein Spiegelbild. »Ich könnte eine zweite Meinung gebrauchen.«

Er verschwindet und kommt dann wieder, um mir mitzuteilen, dass Naomis Mutter in eins der Cafés des Einkaufszentrums gegangen ist, um dort mit Sam ein wenig zu arbeiten.

»Wollen Sie, dass ich sie hole?«, bietet Andrew an.

»Oh. Nein, stören Sie sie nicht. Schon gut.«

Ich ziehe den Vorhang meiner Kabine zu und schlüpfe aus der pinken Hose. Ich würde ja Andrew und die anderen Verkäuferinnen nach ihrer Meinung fragen, aber bisher haben sie zu jedem Teil, das ich anprobiert habe, »sehr hübsch« gesagt, sogar zu denen, die mir überhaupt nicht standen. Wahrscheinlich will es keiner von ihnen riskieren, einen berühmten Popstar zu beleidigen. Aber wenn man immer nur mit Komplimenten überhäuft wird, bedeuten diese Komplimente bald nicht mehr viel.

Ich wünschte, Beth wäre hier, um mir ihre ehrliche Meinung zu sagen. Ich halte die Hose hoch und versuche mir vorzustellen, was sie dazu sagen würde.

»Hey, die ist knallpink«, sagt ihre Stimme in meinem Kopf. *»NATÜRLICH musst du die nehmen!«*

Ich grinse und spaziere aus der Kabine, um Andrew mitzuteilen, dass ich die Hose auch nehmen möchte.

»Ich werde Ihre Tüten vorbereiten, damit Ihr Assistent sie später abholen kann. Genießen Sie den Rest Ihres Shoppingtags, Miss Starr«, sagt er und neigt leicht den Kopf, während ich mich bei ihm bedanke und die Boutique verlasse, bereit für die nächste.

Der Bodyguard, der mich schon den ganzen Tag begleitet, teilt mir mit, dass Riley und Sam im Starbucks ihren mobilen Arbeitsplatz aufgebaut haben und dort mindestens noch für die nächste Stunde beschäftigt sein werden.

»Ms. Starr hat mich gebeten, Ihnen auszurichten, dass Sie Ihnen viel Spaß wünscht. Sie sollen einfach zum Starbucks kommen, wenn Sie fertig sind«, fügt er hinzu.

»Okay.« Meine Stimme hallt durch das leere Einkaufszentrum. »Wie wäre es als Nächstes mit Handtaschen und Schuhen?«

Mir geht auf, dass ich mit mir selbst spreche, denn mein Bodyguard hat sich längst wieder hinter mir positioniert und antwortet nicht, denn er ist nicht hier, um zu shoppen, sondern um mich zu beschützen. Ich bummle in ein Accessoire-Geschäft und kann mir bei dem Geruch nach teurem Leder, der mir beim Eintreten entgegenschlägt, ein breites Lächeln nicht verkneifen. Der Laden ist voll mit wunderschönen Handtaschen und Schuhen.

»Wenden Sie sich gern an mich, wenn Sie Hilfe brauchen, Miss Starr. Ich lasse Sie in Ruhe shoppen«, begrüßt mich eine schick gekleidete Frau und zieht sich dann zu ihrer Kollegin hinter die Ladentheke zurück.

Wie toll dieses exklusive Shoppingerlebnis auch ist, es wäre so viel schöner mit Beth. Ich fühle mich ein wenig unbehaglich, während ich zwischen den Taschen und Schuhen herumschlendere, wohl wissend, dass alle Blicke auf mir ruhen. Bisher fand ich das geschäftige Hin und Her anderer Ladenbesucher immer lästig, aber ohne sie ist es irgendwie unheimlich. Wenn doch wenigstens Riley und Sam bei mir geblieben wären!

Ich schnappe aufgeregt nach Luft, als ich ein Paar silberne Glitzerschuhe entdecke.

»Kann ich die bitte anprobieren?«, frage ich und nehme einen der Schuhe vorsichtig vom Ständer. »Ich habe Größe …«

»Bemühen Sie sich nicht, Miss Starr«, sagt die Frau von vorhin und kommt mit einem Karton zu mir geeilt. »Ich habe mir erlaubt, vor Ihrer Ankunft Ihre Schuhgröße zu recherchieren, und habe sämtliche Schuhe im Laden bereits für Sie zum Anprobieren vorbereitet.«

»Wow«, sage ich und nehme das Schuhpaar entgegen, das sie mir reicht. »Wie nett von Ihnen. Danke.«

Sie lächelt bescheiden und eilt dann zurück hinter die Theke. Ich setze mich und schlüpfe in die Schuhe. Bewundernd betrachte ich sie im Spiegel.

»Die sind unglaublich!« Ich hebe strahlend den Kopf und muss feststellen, dass ich wieder nur mit mir selbst spreche.

Da ich niemanden habe, mit dem ich von den umwerfenden Schuhen schwärmen könnte, weiß ich nicht recht, was ich tun soll, und setze mich wieder, um sie auszuziehen. Die Frau kommt sofort zu mir, um sie mir abzunehmen, in den Karton zurückzulegen und zum Abholen bereitzustellen.

Während ich schweigend wieder in meine eigenen Schuhe schlüpfe, wird mir klar, dass das Vergnügen einer Shoppingtour gar nicht so sehr mit dem Shoppen an sich zusammenhängt, sondern mit der Begleitung. Wenn Beth und ich zusammen durch die Läden ziehen, lachen wir uns die meiste Zeit halb schlapp, probieren völlig absurde Sachen an oder albern herum. Oder wir freuen uns riesig darauf, uns zusammen etwas zu kaufen, wofür wir ewig gespart haben.

Ein Shoppingbummel ganz allein macht längst nicht so viel Spaß, auch wenn man dabei, so wie ich heute, JEDES beliebige Teil im ganzen Einkaufszentrum mitnehmen darf.

»Okay«, sage ich und gehe zu meinem Bodyguard, der an der Tür steht und mit seiner Sonnenbrille mürrisch und unnahbar wirkt. »Wohin als Nächstes?«

Ruby, kann ich dich mal was fragen?

Oh mein Gott, Naomi! AAAH!

Naomi Starr schreibt mir eine Nachricht!
Sorry, ich kann es immer noch nicht glauben!

Du bist nicht zufällig von der Treppe meines Privatjets gestürzt, als du in Berlin gelandet bist?

Nein.

Bist du sicher?

Ja.

Deine Freundin Beth hat mir aber gerade lauter Fotos von MIR in den sozialen Medien gezeigt, auf denen ich ausgestreckt wie ein SEESTERN auf dem Rollfeld liege.

Oh. Ach ja, kann sein, dass ich ein KLEIN wenig gestolpert bin. Aber keine Sorge, es hat niemand gesehen. Ich habe es gut überspielt.

DIE SOZIALEN MEDIEN SIND VOLL DAVON! ALLE HABEN ES GESEHEN! DIE GANZE WELT!

Ich denke, was wir aus der Sache lernen können, ist, dass du mal in Schuhe investieren solltest, mit denen man tatsächlich laufen kann.

Ich kann mit meinen Schuhen laufen!! DU bist diejenige, die das anscheinend nicht hinkriegt! Könntest du BITTE aufhören, mich öffentlich zu blamieren?! Ich habe schließlich einen Ruf zu verlieren.

Wie läuft es denn sonst so? Alles okay?

Nicht wirklich. Ich sitze gerade in einem Schrank.

Warum sitzt du in einem Schrank?!

Ich verstecke mich vor deiner Mum und dem Tourmanager. Und vor diesem Martin, deinem Choreographen. Der dich übrigens nicht ausstehen kann. Jetzt ERST RECHT nicht mehr.

Das musst du mir bitte erklären.

Um mich vorhin vor dem Soundcheck und der Generalprobe in der Arena zu drücken, hab ich behauptet, ich wäre allergisch gegen sein Parfum.

DU HAST WAS?!

Ich bin in Panik geraten!!! Ich hab auch versucht, um das Konzert heute Abend herumzukommen, indem ich allen erzählt habe, ich wäre allergisch gegen Scheinwerferlicht, aber das hat mir keiner abgenommen.

ACH NEE

Hast DU vielleicht eine Idee?? Mir läuft die Zeit davon! Ich soll in einer halben Stunde auf die Bühne!

Okay. Keine Panik. Sag einfach, du wärst krank.

Ernsthaft krank.

Hab ich schon versucht. Aber du hast ja leider deinen eigenen Arzt, der mit im Privatjet war und mich gleich untersucht hat.

Er meinte, ich wäre kerngesund. WAS SOLL ICH DENN JETZT MACHEN?!

Ruby. Es könnte sein, dass du wirklich auf die Bühne musst.

Was? NEIN

Alles wird gut. Sag einfach, du willst heute nicht live singen. Und dann ahmst du die Lippenbewegungen nach. Du kennst doch meine Songs, oder? Sagtest du nicht, du wärst mein größter Fan? Problem gelöst!

Aber es ist ja wohl was anderes, ob ich deine Songs zu Hause in meinem Zimmer singe oder vor SIEBZEHNTAUSEND LEUTEN!

Du schaffst das schon, Ruby. BITTE, tu es für mich! Ich darf nicht noch ein Konzert versäumen. Dann ist meine Karriere im EIMER. Sing einfach Playback, das ist total easy!!

Ich kann nicht!!! Ich bin kein Popstar!! Ich bin ein Niemand!!

DU MUSST ABER

Nein. Auf keinen Fall.

Sonst kotze ich auf die Bühne.

Ich muss los. Deine Mutter brüllt ständig hoch, dass es Abendessen gibt. Warum müsst ihr eigentlich alle zur selben Zeit essen, als »Familie«? Das ist doch VOLL nervig! Wie auch immer, bitte tu das mit dem Konzert für mich, ja, Ruby? Das wird großartig, versprochen.

DU KANNST MICH DOCH JETZT NICHT ALLEINLASSEN!

Wir müssen uns eine Ausrede überlegen!

ICH KANN NICHT AUF DIE BÜHNE!

O Mann, sie sagt, ich soll sofort das Handy weglegen. Sieht sie nicht, dass ich beschäftigt bin? Jetzt droht sie, mir das Handy wegzunehmen, wenn ich nicht auf der Stelle zum Abendessen komme. Was glaubt deine Mum eigentlich, wer sie ist?! Niemals werde ich zulassen, dass sie mir das Handy wegnimmt und mich davon abhäl

HALLO? NAOMI?

NEIN, MUM, GIB IHR DAS HANDY ZURÜCK!

NAOMI? NAOMI, BIST DU NOCH DA?

Hilfe!

Ich lasse vor Schreck das Handy fallen, als es plötzlich an der Schranktür klopft.

»Naomi? Bist du da drinnen?«

»Nein!«, rufe ich zurück. »Naomi ist hier nicht, ich bin eine Backgroundtänzerin. Vielleicht ist sie auf der anderen Seite der Arena.«

»Seltsam, die Tänzerinnen stehen nämlich alle schon neben der Bühne, und eins der Crewmitglieder hat gesehen, wie du in die Garderobe gerannt bist und dich in ebendiesem Schrank verkrochen hast.«

Erwischt. Ich stoße die Schranktür auf und blicke in die Gesichter von Riley und Sam.

»Ist das deine neueste Art, dich auf dein Konzert vorzubereiten?«, fragt Riley und zieht die Augenbrauen hoch.

»Ja, genau. In Deutschland bringt es angeblich Glück, wenn man sich vor einer wichtigen Show hinter der Bühne in einen Schrank zurückzieht. Fördert angeblich die Konzentration.«

»Es ist trotzdem Zeit, wieder rauszukommen, Naomie«, fordert mich Riley auf und streckt mir die Hand entgegen. »Deine Fans warten.«

Ich lasse mich widerwillig von ihr auf die Füße ziehen.

»Also«, sagt sie mit einem Seufzen. »Dann erklär mir mal, was wirklich mit dir los ist.«

»Das würdest du mir sowieso nicht glauben«, krächze ich heiser und spüre, wie mir kalter Schweiß den Nacken hinunterläuft. Gedämpft dringen die Sprechchöre und das Stimmengewirr eines riesigen Publikums zu uns hinter die Bühne.

»Versuch's doch einfach mal.« Sie bedeutet mir, mich zu setzen, und nimmt auf einem Stuhl gegenüber Platz, während Sam zum Kühlschrank eilt und zwei Wasserflaschen für uns holt. Geduldig wartet Riley darauf, dass ich ihr erkläre, warum ich mich in einem Schrank versteckt habe, obwohl ich mich eigentlich auf einen Auftritt vor Tausenden Fans vorbereiten müsste.

Ich wünschte, ich könnte ihr erzählen, warum. Ich wünschte, ich könnte die Wahrheit sagen und mir alles von der Seele reden. Aber Naomi und ich waren uns im Ritz einig, dass niemand uns glauben würde. Riley würde nur denken, dass ihre Tochter verrückt geworden sei.

»Naomi, was auch immer es ist, du kannst es mir sagen«, raunt sie nun und beugt sich vor, um mir fest in die Augen zu sehen. »Warum benimmst du dich so seltsam?«

»Äh … okay … also ich …« Verzweifelt durchforste ich mein Gehirn nach einer plausiblen Antwort. »Ich habe Lampenfieber.«

»Du hast Lampenfieber«, wiederholt Riley langsam. »Das ist es, was du mir nicht erzählen wolltest?«

»Ja. Ich weiß, das klingt komisch, weil ich Naomi Starr bin und ständig auf der Bühne stehe. Aber so ist es nun mal. Ich habe Lampenfieber. Richtig dolles Lampenfieber. So dolles Lampenfieber, dass ich auf keinen Fall da rausgehen sollte.«

Riley reagiert vollkommen anders als erwartet. Sie *lacht*.

Es ist kein lautes, schallendes Gelächter, sondern ein beiläufiges, als wollte sie sagen: *Ist doch keine große Sache*.

»Naomi«, sagt sie belustigt. »Natürlich hast du Lampenfieber! Warum hast du plötzlich Angst, mit mir darüber zu reden? Wir sprechen doch ständig über dieses Thema!«

Ich starre sie verdutzt an. »Tun … tun wir das?«

»Jetzt komm schon, weißt du nicht mehr, was damals bei deinem Konzert in Dublin passiert ist?«

»Äh … was war da noch mal?«

»Du warst so nervös, dass du dich eine Stunde lang geweigert hast, auf die Bühne zu gehen! Der Tourmanager musste dir ewig gut zureden. Und wie war es bei deinem ersten Konzert in New York?«

»Wie denn?«

»Du hattest so höllisches Lampenfieber, dass du den Text

deiner ersten beiden Songs vergessen hast! Statt zu singen, hast du nur getanzt und bist dann von der Bühne gerannt und in Tränen ausgebrochen! Oh, und dann war da ja noch dein Auftritt bei den MTV-Awards …«

»Warte mal, daran erinnere ich mich noch. Ich war super bei der Award-Show! Das war einer meiner besten Auftritte!« Ich halte zögernd inne, weil mir aufgeht, wie eingebildet das klingen muss. »Das haben mir zumindest hinterher alle gesagt.«

»Du warst wirklich super. Absolut genial«, versichert mir Riley, und Sam nickt im Hintergrund. »Aber weißt du noch, was du vorher immer wieder zu mir gesagt hast? ›Mum, ich kann das nicht. Ich kann das nicht.‹ Es war ziemlich viel Überzeugungsarbeit nötig, um dich auf die Bühne zu bekommen.«

Ich kann nicht glauben, was ich da gerade höre. Naomi Starr hat *Lampenfieber?* Dabei wirkt sie immer so selbstbewusst auf der Bühne! Wie kann das sein?

»Nervosität ist etwas Positives, sie sorgt dafür, dass Adrenalin freigesetzt wird«, fährt Riley fort. »Selbst die größten und berühmtesten Stars leiden unter Lampenfieber. Das ist normal! Manchmal muss man sich eben seinen Ängsten stellen, um das zu tun, was man am liebsten tut. Und um zu zeigen, wer man wirklich ist!«

»Okay, aber was, wenn es heute Abend nicht so ist? Was, wenn nicht nur Nervosität der Grund ist?« Ich hole tief Luft. »Was, wenn ich mich nicht wie Naomi Starr fühle? Und auch nicht wie ein Popstar? Ich fühle mich wie ein Niemand! Ein Niemand, der weder genug Talent noch genug Selbstvertrauen hat, um vor der eigenen Familie zu singen, geschweige denn vor Tausenden von Leuten.«

Sie greift nach meiner Hand. »Tja, dann antworte ich dir, dass du unbedingt mehr an dich glauben solltest. Meinst du nicht auch, Sam?«

»Doch, absolut!«, pflichtet er ihr fröhlich bei. »Sie fühlen sich vielleicht nicht wie ein Popstar, aber Sie sehen ganz sicher so aus!«

Ich lächle ihn dankbar an, und Riley drückt meine Hand.

»Du schaffst das«, sagt sie und zieht mich vom Stuhl hoch, noch bevor ich protestieren kann. Ehe ich mich's versehe, marschieren wir aus der Garderobe, durchqueren das Labyrinth aus Gängen hinter der Bühne und erreichen den seitlichen Bühnenbereich.

Die Zuschauermenge ruft Naomis Namen. Ich bin völlig betäubt vor Angst. Jemand befestigt einen Kopfhörer an meinem Ohr, während eine andere Person mir ein glitzerndes Mikrophon in die Hand drückt.

Panisch überlege ich, was ich tun soll. Als ich über die Schulter nach hinten spähe, sehe ich eine ganze Armee von Crewmitgliedern und Backgroundtänzerinnen, die meinen Fluchtweg blockieren. Ich habe keine Chance, kehrtzumachen und wegzurennen.

Hilfesuchend wende ich mich Riley zu, die neben mir steht und in das Mikro ihres Headsets spricht.

»Warte. Ich kann das nicht«, stoße ich hervor. Meine Hände zittern wie verrückt. »Das ist purer Wahnsinn. Ich bin nicht Naomi.«

»Weißt du noch, wie du früher immer in deinem Zimmer herumgetanzt und so getan hast, als wärst du ein Popstar?«, antwortet Riley, ohne den Kopf zu mir zu drehen.

»Was?«

»Erinnerst du dich noch daran?«

»Äh. Ja, klar.« Wenn sie wüsste, dass ich das noch vor ein paar Tagen getan habe!

»Vergiss die Zuschauer einfach«, rät sie mir. »Die Bühne ist dein Zimmer. Geh raus und sing und tanz, wie du es von klein auf getan hast. Tu, was dir am meisten Spaß macht, und zeig allen dein inneres Leuchten.«

Ich starre sie blinzelnd an *»W-was hast du gerade gesagt?«*

»Du bist ein Popstar! Außer dir sieht das jeder! Du musst nur selbst daran glauben!«, sagt sie und strahlt mich an. »Zeig allen den Popstar in dir!«

Die Saalbeleuchtung geht aus, und das Publikum fängt an zu jubeln. Riley wünscht mir Glück und schiebt mich sanft Richtung Bühne. Die Band beginnt zu spielen, und ein Scheinwerfer wirft sein kreisrundes Licht auf die Bühnenmitte.

Ich schlüpfe in Naomis Haut, trete buchstäblich in ihre Fußstapfen und gehe auf den Scheinwerfer zu.

Zaghaft drehe ich mich zum Publikum, ein Meer aus Gesichtern, das so weit nach hinten reicht, dass ich das hintere Ende des Zuschauerbereichs gar nicht erkennen kann. Die Leute klatschen und kreischen, als ich ins Scheinwerferlicht trete. Der Lärm ist so ohrenbetäubend, dass ich ein Stück zurückweiche. Tausende Handykameras richten sich erwartungsvoll auf mich.

Ich bin wie erstarrt. Kann mich nicht bewegen. Mein Herz hämmert gegen meine Brust, und meine Kehle schnürt sich zusammen.

Erst jetzt fällt mir ein, dass ich vergessen habe zu sagen, dass ich auf keinen Fall live singen möchte.

Die Band spielt den Anfang eines Songs von Naomi, den ich sofort erkenne. Es ist *Shining Bright*, einer meiner Lieblingssongs. Während ich noch immer reglos dastehe und die Band die einleitenden Takte wiederholt, höre ich eine Stimme von der Bühnenseite. Es ist Riley.

»Du schaffst das!«, ruft sie und strahlt mich an, als würde ich nicht gerade ein wichtiges Konzert in einer riesigen Arena vermasseln. »Du bist Naomi Starr!«

In diesem Moment huscht mir flüchtig ein Gedanke durch den Kopf: *Vielleicht, ganz vielleicht, schaffe ich es ja wirklich.*

Denn Riley hat recht: Ich bin nicht mehr Ruby, der tollpatschige, schüchterne Niemand. Die Zuschauer sehen nicht sie auf dieser Bühne. Sie sehen *Naomi Starr.* Ich muss einfach so tun, als wäre ich sie.

Also hebe ich das Mikro an die Lippen und fange an zu singen.

Schon beim ersten Ton bricht Jubel im Publikum aus, und mein Selbstvertrauen wächst. Je weiter der Song fortschreitet, desto besser gelingt es mir, mich zu entspannen. Ich sehe, dass die Tänzerinnen neben und hinter mir ihre Choreographie tanzen, es ist die gleiche wie im Video zu *Shining Bright*. Ich kenne sämtliche Schritte auswendig.

Ja, ich schaffe das!

Als wir beim Refrain ankommen, finde ich den Mut, es zu versuchen. Ich schließe mich den Tänzerinnen an und stelle mir dabei vor, ich wäre in meinem Zimmer und würde zu Naomis Song tanzen – lediglich beobachtet von Daisy, die auf meinem Bett liegt und fröhlich an einem Schuh von Roman nagt.

Es funktioniert! Ich tanze perfekt synchron mit den Tänzerinnen und singe dazu meinen Text. Als der Song endet und wir in unserer finalen Pose verharren, ist die Reaktion des Publikums derart überwältigend, dass es sich anfühlt, als würde mir die ganze Welt zujubeln. Konfettikanonen an der Decke lassen Glitter auf mich herabregnen, und während ich heftig atmend dastehe, rollen mir Tränen die Wangen hinunter. Es ist das beste Gefühl auf der ganzen Welt!

Ich kann es nicht glauben. Ich kann nicht glauben, was gerade passiert ist.

Ich habe es geschafft!

KAPITEL ACHTZEHN

NAOMI

(ALS RUBY)

»Wenn du mir mein Handy nicht zurückgibst, **verklage** ich dich. Hast du mich gehört? Ich meine das ernst! **ICH VERKLAGE DICH UND DEINE GANZE FAMILIE!**«

Ich brülle meine Drohung aus vollem Hals, aber es ist, als wäre ich unsichtbar. Sogar mit den Armen fuchtle ich dabei, in der Hoffnung, damit mehr Aufmerksamkeit zu erregen, aber keiner nimmt die geringste Notiz von mir. Dann schiebt mich einer der widerlichen Söhne dieser gestörten Familie auch noch aus dem Weg und setzt sich auf den Stuhl, auf dem ich gerade Platz nehmen wollte.

Es ist die absolute HÖLLE!

Unglaublich, dass ich hier in diesem Irrenhaus festsitze. Dabei sollte ich jetzt eigentlich in Berlin sein und vor meinen mich anhimmelnden Fans auftreten.

»Hör auf, davon zu quasseln, dass du irgendjemanden verklagen willst, Ruby, und setz dich endlich hin«, sagt John und legt sein Buch für einen Moment beiseite, um sich Erbsen auf den Teller zu häufen. »Du benimmst dich voll seltsam.«

»Wie kannst du es wagen, so mit mir zu reden! Ich bin nicht seltsam, ich bin eine Ikone, John! Eine **IKONE!**«

Bisher ist John der einzige von Rubys unzähligen Geschwistern, dessen Name ich mir merken kann, was an meiner gestrigen Auseinandersetzung mit Ali in der Schulkantine liegt. Er scheint den Großteil seiner Zeit mit Lesen zu verbringen, also verstehe ich wirklich nicht, wie er *mich* für diejenige halten kann, die sich seltsam verhält.

Diese ganze Körpertauschsache hängt mir so was von zum Hals raus!

Nicht genug damit, dass ich in Rubys winzigem Zimmer schlafen und ihre merkwürdige Familie und ihren stinkenden Hund ertragen muss. Ich musste auch schon zwei Tage Schule über mich ergehen lassen. ZWEI TAGE! Ich glaube nicht, dass ich noch einen dritten überleben würde.

Das liegt hauptsächlich daran, dass die Lehrer ständig meinen, sie müssten mich anbrüllen, und das wegen jeder Kleinigkeit. Dass ich die falschen Bücher dabeihatte, war zum Beispiel ein Riesenproblem, und als ich etwas sagen wollte, ohne mich vorher gemeldet zu haben, gab es auch richtig Ärger. Und als ob das noch nicht schlimm genug wäre, musste ich feststellen, dass man doch tatsächlich *um Erlaubnis bitten muss*, wenn man während des Unterrichts auf die Toilette möchte! Das ist das Absurdeste, was ich je gehört habe! Wenn ich in meinem echten Leben nicht so beschäftigt damit wäre, Alben aufzunehmen, die im Handumdrehen Platin gewinnen und jede Menge Preise abräumen, würde ich dem Premierminister schreiben, oder wem auch immer, und ihm nahelegen, SO-

FORT diese unsägliche Ich-muss-erst-fragen-bevor-ich-auf-die-Toilette-darf-Praxis an den Schulen zu beenden.

Außerdem gehen die Unterrichtsstunden EWIG. Wer hat denn bitte so eine lange Aufmerksamkeitsspanne? Immer wieder werde ich dafür gerügt, dass ich aus dem Fenster starre oder gähne (ich gebe zu, dass ich ein paar Mal absichtlich laut gegähnt habe, was als konstruktive Kritik gemeint war).

Von dem Fraß, den sie in der Schulkantine servieren, fange ich lieber gar nicht erst an. So etwas müsste verboten werden. Zumal kein Weg um das Mittagessen dort herumführt. Ich habe versucht, stattdessen eine Portion Sashimi zu bestellen, aber die Schulsekretärin hat den Lieferfahrer einfach wieder weggeschickt, und mir blieb nichts anderes übrig als zu hungern.

Außerdem hat man in der Schule NULL Freiheiten. Als es gestern Nachmittag ENDLICH zum Unterrichtsende klingelte, sprang ich auf und verabschiedete mich von Beth mit einem lässigen »Bis dann«, woraufhin sie meinte: »Warte mal, musst du nicht nachsitzen bei Mr. Jones?«

»Ach ja, stimmt. Was heißt das eigentlich genau – nachsitzen?«, fragte ich.

»Dass du unter seiner Aufsicht noch eine Stunde schweigend herumsitzen und lernen oder Hausaufgaben machen musst.«

HAHA, guter Witz! Ich lachte ihr ins Gesicht und verließ schnellstmöglich die Schule. Es war schon ein Wunder, dass ich überhaupt bis zum Ende des regulären Schultags geblieben war. Die Quälerei noch zu verlängern kam gar nicht in Frage.

Wisst ihr, was dann passierte? Als ich heute Morgen das Schulgebäude betrat, stürmte Mr. Jones, alias das wütende Frettchen, auf mich zu und teilte mir mit, dass ich für das Schwänzen des gestrigen Nachsitzens **noch länger nachsitzen** muss.

»Nein danke«, antwortete ich ihm. Ich hatte ohnehin schon schlechte Laune, weil ich erneut in Rubys Körper aufgewacht und gezwungen gewesen war, in einen übelriechenden Bus zu steigen, um wieder in diese dämliche Schule zu fahren.

»Tja, dann verlängern wir das Nachsitzen eben *noch* einmal!«, hatte er daraufhin wutschnaubend erwidert.

»Und wenn ich zu keinem dieser Nachsitztermine auftauche, was dann?«, fragte ich. »Brummen Sie mir dann immer weiter Nachsitzen auf, obwohl ich sowieso nicht hingehe? Sieht aus, als müssten Sie sich eine neue Strafe ausdenken. Wie auch immer, ich muss mir jetzt erst mal die Hände waschen gehen, der Bus war mega-eklig. Von Abstandhalten hat da echt noch NIEMAND was gehört. Ich habe vor, das Busunternehmen zu verklagen. Ich bin mir nämlich ziemlich sicher, dass mir derjenige, der mir vorhin beim Aussteigen auf den Fuß getreten ist, sämtliche Zehen gebrochen hat.«

Angeblich war es »inakzeptables Verhalten«, dass ich Mr. Jones Widerworte gab und in seinem Beisein über den Bus schimpfte. Dafür wurde ich zum Direktor zitiert, der mir ungefähr eine halbe Stunde lang einen Vortrag hielt. Ich konnte leider nicht zuhören, weil ich von seiner seltsamen Besessenheit von Eulen abgelenkt war.

Buchstäblich alles in seinem Büro hatte mit Eulen zu tun: Es gab eine Eulenuhr, einen Eulenbriefbeschwerer und ein

Eulengemälde an der Wand. Sogar der Stift, mit dem er Dokumente unterschrieb, hatte eine flauschige Eule am Ende. Was für ein komischer Kauz.

Na ja, jedenfalls bin ich nach dieser ganzen unangenehmen Schulerfahrung total dankbar für meinen Privatlehrer Harry, der sogar mit mir auf Tour geht und mich unterrichtet, wann immer ich ein bisschen freie Zeit habe. Weil das Gesetz es so verlangt, glaube ich.

Bei ihm muss ich nie Hausaufgaben machen, und er lässt mir so ziemlich alles durchgehen, sogar, dass ich während seines Unterrichts Textnachrichten schreibe oder auf Instagram surfe.

Ich glaube, er hat ein bisschen Angst vor mir, weil ich einmal alles von seinem Schreibtisch gefegt habe, als er mir eine Frage zum Periodensystem gestellt hat, während ich verzweifelt versucht habe, einen Songtext zu schreiben.

Ich hatte gerade eine total coole Songzeile im Kopf, und dann brachten mich seine wiederholten Fragen nach dem Symbol für das Element Eisen völlig aus dem Konzept, und ich vergaß sie wieder.

»Setz dich bitte hin, Ruby«, sagt Callie, Rubys Mutter, und blickt dabei kaum von dem Manuskript auf ihrem Schoß auf. »Und jetzt lasst es euch alle schmecken!«

»Wie war denn euer Tag?«, fragt Rubys Vater, aber seine Kinder sind zu sehr mit Essen oder Reden beschäftigt, um ihm zu antworten.

Widerwillig setze ich mich ans Tischende, nicht ohne Callie weiter wütend anzufunkeln, weil sie mir das Handy weggenommen hat. Sobald ich sitze, kommt dieser ungepflegte Hund mit seiner ekligen heraushängenden Zunge angetrottet und versucht mich dazu zu bringen, ihn zu streicheln.

»Zurück ins Körbchen!«, befehle ich und halte meine Hände außer Reichweite, damit er sie mir nicht vollsabbern kann. »Ab mit dir! Zurück ins Körbchen! Lass mich in Ruhe! Igitt! WARUM verstehst du nicht, was ich dir sage?«

»Daisy versteht dich nicht, weil sie ein Hund ist, du Blitzmerkerin«, sagt einer der eineiigen Zwillinge und lädt sich einen völlig übertrieben großen Berg Kartoffeln auf den Teller.

Ich rümpfe die Nase über das Essen auf dem Tisch. Nichts gegen Rubys Eltern, es ist bestimmt super, aber es hat nicht unbedingt das Sternekoch-Niveau, das ich gewöhnt bin.

»Entschuldigt bitte, Callie und/oder Anthony«, spreche ich Rubys Eltern an. »Ihr habt nicht zufällig grünen Saft im Haus? Ich brauche ihn dringend für meine Haut. Sie leidet ziemlich unter dieser ganzen Schulsituation.«

Aber die beiden hören mich nicht. Kein Wunder bei dem Lärm, der am Tisch herrscht. Die Zwillinge streiten sich, der älteste Sohn diskutiert mit seinem Vater über irgendeine wissenschaftliche Neuigkeit, und John bittet seine Mutter um ihre Meinung zu einem bestimmten Sachbuch.

GENAUSO lief es gestern schon beim Abendessen.

»**HALLO!**«, rufe ich entrüstet und knalle mein Besteck auf den Tisch. »Könnte mir **BITTE** mal jemand zuhören?«

»Weißt du, was, Reggie? Als der Ball heute beim Fußball deinen Kopf getroffen hat, muss er deine Gehirnzellen beschädigt haben«, sagt einer der Zwillinge. »Das Endergebnis war zwei zu eins für MEINE Mannschaft!«

»Nein, vier zu drei für MEINE Mannschaft, Roman«, erwidert Reggie. »Du kannst doch nicht einfach einen frei erfundenen Endstand herumposaunen!«

»Kann schon sein, Dad, aber die Medizinforschung hat doch inzwischen hinreichend bewiesen, dass das nicht zwingend zutrifft«, versucht der älteste Sohn die beiden Zwillinge zu übertönen, übrigens mit vollem Mund. »Hast du nicht die Meldung heute in den Nachrichten gelesen?«

»Doch, aber ich halte diese neuesten Erkenntnisse für problematisch«, antwortet Anthony und reicht mechanisch die Salatschüssel an seine Frau weiter.

Diese bekommt nicht mit, dass er sie ihr hinhält, weil sie ganz in ihr Gespräch mit John vertieft ist.

Anthony wiederum scheint nicht zu merken, dass sie ihm die Schüssel nicht abnimmt, und hält sie daher für den gesamten Rest der Mahlzeit in der Luft.

»Ich verstehe nicht, warum du die Literatur des einundzwanzigsten Jahrhunderts einfach ignorierst!«, sagt Callie gerade zu John. In der einen Hand hält sie ihre Gabel, in der anderen einen Stift. »Du scheinst anderen Epochen pauschal eine größere Bedeutung beizumessen, dabei hast du dich doch gar nicht eingehender damit befasst!«

»Ich messe Shakespeare keine größere Bedeutung bei, Mum«, antwortet John seufzend. »Das steht so im Lehrplan. Ich muss halt leider lernen, was die Lehrer mir vorgeben.«

»Aha, *jetzt* wird die Debatte interessant!«

»ENTSCHULDIGUNG!«, schreie ich. Genau in diesem Moment stupst mich eine kalte, feuchte Hundenase in den Arm. »PFUI, DAISY! Hau ab! Zurück in dein Körbchen!«

Sie ignoriert meinen Befehl und legt stattdessen ihren Kopf in meinen Schoß, um mit ihren großen treudoofen Augen zu mir aufzublicken.

»Also gut, dann bleib halt da«, knurre ich. »Aber gewöhn dich lieber nicht daran, du widerliches Sabbertier.«

»MEINE MANNSCHAFT HAT GEWONNEN!«, brüllt Roman und knallt seine Gabel auf den Tisch. »Mum, sag ihm, dass meine Mannschaft gewonnen hat!«

»Ja, Schätzchen, nimm dir ruhig noch mehr Erbsen«, antwortet sie und wendet sich wieder John zu. »Du musst anfangen, eigenständig zu denken. Willst du wirklich eine Marionette sein, der man vorschreibt, was sie zu lesen und zu denken hat?«

»Mum war doch gar nicht dabei, Roman!«, kreischt Reggie. »Aber *ich* war dabei, und ich kann euch versichern, dass seine Mannschaft VERLOREN hat!«

»Könnte mir BITTE jemand verraten, wo ich hier in der Gegend gesunden Saft bekomme?«, frage ich erneut und wedle mit den Armen.

»Reggie, musst du beim Schreien so herumspucken?«, beschwert sich der älteste Junge und wischt sich angewidert die Wange ab.

»Ich werde auch weiterhin spucken, wenn mich was aufregt, Jeroame!«, antwortet Reggie. »Und ich rege mich auf, weil Roman ein Lügner ist!«

»Könntet ihr bitte die Ruhe bewahren und ein bisschen leiser streiten«, ermahnt Anthony schmunzelnd seine Söhne. »Ich bin jederzeit für gesunden Wettbewerbsgeist zu haben, das wisst ihr. Aber wir sollten dabei nie die Fairness vergessen.«

»*Ich* bin hier nicht der schlechte Verlierer, Dad! Das ist Reggie!«, behauptet Roman.

»Ich habe gehört, dass Romans Mannschaft gewonnen hat, falls euch das irgendwie weiterhilft«, schaltet sich John ein.

»HALT DIE KLAPPE, JOHN!«, schreit Reggie, während Roman genau gleichzeitig brüllt: **»Hab ich doch gesagt!«**

»Grüner Saft? Irgendjemand?«, versuche ich es erneut.

»Komisch. *Ich* habe gehört, dass Reggies Mannschaft gewonnen hat«, widerspricht Jeroame.

»HALT DEN MUND, JEROAME!«, schreit Roman, während Reggie triumphierend mit den Armen wedelt. »Und hör auf, so herumzufuchteln, Reggie, du siehst voll lächerlich aus!«

»Selber lächerlich!«

Roman schnappt sich eine Kartoffel von seinem Teller und wirft sie nach Reggie, verfehlt diesen jedoch und trifft stattdessen Johns Kopf. John kontert, indem er eine Karotte nach Roman wirft, die aber Jeroame trifft. Jeroame nimmt einen Löffel Erbsen und wirft sie nach John, verfehlt ihn und trifft Reggie. Reggie wiederum packt eine Handvoll Weißkohl, zielt damit auf Jeroame, verfehlt ihn jedoch und …

PLATSCH!

»**AAAH!**« Ich springe auf, als mich warmer, feuchter Kohl am Kopf trifft.

Der Hund denkt, dass ich aufstehe, um mit ihm zu spielen, und fängt aufgeregt an zu bellen und an mir hochzuspringen.

»Okay, genug jetzt mit dem Herumwerfen von Essen!«, schaltet sich Rubys Mutter ein. »Gebt Ruby bitte eine Serviette. Und zwar sofort!«

Aber ich will keine Serviette. Oh nein. **ICH WILL RACHE!**

Ohne auch nur einen Moment zu zögern, schnappe ich mir ein paar Kartoffeln aus der Schüssel auf dem Tisch und werfe sie nach Reggie. Alle drei treffen ihn mitten ins Gesicht.

»Na, wie gefällt dir das?«, schreie ich und zupfe mir wutschnaubend die Kohlstücke aus den Haaren. »JETZT kannst du mir eine Serviette geben.«

Für einen Moment starren mich alle am Tisch verdutzt an. Dann bricht die gesamte Familie in Gelächter aus. Rubys Eltern wirken regelrecht beeindruckt. John reicht mir kichernd eine Serviette, während Jeroame in meine Richtung den Daumen hochhält.

»Guter Wurf, Ruby!«, sagt Roman, und auch Reggie, dem ein Stück Kartoffel an der Stirn klebt, applaudiert mir. »Wer hätte gedacht, dass du so zielsicher bist?«

Alle grinsen mich an, während ich mich schweigend wieder setze und weiteresse.

Und obwohl ich Kohl in den Haaren habe und mein ganzer Rock voller Hundesabber ist, und obwohl es so aussieht, als würde mir niemand in nächster Zeit einen grünen Saft bringen, ertappe ich mich dabei, wie ich das Grinsen dieser unverschämten, lauten, verrückten Familie erwidere.

Ich kann einfach nicht anders.

KAPITEL NEUNZEHN

RUBY

(ALS NAOMI)

Du warst GENIAL!!

Ich danke dir so sehr!!

DU HAST ES GESCHAFFT!! Ich wusste, du schaffst das! xx

Als ich Naomis Nachrichten lese, springt mir vor Glück und Stolz fast das Herz aus der Brust. Ich lege das Handy zurück auf den Tisch und atme tief ein und aus, genieße den Moment der Stille, allein in meiner Garderobe. Unglaublich, was da gerade passiert ist.

So ein Gefühl wie jetzt hatte ich noch nie. Ich kann überhaupt nicht mehr aufhören zu grinsen. Meine Ohren klingeln noch vom tosenden Applaus der Zuschauer, und der Adrenalinrausch vom Tanzen hält ebenfalls an. Noch nie in meinem ganzen Leben bin ich vor *irgendjemandem* aufgetreten, und jetzt habe ich gleich vor einer ganzen **Arena voll Tausender Fans** gesungen und getanzt!

Meine panische Angst konnte ich nur überwinden, weil dort oben auf der Bühne nicht Ruby, der Niemand, stand sondern Naomi Starr, der größte Popstar des Planeten! Niemand würde es je wagen, über sie zu lachen oder sich zu fragen, was sie im Rampenlicht auf der Bühne zu suchen hat.

Sehnsüchtig blicke ich auf das Handy auf dem Tisch. Ich WÜNSCHTE, ich könnte meine Familie anrufen, wünschte, ich könnte Mum und Dad von dem Konzert erzählen. Und meinen Brüdern und Isabella. Und vor allem Beth! Noch nie hatte ich so große Lust, auf und ab zu hüpfen und vor lauter Glück zu schreien, aber ich tue es nicht, weil ich niemanden habe, der mit mir herumtanzt und mein Glück mit mir teilt.

Als ich vorhin von der Bühne kam, umarmte mich Riley fest und sagte mir, wie stolz sie auf mich sei und wie toll sie meinen Auftritt gefunden habe. Doch dann eilte sie sofort weiter, um irgendwelche organisatorischen Dinge für unsere nächsten Termine zu klären. Und ich blieb hinter der Bühne zurück und sah mich nach jemandem um, mit dem ich das gelungene Konzert feiern konnte. Irgendjemandem.

Die Backgroundtänzerinnen umarmten sich alle und klatschten sich gegenseitig ab. Zu mir kam niemand. Sam war damit beschäftigt, mir eine Holunderlimonade zu holen. Offenbar trinke ich die immer, wenn ich von der Bühne komme.

»Tolles Konzert, Naomi«, sagte der Tontechniker, als er zu mir trat, um mir Headset und Mikro abzunehmen. »Du bist ein echter Star.«

»Oh, vielen, vielen Dank! Das Gefühl ist echt der Wahnsinn! Ich glaube, ich habe noch nie …«

»Ja, Mike, ich bin gerade dabei und komme dann sofort zu dir«, sagte der Tontechniker in sein Headset, und mein Satz blieb unvollendet in der Luft hängen.

Also ging ich hierher, in meine Garderobe, um mich allein an den Tisch zu setzen, umringt von Vasen voller Blumen, die mir Fans und berühmte Bewunderer geschickt haben.

Es klopft an der Tür, und Sam kommt mit meiner Holunderlimonade herein, begleitet von Naomis Stylistin.

»Sind Sie bereit, sich für die After-Show-Party anziehen zu lassen?«, fragt Sam, während die Stylistin einen Ständer mit wunderschönen Kleidern hereinschiebt und ihn durchzusehen beginnt.

»Ich darf auf eine After-Show-Party?«, frage ich aufgeregt, weil ich ganz vergesse, dass das für die echte Naomi etwas völlig Normales sein muss.

»Sie findet Ihnen zu Ehren in Ihrem Hotel statt – übrigens dem vornehmsten Luxushotel von ganz Berlin.« Sam wirft einen Blick auf sein Tablet. »Sie haben noch zehn Minuten, bis der Wagen kommt, um Sie hinzubringen. Brauchen Sie sonst noch irgendwas? Soll ich Ihnen ein weiteres Getränk holen?«

»Nein, danke, Sam. Wie schön, dass es noch eine Party gibt, auf der ich meinen Tänzerinnen danken und mit den Leuten sprechen kann, die dieses Konzert auf die Beine gestellt haben«, sage ich voller Vorfreude.

Es klopft erneut an der Tür, und mehrere Frauen eilen herein: meine Haarstylistin und einige Helferinnen, die mir offenbar beim Umziehen assistieren sollen. Während ich weiter mit Sam rede, kniet sich eine von ihnen vor mich hin und fängt an, meine Stiefel aufzuschnüren, was ich ziemlich seltsam finde.

»Oh, die Crew kommt nicht mit auf die Party«, sagt Sam, ohne den Blick von seinem Tablet zu heben. »Es gibt wie üblich eine Extraparty für die Mitarbeiter.«

»Moment mal, wie meinen Sie das?«, frage ich und versuche, die Balance zu behalten, während die vor mir kniende Frau erfolglos versucht, mir den Stiefel auszuziehen. »Äh, danke, aber ich kann mir selbst die Schuhe ausziehen.«

Sie ignoriert mich und lockert weiter die Schnürung, während ich wackelig auf einem Bein stehe.

»Die Konzertcrew und die Tänzerinnen bekommen ihre eigene After-Show-Party, die der Tourmanager für sie organisiert«, erklärt Sam. »Sie ist natürlich ein wenig … legerer.«

»Warum kann ich dann nicht auch auf diese Party gehen? Schließlich will ich mit dem ganzen Team die Wahnsinnsshow feiern, die wir gerade zusammen gerockt haben. Sind meine Musiker und Tänzerinnen denn nicht zu der Party im Hotel eingeladen?«

Sam guckt mich blinzelnd an und wirkt wieder etwas unsicher. Dabei hatte ich in den letzten Tagen das Gefühl, dass er immer mehr an Selbstvertrauen gewinnt. Als ich mit Riley darüber sprach, meinte sie nur: »Ich glaube, das liegt daran, dass du ihn endlich bei seinem richtigen Namen nennst.«

»Nein, sind sie nicht«, beantwortet er meine Frage. »Ich glaube, sie möchten sowieso lieber ihr eigenes Ding machen.«

»Ah. Okay. Aber wenn mein Team nicht zu meiner Party kommt, wen kenne ich dann dort überhaupt?«

»Auf der Gästeliste stehen ein paar ganz große Namen« Er hält mir das Tablet hin, damit ich die Namen auf dem Bildschirm lesen kann. »Nur die A-Riege ist eingeladen, und fast alle haben zugesagt.«

»Das klingt jetzt vielleicht komisch, aber kenne ich irgendjemanden davon *privat?* Ich meine, wird jemand da sein, mit dem ich tatsächlich befreundet bin?«

Sam blickt suchend auf den Bildschirm und antwortet dann: »Nicht wirklich, aber diesem Prinzen hier sind Sie, glaube ich, schon einmal begegnet. Ach nein, warten Sie, das war ein anderer Prinz.«

»Entschuldigen Sie, Miss Starr. Uns bleiben nur noch acht Minuten, bis der Wagen kommt«, erinnert mich die Stylistin und hält mir zwei Kleider hin. »Welches gefällt Ihnen besser?«

Noch bevor ich eine Wahl treffen kann, wird mir ohne Vorwarnung mein linker Stiefel vom Fuß gezerrt, ich taumle rückwärts gegen den Frisiertisch und fege sämtliche Blumen zu Boden.

Die Tür der seidig glänzenden schwarzen Limousine wird geöffnet, und ich trete auf den Roten Teppich hinaus. Hinter dem Absperrseil drängeln sich die Fotografen und versuchen, in die vorderste Reihe zu gelangen. Sobald mein Kopf aus dem Wagen auftaucht, geht das Blitzlichtgewitter los.

Diesmal bin ich gewappnet und bringe sogar ein fröhliches Winken zustande. Auf dem Weg ins Hotel stelle ich fest, dass die meisten anderen Stars den Fotografen nicht zuwinken, sondern sich elegant und mit Schmollmund für sie in Pose stellen.

Daran muss ich wohl noch arbeiten.

»Ach, du meine Güte, Naomi, du warst UNGLAUBLICH heute Abend!«, flötet eine Frau, sobald ich mich unter die Partygäste gemischt habe, und küsst die Luft zu beiden Seiten meines Kopfes. Ich glaube, ich habe sie schon mal im Fernsehen gesehen. »Ich bin gerade in Deutschland, um für meinen neuesten Spielfilm zu drehen, und MUSSTE mir einfach Tickets kaufen, als ich hörte, dass du heute hier auftrittst! Ich bin ein Riesenfan! Trägst du Marina Blair? Sie ist meine absolute Lieblingsdesignerin. Ich kann es immer noch nicht glauben, dass du ihr neulich die Fashionshow versaut hast. Total unverschämt – ich liebe es! Ach, da ist ja Adam, den muss ich unbedingt begrüßen. Wir sehen uns später!«

»Äh, okay. Tschüss!«, sage ich völlig überrumpelt.

»Naomi, da bist du ja«, begrüßt mich Riley und kommt in den unglaublichsten High Heels, die ich je gesehen habe, auf mich zugestöckelt. Sie sieht aus, als wäre sie gerade einem *Vogue*-Cover entstiegen. Ich glaube nicht, dass es irgendwo auf diesem Planeten eine attraktivere Mutter gibt. »Hat dir schon jemand was zu trinken gebracht? Was hättest du gern? Eine Holunderlimo?«

»Ich hole Ihnen sofort eine«, verspricht Sam, der sich wie immer in meiner unmittelbaren Nähe aufhält.

Er huscht davon, bevor ich zustimmen oder ablehnen kann.

»Es sind ein paar Leute da, die dich gern kennenlernen

würden«, verkündet Riley und winkt einige stilvoll gekleidete und einschüchternd wirkende Gäste zu uns herüber. »Sie sind große Fans von dir und haben viel zu sagen in der Branche, deshalb ist es sicher gut, wenn du dich ein Weilchen mit ihnen unterhältst. Ich kläre unterdessen noch ein paar letzte Terminprobleme wegen morgen. Denk immer dran, Naomi: Kontakte zu knüpfen ist das A und O in der Musikindustrie.«

»Was machen wir denn morgen? Ich dachte, ich könnte vielleicht ein bisschen was von Berlin sehen«, sage ich hoffnungsvoll. »Wir könnten doch zusammen eine Sightseeing-Tour machen.«

»Schön wär's.« Sie lacht. »Dafür haben wir leider keine Zeit. Wir fliegen gleich morgen früh zurück nach London. Dort hast du ein Fotoshooting und musst zwei Interviews geben, gefolgt von einem Dreh für einen Hautpflege-Spot. Und danach bist du zu Gast in einer Talkshow. Ach ja, und da du heute Abend so großartig warst, drängt natürlich auch dein Plattenlabel auf ein baldiges Treffen. Offenbar haben sie dir verziehen, dass du das Konzert in London geschwänzt hast. Der Tourmanager will es kommendes Wochenende nachholen, aber wir müssen erst schauen, ob das überhaupt machbar ist.«

»Hui, das klingt alles … ziemlich viel.«

»Ja, ich weiß. Wenigstens musst du dir um die Planung im Hintergrund keine Sorgen machen. Das ist meine Aufgabe.« Sie dreht sich kurz um, um den Partygästen zuzulächeln, die schon darauf warten, sich mir vorzustellen. »Und jetzt genieß deine Party! Du hast sie dir verdient!«

Ich war noch nie in meinem Leben auf einer Promiparty,

habe mir aber schon unendlich oft in meinen Tagträumen ausgemalt, auf eine zu gehen, normalerweise während unserer Doppelstunde Mathematik, wenn Mr. Jones mal wieder seine langatmigen Erklärungen abspulte. Jetzt merke ich, dass solche Partys genauso schillernd und glamourös sind, wie ich sie mir vorgestellt habe. Jeder Einzelne im Saal ist eine wichtige Persönlichkeit, und die Frauen tragen allesamt wunderschöne Kleider und funkelnden Schmuck. Die Gäste stehen lachend und plaudernd herum oder lassen sich vom offiziellen Partyfotografen ablichten, während im Hintergrund coole Musik läuft und die Kellner sich mit Tabletts voll winziger Kanapees durch die Menge schieben. Es ist absolut **unglaublich** hier! Genau wie in meinen Tagträumen.

Allerdings machten die Partys in meinen Träumen deutlich mehr Spaß.

Ich möchte nicht undankbar klingen, schließlich ist das hier die tollste Veranstaltung, auf der ich je war und wahrscheinlich auch je sein werde, aber ich habe inzwischen mit jedem geredet, der mit mir sprechen wollte, und für ungefähr hundert Fotos posiert und gelächelt, und trotzdem habe ich nie lange genug mit jemandem zusammengestanden, um ein tiefergehendes Gespräch zu führen. Das Ganze erinnert mich eher an die Reise nach Jerusalem, nur mit Partygästen statt mit Stühlen. Die Leute stellen sich vor mich hin, tragen ihre Sätze vor und verschwinden dann wieder, um mit jemand anderem zu reden.

»Sam?«, frage ich irgendwann, weil mir zunehmend die Füße weh tun. »Ist es schon Zeit, nach Hause zu gehen?«

»Tatsächlich werden Sie die Party laut Zeitplan in fünf Minuten verlassen.«

»Oh. Ich wäre jetzt schon so weit, wenn das okay ist.«

Er hält mir einen Zimmerschlüssel hin. »Natürlich. Hier ist der Schlüssel zu Ihrer Suite. Um drei Uhr morgens erhalten Sie Ihren Weckanruf.«

»Was?« Mir bleibt der Mund offen stehen. »So früh?«

»Ihr Wagen wird Sie um halb vier vor dem Hotel abholen und zu Ihrem Privatjet bringen, damit wir rechtzeitig wieder in London eintreffen. Es gibt viel zu tun morgen. Ihr Stylistenteam wird auch mitfliegen, Sie werden also fertig gestylt sein, bis wir landen.«

»Aber … Ich bin total müde nach dem Konzert und …«

Ich breche unsicher ab. Was habe ich eigentlich erwartet? Das hier ist Naomis Popstarleben, ich habe nicht das Recht, mich einzumischen. Also reiße ich mich zusammen.

»Sorry. Ja, Wecken um drei, alles klar.«

Ich bedanke mich für den Zimmerschlüssel und schlüpfe aus dem Saal, ohne dass irgendjemand Notiz davon nimmt. Eigentlich seltsam bei einer Party, die zu meinen Ehren stattfindet.

Als der Empfangschef des Hotels mich auf die Treppe zugehen sieht, besteht er darauf, dass ich zu meiner Suite begleitet werde, obwohl ich versichere, dass es doch nur eine Etage ist und ich kein Gepäck habe, das ich tragen müsste. Trotzdem eskortieren mich mehrere Gepäckträger hinauf, die mit professionellem Schweigen neben mir hergehen. Einer nimmt mir sogar den Schlüssel ab und öffnet die Tür für mich. Vielleicht glaubt er, dass meine Hand zu müde ist, um den Schlüssel zum Schloss zu heben.

»Wow!«, sage ich und schnappe nach Luft, als ich meine Suite betrete.

Sie ist **RIESIG**, in etwa so groß wie unser ganzes Haus. Und sie ist wunderschön: funkelnde Kronleuchter, Vasen mit weißen Rosen auf glänzenden Tischchen und das größte Bett, das ich je gesehen habe. Mein Koffer ist bereits da und wartet auf mich. Nicht, dass ich wüsste, was drin ist. Bevor wir in London in den Wagen gestiegen sind, um zu meinem Privatjet zu fahren, habe ich Riley darauf hingewiesen, dass ich noch gar nicht gepackt habe. Sie lachte, weil sie dachte, ich hätte einen Witz gemacht.

Wie sich herausgestellt hat, packt Naomi Starr niemals selbst ihre Koffer.

Ich bedanke mich bei den Gepäckträgern und mache die Tür zu. Dann nehme ich Anlauf und werfe mich aufs Bett. Mit ausgestreckten Armen und Beinen lande ich zwischen unzähligen Seidenkissen, kichere ins Laken und rolle mich dann auf den Rücken, um an die Decke zu starren.

Plötzlich überkommt mich eine überwältigende Sehnsucht nach Beth.

Sie würde diese Suite **lieben!** Wir würden kreischen, überall herumrennen und dann auf dem Bett auf und ab hüpfen. Anschließend würden wir massenhaft Essen beim Zimmerservice bestellen, es uns in unseren personalisierten Hotelbademänteln mit aufgestickten Namen auf dem Bett gemütlich machen und die ganze Nacht Filme schauen.

Als ich einmal bei Beth übernachtet habe, ging sie ins Badezimmer, um zu duschen, und kam in einem flauschigen weißen Bademantel mit dazu passenden Hausschuhen und einem ebenso flauschigen Handtuch auf dem Kopf wieder heraus.

»Gefällt dir mein Outfit?«, fragte sie und stellte sich in Pose. »Dad hat die Sachen in einem Luxushotel mitgehen lassen. Die sind so vornehm, dass ich damit wahrscheinlich sogar draußen auf der Straße herumlaufen könnte.«

»Na klar«, hatte ich lachend geantwortet.

Sie hatte herausfordernd die Augenbrauen hochgezogen und gefragt: »Aha, du glaubst mir also nicht, dass ich so rausgehen würde?«

»Nein, natürlich glaube ich dir das nicht. Das ist ein Bademantel.«

Sie hatte mich verschmitzt angegrinst und war dann aus dem Zimmer und anschließend die Treppe hinuntermarschiert. Ehe ich noch ganz verstand, was sie vorhatte, war sie schon zur Haustür hinaus. Sie ging den ganzen Weg bis zur Bushaltestelle und winkte unterwegs fröhlich allen Nachbarn zu, denen sie begegnete. Das Beste war, als unser Direktor im Auto vorbeifuhr und ungläubig auf die Bremse trat.

»Einen wunderschönen Abend, Herr Direktor!«, sagte sie strahlend und schlenderte weiter den Gehweg entlang, während er ihr entsetzt nachblickte.

Ich musste so sehr lachen, dass ich mir fast in die Hose machte.

Jetzt werfe ich einen Blick auf Naomis Handy, um zu sehen, ob mich noch jemand zu meinem Konzert beglückwünscht hat, aber es gibt keine neuen Textnachrichten. Ich überlege, ob jemals jemand Naomi so zum Lachen gebracht hat, dass sie sich fast in die Hose gemacht hätte. So wie ich ihre Welt bisher erlebt habe, erscheint mir das eher unwahrscheinlich.

Da hat sie eindeutig etwas verpasst.

Zu müde, um mich noch einmal aus dem Bett zu bewegen, schließe ich für einen Moment die Augen. Diese Hotelsuite ist wirklich das schönste Zimmer der Welt, aber ich werde den Gedanken nicht los, dass sie mit einem dreckigen Hund, der auf dem Bett liegt, an einem Schuh kaut und dabei den meisten Platz für sich beansprucht, noch ein ganzes Stück schöner wäre.

KAPITEL ZWANZIG

NAOMI

(ALS RUBY)

Beth verzieht das Gesicht und sagt mit verstellter Stimme: *»Wenn du mir noch einmal Widerworte gibst, heißt es für dich Nachsitzen, Ruby! Ja, schon wieder!«*

Ich muss so heftig lachen, dass mir das Kokoswasser, von dem ich gerade einen Schluck getrunken habe, in die Nase steigt.

»**AAH!**«, schreie ich, kneife mir die Nase zu und schnappe mir eine Serviette von Beths Tablett, während sie mich kichernd beobachtet. »Jetzt hab ich wegen dir Kokoswasser in der Nase! Bäh!«

»Ich hatte dir doch gesagt, dass ich Mr. Jones täuschend echt nachahmen kann«, erklärt sie stolz. »Aber du wolltest mir ja nicht glauben.«

»Deine Performance war echt der Hammer«, gebe ich zu und wische mir die Tränen aus den Augen. »Ich musste noch nie in meinem Leben so sehr lachen, dass mir ein Getränk wieder aus der Nase gekommen ist.«

»Was redest du denn da? Weißt du nicht mehr, wie du

damals bei mir zu Hause warst und gerade einen Schluck Tee getrunken hattest, als ich gegen die Tür gerannt bin?« Sie kichert bei der Erinnerung. »Mein kleiner Unfall wirkte fast schon elegant gegen dein wildes Rumgehüpfe. ›Ich hab heißes Wasser in der Nase! Ich hab heißes Wasser in der Nase!‹«

Ich lächle, greife nach meiner Gabel und spieße ein Salatblatt auf. »Heute ist das Essen gar nicht mal so schlecht.«

»Okay, das reicht«, sagt Beth und beugt sich besorgt über den Tisch. »Was ist los mit dir?«

»Wie meinst du das?«

»Heute ist das erste Mal diese Woche, dass du dich nicht darüber beschwert hast, wie nass dein Tablett ist. Als ich es dir gegeben habe, hast du kein Wort gesagt. Du hast es einfach genommen.«

»Echt?« Ich senke den Blick auf mein feuchtes Tablett. »Oh, stimmt. Ist mir gar nicht aufgefallen.«

»Und jetzt verkündest du auch noch, dass das Essen heute nicht schlecht ist.« Beth sieht mich misstrauisch an. »Ist die Diva in dir, die du die letzten Tage hast raushängen lassen, etwa schon wieder auf dem Rückzug? Falls ja, könntest du Mr. Jones dann bitte ein letztes Mal auf die Palme bringen, bevor du wieder brav in seinem Unterricht sitzt? Ich muss sein wütendes Gesicht noch mal genau studieren, um meine Imitation zu perfektionieren.«

Ich denke über Beths Bemerkung nach. Vielleicht bin ich heute tatsächlich ein bisschen nachlässiger geworden. Möglicherweise liegt es daran, dass ich mich allmählich daran gewöhne, jeden Morgen in einem Irrenhaus von einer sabbernden Hundezunge geweckt zu werden.

Oder es liegt daran, dass ich heute Morgen ENDLICH mal heiß duschen konnte.

Für das Duschproblem habe ich mir nämlich eine absolut geniale Lösung einfallen lassen, und wenn ich nicht bei den diesjährigen Video Music Awards bereits den Preis für das beste Musikvideo abgeräumt hätte, wäre es sicher meine kreativste Leistung des Jahres. Als ich gestern irgendwann mit dem Duschen an der Reihe war und die Jungs schon WIEDER das ganze Warmwasser verbraucht hatten, schwor ich mir, dass das nicht noch einmal vorkommen würde.

Ich versuchte gar nicht erst, mit ihnen zu reden, sondern schritt gleich zu handfesten Maßnahmen.

Als gestern Abend alle schon schliefen, stöberte ich den Werkzeugkasten der Familie unter der Küchenspüle auf und machte mich an die Arbeit. Roman, der heute Morgen als Erster ins Bad eilte, um vor Reggie dort zu sein, stellte ungläubig fest, dass er die Tür nicht mehr verriegeln konnte.

»Hey!«, brüllte er und weckte das ganze Haus auf. »**Wer hat den Riegel an der Badezimmertür abmontiert?**«

»Das war ich«, verkündete ich triumphierend und erschien mit dem Riegel in der Hand in meiner Zimmertür.

Der Rest der Familie tauchte auf, um herauszufinden, was los war, und ich informierte alle vergnügt über die neuen Regeln.

»Ich habe den Riegel abmontiert, weil ich keine Lust mehr habe, jeden Morgen KALT zu duschen. Das mache ich keinen

Tag länger mit. Ihr Jungs verbraucht mit euren genüsslichen Duschorgien regelmäßig das ganze heiße Wasser, was total EGOISTISCH ist.« Ich zeigte nacheinander mit dem Riegel auf jeden einzelnen. »Deshalb läuft es von jetzt an so, dass die Duschzeit limitiert wird. Jeder bekommt fünf Minuten. Das ist genügend Zeit, um sich gründlich zu waschen. Und wenn die Zeit abgelaufen ist und ihr noch unter der Dusche steht, komme ich rein und schleife euch persönlich raus. Hat das jeder verstanden?«

Alle starrten mich verdutzt an. Callie klatschte langsam in die Hände.

»Gut gemacht, Ruby«, sagte sie strahlend. »Ihr habt gehört, was sie gesagt hat, Jungs. Roman, rein mit dir, deine fünf Minuten beginnen jetzt.«

Er hastete ins Badezimmer, und als nach fünf Minuten der Alarm auf meinem Handy losging, kickte ich die Tür auf und er sprang blitzartig aus der Dusche.

Ein wunderbarer Start in den Tag!

»Hast du schon deinen Lieblingspopstar auf Instagram gesehen?«, reißt mich Beth aus meinen Gedanken.

»Wen?«

»Naomi Starr natürlich! Sag bloß, du hast noch nicht gesehen, was sie mit ihren Haaren gemacht hat? Ich bin anscheinend voll der Trendsetter.«

»Was meinst du? Was hat sie mit ihren Haaren gemacht?«, frage ich, und meine Stimme klingt schrill vor Panik. »Sie hat doch hoffentlich keine neue Frisur, oder?«

Beth scrollt durch ihr Handy und hält es dann hoch, damit

ich auf ihr Display blicken kann. Ich kreische laut, woraufhin sich alle in der Schulkantine zu uns umdrehen.

»Sie hat ihre Haare pink gefärbt?«, schreie ich und starre ungläubig das Foto an. »**Wie kann sie es wagen?**«

»Ich finde, sie sieht cool aus«, sagt Beth und lacht über meine Reaktion. »Die Farbe steht ihr total gut.«

»Dafür kriegt sie RICHTIG Ärger!«, verkünde ich grollend und greife nach meinem Handy, um eine Textnachricht zu schreiben:

WAS HAST DU MIT MEINEN HAAREN GEMACHT?!

ICH ERWARTE SOFORT EINE ERKLÄRUNG!!

»Jetzt beruhig dich mal wieder.« Beth sieht mich eigenartig an, und mir geht auf, dass ich mein wahres Ich in Zukunft besser vor ihr verstecken muss. »Findest du es wirklich so schlimm?«

»Nein, eigentlich nicht«, beeile ich mich zu sagen, lege mein Handy weg und räuspere mich. »Ich kenne sie ja nicht persönlich. Kann mir im Grunde völlig egal sein, was Naomi Starr mit ihren Haaren macht. Schließlich sind es ihre Haare. Hat mit mir nichts zu tun. Vielleicht färbe ich meine Haare demnächst neongrün. Bin mal gespannt, wie ihr das gefällt.«

»Also erstens bezweifle ich, dass Naomi Starr jemals etwas davon mitbekommen würde, und zweitens hättest du dann noch mehr Ärger in der Schule als ohnehin schon«, warnt mich Beth. »Mir haben sie gesagt, dass ich suspendiert werde, wenn meine Haare nach dem Wochenende nicht wieder ihre normale Farbe haben. Glaub mir, das ist es nicht wert.«

Ich will ihr gerade mitteilen, dass mir das alles völlig egal ist, als jemand so heftig gegen meinen Rücken stößt, dass ich beinahe mit dem Gesicht im Salat lande. Ich drehe mich um und sehe diese dämliche Ali hinter mir stehen, die gekünstelt auf mich herab lächelt.

»Ups! Tut mir voll leid, Ruby, hab dich gar nicht gesehen!«, behauptet sie und stolziert dann kichernd und mit ihrer Freundin Charlotte tuschelnd aus der Kantine.

»Warum glaubt die eigentlich, dass sie hier tun und lassen kann, was sie will?«, frage ich Beth verärgert.

»Ignorier sie einfach«, rät mir Beth und starrt Ali böse hinterher. »Sie glaubt halt, bei der Vorentscheidung schon gewonnen zu haben, weil die doch heute ist. Da findet sie sich immer mega-toll.«

»Vorentscheidung? Für was?«

»Fragst du das im Ernst?« Beth verdreht die Augen. »Na, für den Talentwettbewerb! Was ist denn in letzter Zeit mit deinem Gedächtnis los?«

»Ach ja, der Talentwettbewerb. Ist das wirklich so eine große Sache?«

»Weißt du doch! Vor allem für Ali. Warum, glaubst du wohl, veranstaltet sie nächsten Samstag ihre große Party? Weil der Talentwettbewerb am Freitag ist und sie sich am Samstag für ihren Sieg feiern lassen will. Echt ätzend.«

»Warum bist du so sicher, dass sie gewinnt?«

»Weil sie immer gewinnt. Ich sage es zwar ungern, aber sie singt und tanzt leider tatsächlich ziemlich gut.« Beth trinkt einen Schluck Wasser und beobachtet mich aufmerksam. Offenbar ist ihr mein Stutzen nicht entgangen, denn sie fügt hinzu: »Natürlich nicht so gut wie du.«

Auch ich weiß, dass Ruby hervorragend singt und tanzt, schließlich habe ich sie auf der Bühne gesehen. Ihr Auftritt in Berlin ist der Hit auf YouTube, und sie hat seither auch einige Songs im Rahmen von Fernsehsendungen performt. Sie ist *großartig*.

Seltsamerweise erwähnt ihre Familie ihr großes Talent nie, als hätte Ruby es bisher erfolgreich geheim gehalten. Und aus den Textnachrichten, die sie mir vor dem Berliner Konzert geschickt hat, war abzulesen, dass sie vorher noch nie auf einer Bühne gestanden hatte und auch nicht sonderlich scharf darauf war.

»Du findest also, ich kann gut singen und tanzen?«, frage ich beiläufig.

»Das hab ich dir doch schon hundertmal gesagt!«, flüstert Beth, damit uns niemand hört. »Aber du weigerst dich ja, beim Talentwettbewerb mitzumachen! Wenn die Jury sieht, was du kannst, hat Ali keine Chance mehr.«

»Und ich weigere mich, beim Talentwettbewerb mitzumachen, weil ich …« Ich rate ins Blaue: »… zu nervös bin? Angst habe? Lampenfieber bekomme?«

»Keine Ahnung, warum du immer denkst, die Leute würden dich nicht ernst nehmen. Ich wünschte, du würdest ein bisschen mehr an dich glauben.«

Ich trinke noch einen Schluck Kokoswasser, während ich in Gedanken an einem Plan tüftle. Freudige Erregung macht sich in mir breit, denn wenn ich diesen Plan tatsächlich durchziehe, wird das nicht nur ein Riesenspaß für mich, sondern auch eine große Hilfe für Ruby. Und für die ganze Schule, weil Ali dann endlich vom Thron gestoßen wird. Ich stelle schwungvoll mein Glas auf den Tisch.

»Du hast recht, Beth. Ich muss dringend mehr an mich glauben.«

»Ja, musst du.«

»Dann los!«

»Was? Wohin?«

Ich stehe auf, nehme mein Tablett und grinse sie an. »Zur Vorentscheidung für den Talentwettbewerb.«

Die vorderen Sitzreihen der Aula sind bereits voll besetzt, als wir eintreffen, und auf der Bühne steht eine Lehrerin und erläutert den Auswahlprozess. Beth und ich schlüpfen schnell auf zwei hintere Plätze, bis sie fertig geredet hat.

»Wie viele von euch sicher schon wissen, schaffen es letztendlich nur sechs von euch ins Finale des Talentwettbewerbs, das nächsten Freitag stattfindet. Die Auswahl trifft eine Jury, die aus mir, dem Direktor und Mr. Jones besteht.«

Mein Erzfeind! Ich verziehe das Gesicht. Das fängt ja gut an.

»Wir rufen euch nacheinander auf die Bühne, in beliebiger Reihenfolge«, fährt die Lehrerin fort. »Bitte nennt euren Namen und euer besonderes Talent, bevor ihr anfangt. Also gut, dann werfe ich mal einen Blick auf meine Liste …« Sie überfliegt die Anmeldeliste auf ihrem Klemmbrett. »Ali Carlton, die Bühne gehört dir.«

»Am besten gehst du jetzt gleich zu ihr«, drängt mich Beth, als die Lehrerin die Bühnentreppe herunterkommt und sich in die erste Reihe setzt. »Du musst sie überreden, dich noch nachträglich in die Teilnehmerliste aufzunehmen.«

»Okay, verstanden.«

Wir stehen auf und eilen den Mittelgang entlang nach vorn zu den drei Jurymitgliedern, die uns überrascht ansehen.

»Mrs. Jennings, Ruby würde heute auch gern vorsingen«, verkündet Beth, noch bevor ich etwas sagen kann, was ziemlich praktisch ist, weil ich so den Namen der Lehrerin erfahre.

»Wer?«

»Ich. Ruby.« Ich lächle Mrs. Jennings liebenswürdig an. »Könnte ich bitte auch vorsingen?«

»Oh!« Sie schiebt ihre Brille auf der Nase nach oben und blickt prüfend auf das Klemmbrett. »Dein Name steht aber gar nicht auf der Anmeldeliste.«

»Das liegt daran, dass ich zu unsicher war, ob ich mich überhaupt anmelden soll. Aber jetzt bin ich da und bereit, auf die Bühne zu gehen. Ich werde singen und dazu tanzen. Also gleichzeitig.«

Ich klinge wie die letzte Loserin. Ruby scheint auf mich abgefärbt zu haben.

Mr. Jones rutscht missmutig auf dem Stuhl herum. Allein meine Anwesenheit scheint ihn zu ärgern. Der Direktor wirkt desinteressiert und wirft bereits einen Blick auf seine Eulenarmbanduhr. Offenbar hofft er, dass die Sache bald vorbei ist.

Beth greift in ihre Tasche und zieht eine Kamera hervor. »Wenn Sie Ruby mitmachen lassen, bleibe ich auch da und schieße Fotos für die Schulzeitung. Ist doch eine super Werbung für den Wettbewerb, oder?«

Damit hat sie das Interesse des Direktors geweckt, der nun neugierig den Kopf hebt. »Eine sehr gute Idee!«, sagt er zu Mrs. Jennings. »So erfahren auch die Eltern, wie sehr wir die künstlerischen Interessen der Schülerschaft fördern und unterstützen.«

»Man muss sich aber eigentlich offiziell anmelden«, betont Mrs. Jennings. »Das ist jetzt alles sehr kurzfristig, und wir haben auch so schon mehr als genug Bewerber, die wir uns heute ansehen müssen.«

»Soll das ein WITZ sein?«, fragt eine SCHRILLE Stimme von der Bühne. Wir drehen uns um und sehen Ali hinter uns aufragen, die Hände entrüstet in die Hüften gestemmt. »Sie hat sich nicht angemeldet, also darf sie nicht vorsingen. So sind nun mal die Regeln.«

»Hast du etwa Angst vor echter Konkurrenz, Alice?«, erkundige ich mich.

Ihr springen fast die Augen aus dem Kopf. »Ich heiße ALI! Und ich habe ganz sicher nicht die geringste Angst vor jemandem wie *dir*!«

»Dann wäre das ja geklärt«, sage ich und wende mich wieder an Mrs. Jennings. »Es hat niemand etwas dagegen, wenn ich auch vorsinge.«

»Na ja, es ist natürlich immer nett, mal ein paar neue Gesichter auf der Bühne zu sehen«, überlegt Mrs. Jennings. »Ich wusste gar nicht, dass du dich fürs Singen und Tanzen interessierst, Ruby.«

»Ich habe niemandem davon erzählt, damit es heute beim Vorsingen eine umso größere Überraschung wird. Ich bin also die klassische Außenseiterin, und Underdogs mag schließlich jeder.«

Ach, herrje, was rede ich da eigentlich?

Aber es scheint zu funktionieren, denn Mrs. Jennings lächelt mir zu und schreibt Rubys Namen auf die Liste.

»Also gut«, sagt sie und bedeutet uns, bei den anderen Platz zu nehmen. »Setz dich und bereite dich auf deinen Auftritt vor.«

»YES!«, ruft Beth und hält erwartungsvoll vor mir die Hand hoch.

Ich starre sekundenlang darauf und frage mich, was sie von mir möchte. Dann geht mir ein Licht auf: Sie will, dass ich sie abklatsche! Plötzlich überkommt mich ein warmes, kribbelndes Glücksgefühl, und ich schlage begeistert gegen ihre Hand. Meine Backgroundtänzerinnen und Crewmitglieder klatschen sich auch immer nach Konzerten ab, aber vor mir hat noch nie jemand die Hand hochgehalten.

Wer hätte gedacht, dass mich eine kleine Geste in so einen Freudentaumel versetzen könnte?

Wenn ich nicht aufpasse, verwandle ich mich wirklich noch in eine Loserin.

»Das ist UNFAIR!«, nörgelt Ali, während Beth und ich uns hinsetzen. »Alle anderen haben sich die Mühe gemacht, sich vorab in die Liste einzutragen!«

»Auf geht's, Ali, wir warten!«, fordert Mrs. Jennings sie hörbar genervt auf. Ali geht mit gekränktem Gesicht in Position.

»Was willst du singen?«, fragt mich Beth flüsternd. »Ich lade die Hintergrundmusik auf mein Handy runter, dann können wir es an die Lautsprecheranlage anschließen.«

»*Shining Bright* von Naomi Starr«, antworte ich ohne zu zögern und spüre das übliche nervöse Kribbeln in den Händen, das mich vor Auftritten überkommt.

Man sollte meinen, ich wäre mittlerweile daran gewöhnt, vor Publikum aufzutreten, aber egal, wie groß oder klein dieses Publikum ist, ich bekomme jedes Mal heftiges Lampenfieber, das mit den Jahren nie weniger geworden ist.

»Ein äußerst passender Songtitel«, findet Beth und scrollt durch ihr Handy. »Es wird Zeit, dass endlich alle sehen, wie hell du leuchten kannst, wenn du willst.«

Ich drehe mich um und starre sie an. »W-was hast du gerade gesagt?«

Sie lacht über meinen verblüfften Gesichtsausdruck. »Ich weiß, das hört sich voll schnulzig an, aber ich meine es ernst. Du beklagst dich doch immer, dass du von allen ignoriert wirst und irgendwie am Rand stehst.«

Die Beleuchtung in der Aula wird gedimmt, und Ali beginnt mit ihrem Auftritt. Beths Bemerkung lässt mich nicht los. Sie hat recht. Ich weiß, dass sie eigentlich von Ruby gesprochen hat, aber auch ich erkenne mich in ihren Worten wieder.

Obwohl ich ein berühmter Popstar bin und alles bekomme, was ich will, sobald ich nur mit den Fingern schnipse, habe ich immer irgendwie das Gefühl, etwas zu verpassen und nicht dazuzugehören. Jedes Mal, wenn ich von der Bühne gehe und auf dem Weg in meine einsame Garderobe an einer Tänzerin oder einem Musiker vorbeikomme, die einander abklatschen, fühle ich mich, als würde ich im Abseits stehen, am Rand von etwas, an dem ich nicht teilhaben darf.

Blinzelnd kämpfe ich gegen die Tränen an. Wenn doch nur Mum jetzt hier wäre!

KAPITEL EINUNDZWANZIG

RUBY

(ALS NAOMI)

Ich stehe allein hinter der Showbühne und sehe zu, wie die Tänzerinnen einen Pulk bilden und hinter dem Rücken die Arme miteinander verschränken, bereit für Martins Motivationsrede, die er vor jedem Auftritt hält. Für einen kurzen Moment überlege ich, ob ich zu ihnen gehen und fragen soll, ob ich mitmachen darf. Ich könnte jetzt wirklich ein paar aufmunternde Worte gebrauchen, aber ich weiß, dass Naomi sich nie an diesem Ritual beteiligt, und ich muss meiner Rolle treu bleiben. Also reiße ich den Blick los.

»Naomi, hast du alles, was du brauchst?« Riley taucht mit einem Headset auf dem Kopf neben mir auf. »Du bist in ungefähr zwanzig Minuten dran.«

Heute ist das Finale einer neuen Fernsehtalentshow, und ich soll gleich als Musikact auftreten. Gerade habe ich hinter den Kulissen hervorgespäht: Das Studiopublikum ist riesig, und es stehen und hängen überall Kameras herum. Ich versuche, ruhig und gleichmäßig zu atmen, und schüttle meine vor Nervosität kribbelnden Finger aus. Ich bin diese Woche doch schon mehrmals aufgetreten, spiele lediglich eine Rolle. Das Ganze ist ein Traum, der bald wieder vorbei sein wird, also muss ich noch einmal alles geben.

Ich bin Naomi Starr. Ich bin ein berühmter Popstar. Ich tue, was mir am meisten Spaß macht. Ich singe und …

»Hat dir schon jemand das mit den Wettbewerbsgewinnern erzählt?«, fragt mich Riley plötzlich, und ich sehe, dass einer unserer Mitarbeiter eine große Gruppe Fans in unsere Richtung führt.

Er winkt unbeholfen, und Riley formt mit den Lippen die Worte: »Eine Minute.«

»Alle Besucher des Londoner Konzerts, zu dem du nicht erschienen bist, haben automatisch bei einem Wettbewerb mitgemacht, bei dem man Tickets für die heutige Live-Aufzeichnung gewinnen konnte«, erklärt Riley, nachdem sie sich wieder zu mir umgedreht hat. »Teil des Gewinns ist ein kurzes Meet and Greet mit dir, bevor sie dann ihre Plätze im Publikum einnehmen. Entschuldige, ich dachte, dir hätte schon jemand Bescheid gesagt.«

»Ich muss diese Fans jetzt gleich treffen – vor dem Auftritt?« Ich beiße mir auf die Lippe. »Ich bin viel zu aufgeregt, um mit irgendjemandem zu reden.«

»Es wird ganz schnell gehen«, versichert sie mir. »Sag einfach hallo, bedanke dich dafür, dass sie gekommen sind, und mach ein paar Fotos mit ihnen.«

Widerstrebend folge ich ihr zu den Fans. Der Mann, der die Gruppe herumführt, tritt einen Schritt beiseite und verkündet: »Und hier ist sie, Naomi Starr!«

Die Fans kreischen und jubeln, alle halten ihre Handys hoch. Ich bleibe abrupt stehen und ringe nach Luft. Riley sieht mich besorgt an.

»Alles okay?«, fragt sie mich flüsternd.

Nein, nichts ist okay. Gar nichts. Denn ganz vorn in der ersten Reihe steht *Ali Carlton* und hüpft aufgeregt auf und ab.

»Ich … ich brauche kurz einen Moment«, teile ich Riley mit und flitze davon, bevor sie mich aufhalten kann.

»Sie ist in einer Minute wieder da«, höre ich sie sagen. »Ich glaube, es gibt Probleme mit ihrem Kostüm.« Hastig schiebe ich mich durch die Tür und renne den Flur entlang, der zu meiner Garderobe führt. Ich schließe mich ein, schnappe mir meine heutige Designerhandtasche und durchwühle sie nach Naomis Handy.

Sie geht beim zweiten Klingeln dran.

»Hallo?«

»Naomi, es ist ein Notfall.«

»Warte ganz kurz, ich muss nur schnell … **HEY, ROMAN!** Ich hab's genau gesehen! Du hast heimlich Geld unters Spielbrett geschoben! Ein schöner Bankier bist du! Du schummelst!! Kann mal bitte jemand Romans Spielfigur ins Gefängnis stellen?«

»**NAOMI!!** Monopoly-Timeout, sofort!«, fordere ich sie auf. »Ich muss mit dir reden!!«

»Ich bin gleich wieder da!«, höre ich sie verkünden. »Und ich schwöre, wenn mir irgendjemand auch nur ein Haus oder Hotel wegnimmt, gibt es RICHTIG Ärger. Callie, du passt auf, ja? Sorry … Mum, meinte ich, oder wie auch immer. Behalte deine diebischen Söhne im Blick!« Ich höre eine Tür knallen. »Hallo, Ruby, entschuldige bitte. Deine Brüder haben echt keinen Respekt vor Spielregeln. Das macht mich wahnsinnig.«

»Ich weiß. Naomi, wir haben ein ernstes Problem«, sage ich und ignoriere das stechende Heimweh, die mich bei der Erwähnung meiner Brüder überkommt.

Normalerweise hasse ich es, Brettspiele mit meiner Familie zu spielen. Naomi hat recht: Die Jungs schummeln, was das Zeug hält, und am Ende verliere ich grundsätzlich. Mum lässt sich irgendwann mittendrin von anderen Dingen ablenken, und Dad genießt es so sehr, die Familie um sich zu haben, dass er sich nicht wirklich aufs Spielen konzentriert. Stattdessen feuert er seine Kinder an, ob sie sich nun an die Regeln halten oder nicht. Daher versuche ich mich jedes Mal zu drücken, wenn bei uns jemand ein Brettspiel vorschlägt, in der Hoffnung, in Ruhe auf meinem Zimmer singen und tanzen zu können, aber meistens werde ich gezwungen mitzuspielen. Es endet immer mit einer hitzigen Diskussion und einem Familienmitglied, das wütend aus dem Zimmer stürmt.

Ich habe daher keine Ahnung, warum ich diese Tortur so vermisse.

»Was ist los?«, fragt mich Naomi. »Hast du nicht gleich deinen Live-Auftritt? Ich habe versucht, die anderen zu überreden, die Sendung nebenher laufen zu lassen, leider ohne Erfolg. Deine Brüder sind NICHT sehr nett, was mich und meine Musik angeht. Dämliches Geträller, haben sie meine

Songs genannt! Dabei möchte ich sie mal sehen, wie sie eine eingängige Melodie schreiben, während …«

»Naomi, wir müssen uns auf mein Problem konzentrieren«, unterbreche ich sie. »Ich habe gleich ein Meet and Greet mit einigen Fans. Und einer dieser Fans ist Ali Carlton!«

»Wer?«

»Ali Carlton! Aus der Schule!«

»Kann nicht sein.«

»DOCH!«

»O Mann, die ist so was von schlimm.«

»ICH WEISS! Was soll ich denn jetzt machen?«

»Wie meinst du das?«

»Na, was ich machen soll! Ich kann doch nicht mit ihr reden! Und ich kann auch nicht auf die Bühne gehen und auftreten, wenn ich weiß, dass sie im Publikum sitzt!«

»Warum denn nicht?«

»Weil … sie *Ali Carlton* ist!«, sage ich verzweifelt.

»Ja und?«

»Sie wird alles durchschauen und merken, dass ich eine Fälschung bin! Sie wird mich auslachen!«

»Ruby, wovon redest du da, bitte? Alles, was sie vor sich sehen wird, bin ich. Du musst einfach nur weitermachen wie bisher.«

»Du verstehst mich nicht!«, rufe ich und fahre mir mit der Hand durch die perfekt gestylten Haare. »Sie ist das beliebteste Mädchen der ganzen Schule! Du kannst das nicht nachvollziehen, weil du einfach perfekt bist und total cool, aber ich bin das nicht. Ich bin eine Loserin! Ein Niemand! Und Leute wie Ali Carlton …«

»Moment mal, ganz langsam. Jetzt holst du zuerst mal tief Luft«, befiehlt sie mir streng. »Und dann hörst du dir an, was ich dir sage: Ich bin jetzt fast eine ganze Woche lang du, und kann dir versichern, dass du *kein* Niemand bist.«

»Naomi, ich weiß es echt zu schätzen, dass du mich aufbauen willst, aber …«

»Ich will dich nicht aufbauen, Ruby. Ich sage dir, wie es ist. Du und Alice Carlton …«

»Ali.«

»Wie auch immer. Du und Ali Carlton, ihr seid beide enorm talentiert. Ansonsten unterscheidet ihr euch in den meisten Dingen, und weißt du auch, was der wichtigste Unterschied ist? Ali hat keine Angst davor, etwas zu wagen und unbeirrt ihre Ziele zu verfolgen. Im Gegensatz zu dir. Dabei müsstest du dir im Laufe der letzten Tage eigentlich selbst bewiesen haben, was du alles kannst. Du hast vor Tausenden Leuten gesungen und getanzt.«

Ich lasse meine Stirn auf den Schminktisch sinken und drücke mir das Handy ans Ohr. »Aber irgendwie kommen mir die Begegnung mit Ali und der heutige Auftritt viel beängstigender vor als alles, was davor war.«

»Du darfst nicht zulassen, dass dir jemand wie Ali Carlton das Gefühl gibt, du würdest nicht auf die Bühne gehören. Lass es dir von jemandem sagen, der schon eine Weile in der Branche ist: Du gehörst dorthin.«

Ich lächle und wage es kaum zu glauben, was ich da höre. »Danke!«

»Dank mir lieber nicht zu früh. Ich habe ein paar Sachen an

deinem Leben verändert, die du vielleicht nicht so toll finden wirst, wenn wir wieder zurückgetauscht haben.«

»Welche denn?«

»Nichts, womit du nicht klarkommen würdest. Du musst vielleicht die eine oder andere Woche nachsitzen. Aber wenigstens habe ich dir nicht die Haare pink gefärbt. Das habe ich dir übrigens noch immer nicht verziehen.«

»Hat Beth deine neue Haarfarbe gesehen?«, frage ich gespannt. »Wie findet sie sie?«

»Bescheuert.«

»Nein, du lügst.« Ich lache. »Ich habe Beth vermisst, das war der Grund. Keine Angst, es ist nur eine Tönung, die sich wieder rauswäscht.«

»Sonst hättest du dich auch auf ein DONNERWETTER gefasst machen können.« Sie hält inne. »Ruby, wie geht es meiner Mum? Ist alles okay mit ihr?«

»Ja, alles super. Wobei sie wahrscheinlich nicht so begeistert davon ist, dass ich gerade vor den Fans Reißaus genommen habe.«

Sie kichert. »Da könntest du recht haben.«

»Und was ist mit meiner Familie? Und Beth?«

»Deine Familie ist verrückt. Für Beth gilt dasselbe.«

»Da könntest *du* wiederum recht haben.«

Einen Moment lang herrscht Schweigen in der Leitung. Dann sagt sie: »Tja, ich gehe dann wohl besser wieder zurück ins Wohnzimmer. Ich glaube, ich habe gerade was scheppern gehört.«

»Das waren bestimmt Reggie oder Roman, die das Spielbrett vom Tisch gefegt haben. Die beiden sind keine besonders guten Verlierer. Und ich gehe jetzt lieber zu diesem Meet and Greet, bevor ich auf die Bühne muss.«

»Viel Glück, Ruby«, sagt sie. »Zeig ihnen, was du kannst!«

Wir beenden das Gespräch, und nachdem ich tief Luft geholt habe, lege ich das Handy beiseite und öffne die Tür. Die Fans warten immer noch geduldig hinter den Kulissen auf mich, und Rileys Miene hellt sich auf, als ich mit einem breiten Lächeln auf sie zugehe.

»Gott sei Dank bist du wieder da«, flüstert sie mir zu und wendet sich dann an die Fans: »Da ist sie! Das Kostüm ist wieder in Ordnung. Naomi, das sind die Gewinner des Wettbewerbs, sie freuen sich riesig, dich persönlich kennenzulernen!«

»Hallo, Leute«, sage ich und winke in die Runde, die mir begeistert zujubelt. »Vielen Dank, dass ihr heute hier seid. Ich hoffe sehr, dass euch die Show gefallen wird.«

»O mein Gott, o mein Gott!«, kreischt Ali und schiebt sich rempelnd ganz nach vorn. »Können wir BITTE Fotos mit dir machen? Bitte, bitte!«

Auch der Rest der Gruppe sieht mich hoffnungsvoll an. Alle umklammern ihre Handys. Ein Junge ist so überwältigt von der Begegnung mit seinem Idol, dass er leise vor sich hin weint.

»Natürlich!«

Ich lächle, während die Fans eine chaotische Schlange bilden. Ali gibt Riley ihr Handy und stellt sich neben mich.

»Du bist mein Lieblingspopstar von allen – ich bin dein allergrößter Fan!«, sprudelt sie hervor, wirft ihre Haare nach hinten und posiert mit der Hand an der Hüfte.

»Danke, Ali.«

Sie kreischt und schlägt die Hand vor den Mund »DU KENNST JA MEINEN NAMEN! **AAAH!**«

Ich zucke zusammen, weil ihr gellender Schrei mich vorübergehend taub macht.

»Äh, ja, mein Assistent hat mir eure Namen mitgeteilt«, beeile ich mich zu sagen. »Dann lass uns mal das Foto schießen.«

Riley drückt auf den Auslöser und gibt Ali das Handy zurück, die jedoch dem nächsten Fan noch nicht das Feld überlassen will.

»Naomi, darf ich dich was fragen?«

»Gern, aber es warten noch so viele andere Fans, deshalb …«

»Hast du je Lampenfieber? Bevor du auf die Bühne gehst, meine ich.«

Ich starre sie blinzelnd an. »Äh … warum fragst du?«

»Weil ich total schlimmes Lampenfieber habe. Ich trete natürlich nicht vor so großen Zuschauermengen auf wie du«, gibt sie verlegen zu. »Aber ich mache immer beim Talentwettbewerb meiner Schule mit und sterbe jedes Jahr vor Angst. Meine Gesangslehrerin meinte, dass das sogar Popstars so geht, daher wollte ich dich fragen, ob das stimmt.«

Noch nie habe ich Ali so aufrichtig und verletzlich erlebt. Voller Ernst und Beklommenheit sieht sie mich an und wirkt plötzlich irgendwie kleiner. Zum ersten Mal kann ich mir vorstellen, dass Ali und ich etwas gemeinsam haben könnten.

»Was deine Gesangslehrerin sagt, ist vollkommen richtig«, antworte ich und denke daran, wie oft Riley Naomi aufbauen musste, wenn sie vor großen Konzerten vor Angst zitterte. »Ich habe ständig Lampenfieber.«

Ali wirkt erleichtert. »Gut zu wissen.«

»Aber von so was darfst du dich nicht aufhalten lassen«, höre ich mich fortfahren. »Du solltest trotzdem den Mut finden, du selbst zu sein und das zu tun, was dir Spaß macht. Sonst bereust du es hinterher.«

Während Ali von Riley beiseitegezogen wird, damit der nächste Fan ein Foto mit mir machen kann, geht mir auf, dass ich gar nicht wirklich über sie geredet habe.

Sondern über mich selbst.

KAPITEL ZWEIUNDZWANZIG

NAOMI

(ALS RUBY)

Die Idee stammt von Beth.

Am Sonntagabend klopft sie plötzlich an die Tür, mitten in einer Doku über Bienen, die Jeroame uns allen aufgezwungen hat. Als er beim Abendessen ankündigte, den Bienenfilm schauen zu wollen, meinte ich noch: »**HAHA, was bist du denn für ein NERD?**« Aber jetzt, da wir alle vor dem Fernseher sitzen, bin ich total fasziniert.

Wer hätte gedacht, dass Bienen so cool sind?

»Ich habe über den Talentwettbewerb nachgedacht«, sagt Beth, hüpft an mir vorbei und steuert direkt auf die Treppe zu, um hoch in mein Zimmer zu gehen.

Ich folge ihr und stolpere beinahe über Daisy, die ebenfalls mit uns die Treppe hinaufstürmt. Wie sehr ich auch versuche, sie loszuwerden, sie folgt mir auf Schritt und Tritt durchs Haus. Inzwischen habe ich mich in mein Schicksal ergeben. Dieser Hund muss eine eigenartig enge Bindung an Ruby haben. Allmählich gewöhne ich mich daran, ihn ständig an meiner Seite zu haben. Als ich vorhin am Küchentisch saß und mit dem

Rest der Familie zu Abend aß, senkte ich unwillkürlich die Hand, um Daisys Kopf zu streicheln, und bekam fast einen Schrecken, als ich nur Luft ertastete, weil sie nicht wie üblich neben meinem Stuhl saß.

Aber sie saß auf meiner anderen Seite, es war also alles in Ordnung.

»Du bist hier, um über den Talentwettbewerb zu reden?«, frage ich Beth und beobachte, wie sie es sich auf dem Bett gemütlich macht, dicht gefolgt von Daisy. »Wieso denn?«

»Hallo? Du hast es ins Finale geschafft! Das ist doch ein Riesending! Wir müssen besprechen, wie du dich am besten vorbereitest. Uns bleibt nur noch eine Woche Zeit zum Proben.«

»Beth, du hast mich gerade bei einer total faszinierenden Doku über Bienen gestört«, teile ich ihr mit und verschränke die Arme. »Weißt du eigentlich, wie selten es vorkommt, dass ich einfach herumsitzen und mir eine Doku anschauen kann?«

»Wieso, du schaust doch ständig Dokus«, schnaubt sie und rückt meine Kissen zurecht. »Jeroame und du seid ganz verrückt danach. Letzte Woche hast du zum Beispiel total von dieser Doku über Flusspferde geschwärmt.«

»Was, es gibt Dokus über Flusspferde?« Ich nehme mir vor, Simon zu bitten, mir möglichst viele Tierdokus auf mein Tablet herunterzuladen. »Wie auch immer, ich weiß doch schon, was ich beim Talentwettbewerb machen will.«

»Ach ja?«

»Ja.« Ich zucke mit den Schultern. »*Shining Bright* von Naomi Starr. Den Text und die Choreographie kann ich auswendig, es ist also alles geklärt.«

Sie runzelt die Stirn. »Ruby, du kannst nicht denselben Song performen wie bei der Vorauswahl! Den kennt die Jury doch schon.«

»Na und? Mein Auftritt am Freitag kam super an. Die Juroren meinten, sie hätten sich gefühlt, als würden sie einem echten Popstar auf der Bühne zusehen«, erinnere ich Beth.

»Kann schon sein, aber um Ali zu schlagen, musst du noch eine Schippe drauflegen. Angeblich hat sie das ganze Wochenende an ihrer Choreographie gefeilt. Sie hat sogar den Hausmeister gefragt, ob sie auf der Bühne proben darf, und er hat ihr extra dafür die Aula aufgeschlossen. Die einzige Pause, die sie eingelegt hat, war gestern, als Naomi Starr diesen Fernsehauftritt hatte.« Beth verdreht die Augen. »Sie hat ein Meet and Greet mit ihr gewonnen und wird uns jetzt für immer damit in den Ohren liegen.«

»Also gut, ich suche einen anderen Song von Naomi Starr fürs Finale aus.«

»Das wird nicht reichen. Wir müssen etwas noch nie Dagewesenes machen!« Sie zieht ihr Handy hervor und zeigt mir eine E-Mail. »Diese Mail habe ich vorhin an unsere Musiklehrerin geschickt, um sie zu fragen, ob sie uns nächste Woche abends nach der Schule den Musikraum überlässt. Dort können wir in Ruhe proben. Die Sporthalle ist nämlich, glaube ich, schon von Ali belegt.«

»Was, ich soll jeden Abend proben? Ist das nicht ein bisschen viel?«

Sie sieht mich an, als wäre ich vollkommen verrückt geworden. »Aber ich dachte, es macht dir so viel Spaß! Du willst den

Wettbewerb doch gewinnen, oder? Wenn du am Freitagabend so gut sein willst wie noch nie, musst du nun mal Arbeit in deinen Auftritt stecken. Ich weiß, dein Lampenfieber hast du mittlerweile überwunden – darauf ausruhen würde ich mich an deiner Stelle trotzdem nicht.«

Ich will protestieren, halte jedoch inne, weil mich die Situation plötzlich an mich und Mum erinnert, wenn wir mal wieder wegen der vielen Proben streiten. Mit ihrem ständigen Nörgeln nervte mich Mum einfach nur. Sie musste mir nicht immer wieder meine vielen Termine und die dafür nötige harte Arbeit herunterbeten, denn ich glaubte ihre Argumente längst auswendig zu kennen.

Jetzt geht mir auf, dass sie vielleicht nur erreichen wollte, was Beth offenbar gerade versucht: mich dazu zu motivieren, das Beste aus mir herauszuholen.

»Na gut«, sage ich. »Dann probe ich eben jeden Abend.«

»Super! Ich habe auch schon eine Spitzenidee für deinen Auftritt. Wir müssen uns nämlich etwas Besonderes ausdenken. Du singst und tanzt genial, aber Ali ist auch nicht schlecht und macht auf der Bühne genau das Gleiche wie du. Also habe ich darüber nachgegrübelt, wie du aus der Masse hervorstechen könntest. Und dabei ist mir eingefallen, was unser Direx neulich bei der Schulversammlung gesagt hat. Das hat mich total inspiriert.«

»Im Ernst?« Ich hebe überrascht die Augenbrauen. »Aber er hat doch so eine nasale Stimme.«

»Ich habe mich auf seine Worte konzentriert, nicht auf seine Stimme, Ruby!« Sie lacht. »Er hat darüber gesprochen, wie wichtig es ist, als Team zusammenzuarbeiten. Und genau das brauchen wir, um den Wettbewerb zu gewinnen!«

»Jetzt komm ich nicht mehr mit. Was brauchen wir?«

»Wir brauchen ein Team.«

Ich zögere. »Aber … ich bin Solokünstlerin. Ich meine, Naomi Starr ist Solokünstlerin. Und ich singe ihre Songs, also ergibt ein Team nicht wirklich viel Sinn. Außerdem hat die Jury mich ins Finale gewählt und kein Team.«

»Du hältst Naomi Starr für eine Solokünstlerin?«, fragt mich Beth überrascht.

»Ich *weiß*, dass sie eine Solokünstlerin ist.«

Sie ruft ein Video auf ihrem Handy auf und hält das Gerät hoch, damit wir beide gut sehen können. Dann drückt sie auf *Play.* Es ist der Auftritt bei den Brit Awards im letzten Jahr, bei dem ich meinen Song *Attention Please* gesungen habe.

»Da siehst du es.« Ich zeige auf mich, wie ich in der Bühnenmitte im Scheinwerferlicht performe. »Ein Soloauftritt.«

»Von wegen. Guck dir die ganzen Tänzerinnen um sie herum an. Die Choreographie wäre nur halb so gut, wenn sie allein wäre. Jeder Einzelne auf dieser Bühne trägt dazu bei, dass es eine geniale Show wird. Stünde nur eine Person da und würde ihre Tanzschritte abspulen, wäre es viel weniger spektakulär.«

Ich starre aufs Display des Handys und sehe mir den Auftritt schweigend bis zum Ende an. Völlig perplex hebe ich den Kopf. Beth hat recht! Die ganze Zeit habe ich geglaubt, meine Tänzerinnen würden nur den Hintergrund bilden und ich wäre die Einzige, auf die es ankommt. Doch bei genauerem

Hinsehen fällt auf, dass ich ohne sie total lächerlich wirken würde. Die ganze Show wäre unvollständig. Die Tänzerinnen ergänzen mich, und ich ergänze sie.

O mein Gott! Mir ist gerade klar geworden, dass Martin ein **GENIE** ist!

Jetzt habe ich ein schlechtes Gewissen, weil ich neulich einen Donut nach ihm geworfen habe.

»Ein Team«, sage ich langsam, während Beth mich aufmerksam beobachtet. »Wir brauchen ein Team. Nur so können wir gewinnen. Das ist genial, Beth!«

»Danke.«

»Aber wie sollen wir genug Leute finden, die uns unterstützen? Wir haben nur eine Woche!«

»Keine Sorge.« Sie grinst. »Ich habe schon einen Plan.«

Als es am Montagnachmittag zum Unterrichtsende klingelt, springe ich von meinem Stuhl auf und kann es kaum erwarten, zur Probe zu kommen. Es ist schon eine ganze Weile her, dass ich mich zuletzt so sehr aufs Proben gefreut habe, und ich frage mich, wie und wann mir das abhandengekommen ist.

Ich wünschte, ich könnte die Schuld auf andere schieben – Mum, Martin, Simon … oder hieß er Sam? Aber ich weiß, es liegt einzig und allein daran, dass mich alles, was das Popstar-Dasein ausmacht, vollkommen erschlägt und ich darüber vergessen habe, warum ich es eigentlich so liebe, auf der Bühne zu stehen und zu singen.

»Ruby, kann ich dich bitte kurz sprechen?«

Mir rutscht das Herz in die Hose, als Mr. Jones mich zu

sich winkt, noch bevor ich aus dem Klassenzimmer schlüpfen kann. Dabei habe ich mir alle Mühe gegeben, mich heute vorbildlich zu benehmen.

»Du darfst dir diese Woche bloß kein Nachsitzen einhandeln«, hat mich Beth gestern Abend noch gewarnt. »Irgendwie legst du es in letzter Zeit geradezu darauf an, möglichst viel Ärger zu bekommen, keine Ahnung, warum. Früher musstest du nie nachsitzen, und dann stellst du letzte Woche plötzlich einen Rekord auf. BITTE vergeude keinen der Abende, die uns noch bleiben!«

Während ich nach vorn zum Lehrerpult gehe, wirft mir Beth einen gequälten Blick zu. »Ich warte in unserem Probenraum auf dich«, flüstert sie.

Nachdem alle anderen das Klassenzimmer verlassen haben, trete ich an Mr. Jones' Pult und ermahne mich, möglichst höflich und ruhig zu bleiben. Ein wenig mehr wie … Ruby.

»Habe ich irgendetwas falsch gemacht, Mr. Jones?«, frage ich vorsichtig.

»Nein, du hast nichts falsch gemacht. Genau das wollte ich dir sagen, bevor du gehst.« Er wischt die letzte Gleichung von der Tafel und dreht sich zu mir um. »Ich bin sehr zufrieden mit deiner heutigen Leistung. Anscheinend bist du wieder auf dem richtigen Weg. Weiter so. Das wollte ich dir nur mitteilen.«

Ich bin so baff, dass ich mich nicht vom Fleck bewegen kann. »Sie sind … zufrieden mit *meiner* Leistung? Meiner heutigen Leistung?«

»Ja. Dein Arbeitsblatt war sehr gut, es war klar ersichtlich, wie du auf deine jeweiligen Lösungen gekommen bist.«

»Wow! Danke! Ich habe mir echt Mühe gegeben.«

»Ist mir nicht entgangen. Siehst du?« Er lächelt mich an. »Es lohnt sich, fleißig zu sein.«

Er fängt an, seine Sachen zusammenzupacken, und ich weiß, dass er mir damit zu verstehen gibt, dass ich jetzt gehen kann. Aber ich bleibe in der Tür stehen.

»Äh, Mr. Jones. Das mit letzter Woche tut mir sehr leid. Ich weiß, ich habe mich total anders verhalten als sonst, was ziemlich seltsam für Sie gewesen sein muss. Ich hatte mit … mit einer großen Veränderung in meinem Leben zu kämpfen und bin damit nicht so gut zurechtgekommen.«

»Schon gut, du brauchst mir keine Erklärung zu liefern. Jeder darf mal einen schlechten Tag haben oder auch mehrere.« Er greift nach seiner Tasche und hängt sie sich über die Schulter. »Eigentlich fand ich es sogar ganz gut, dass du dich endlich mal getraut hast, den Mund aufzumachen. Soweit ich mich erinnern kann, hast du dich in meinem Unterricht vorher noch nie freiwillig gemeldet. Schön, dass du anfängst, aus dir herauszugehen. Also dann, einen angenehmen Abend wünsche ich dir.«

Es klingt vielleicht komisch, weil es nur eine einzige Unterrichtsstunde an einem einzigen Tag war, aber ich bin irgendwie stolz auf mich. Es ist ein schönes Gefühl, ausnahmsweise einmal eine gute Schülerin gewesen zu sein.

Zuerst verlaufe ich mich im Schulgebäude, doch dann finde ich irgendwann doch noch den Musikraum, in dem wir zum Proben verabredet sind. Beth wartet schon auf mich, zusammen mit ungefähr zehn anderen Leuten.

»Was wollte Mr. Jones?«, fragt sie mich besorgt.

»Mir mitteilen, wie genial ich in Mathe bin. Wer sind diese Leute?«

»Das ist dein Team.« Beth sieht mich strahlend an. »Sie alle wollen dir helfen, den Talentwettbewerb zu gewinnen. Wir haben vier Tänzerinnen, zwei Backgroundsängerinnen, und der Rest brennt darauf, uns mit Dingen wie Kostümen, Ton und Beleuchtung zu helfen. Ach ja: Ollie ist auch am Start, er ist ein wahrer Künstler.«

»Warte mal«, sage ich, als Ollie mir zuwinkt. »Du sitzt doch neben mir und kritzelst ständig irgendwas vor dich hin.«

»Je nach Songauswahl hätte ich schon ein paar coole Ideen für unser Bühnenbild«, verkündet er aufgeregt, blättert durch seinen Zeichenblock und hält mehrere coole Designs hoch. »Beth meinte, es wird ein Naomi-Starr-Song, also habe ich mir in der Mittagspause ein paar von ihren Videos angeschaut und mich inspirieren lassen. Das sind alles noch grobe Entwürfe, aber du bekommst vielleicht einen ungefähren Eindruck.«

»Das ist der Hammer!« Ich drehe mich zu Beth um. »Wie hast du es denn geschafft, innerhalb von nur *einem Tag* ein ganzes Team zu finden, das uns helfen will?«

»So schwer war das gar nicht. Alle, die hier sind, haben total Lust darauf, bei der Show am Freitag dabei zu sein. Was natürlich auch hilft, ist, dass sie dich mögen. Wie gesagt: Du bist nicht unsichtbar, auch wenn du das immer denkst. Wie wär's, wenn du uns zuerst deine Ideen für den Auftritt mitteilst, Ruby? Sobald wir wissen, was du dir vorstellst, können wir uns an die Arbeit machen.«

»Ihr wollt *meine* Ideen für die Songs hören? Wirklich?«

Beth bricht in Gelächter aus, und auch die anderen schmunzeln. Meine überraschte Reaktion scheint sie zu amüsieren.

»Natürlich wollen wir deine Ideen hören! Warum sollten wir sie nicht hören wollen? Also …« Sie wirft einen Blick auf die Wanduhr. »Bist du bereit loszulegen?«

»Absolut!« Ich klatsche in die Hände. »An die Arbeit, Leute!«

KAPITEL DREIUNDZWANZIG

RUBY

(ALS NAOMI)

»Naomi? Zeit aufzustehen!«

»Hau ab!«, murmele ich und fuchtele in der Luft herum.

Meine Hand stößt gegen ein Gesicht, und ich höre ein »Autsch!«, aber die Person neben meinem Bett gibt nicht so leicht auf. Sie bohrt mir ihren Finger in den Oberarm, und diesmal ist die Stimme näher an meinem Ohr.

»Naomi! Wir sind da. Du musst aufwachen.«

Völlig desorientiert ziehe ich die Schlafmaske hoch und starre blinzelnd ins Licht. »Wo bin ich? Was ist los?«, frage ich und gähne laut.

»Du sitzt in deiner Limousine, die gerade vor den BBC-Studios in Manchester gehalten hat«, informiert mich Riley und greift in den in die Armstütze integrierten Kühlschrank, um eine Flasche Mineralwasser hervorzuziehen. »Du hast erst drei Radiointerviews und dann einen Auftritt im Frühstücksfernsehen.«

»Ach ja.« Mir fällt wieder ein, dass Sam dieses Programm heruntergerattert hat, als wir heute im Morgengrauen London verließen. Direkt danach bin ich eingenickt. Ich strecke mich. »Warum muss ich noch mal all diese Interviews geben?«

»Um deine neuen Make-up-Produkte zu promoten.«

»Ich habe eigene Make-up-Produkte? Cool!«

»Markteinführung war um Mitternacht. Aber keine Sorge: Unser Team postet schon die ganze Nacht Promo-Videos in sämtlichen sozialen Medien.«

»Sehr schön.«

Ich ziehe einen kleinen Spiegel aus der Handtasche, halte ihn mir vors Gesicht und kreische entsetzt. Meine Haare sind völlig zerzaust und haben sich zu allem Überfluss auch noch in der Schlafmaske verheddert, und meine Wimperntusche ist auch völlig verschmiert. Gestern Abend war ich so müde, dass ich voll bekleidet und auf dem Bauch liegend in meinem Bett einschlief, ohne mir vorher die Mühe gemacht zu haben, mich abzuschminken.

Ich ruiniere noch Naomi Starrs makellose Haut.

»Ich kann doch so kein Make-up promoten!«, schreie ich und versuche, die Schlafmaske aus meinen Haaren zu befreien.

»Kein Problem, deine Stylisten und dein Beauty-Team sitzen im Wagen hinter uns. Wir sind im Konvoi gefahren.«

Ich gebe es auf, mit der widerspenstigen Schlafmaske zu kämpfen, und lasse mich zurück in den Sitz sinken.

»Ril … ich meine, Mum, darf ich dir eine Frage stellen?«

»Könntest du sie mir vielleicht auf dem Weg nach drinnen stellen?«, fragt sie nach einem Blick auf die Uhr und steigt aus der Limousine. »Sonst verpassen wir unser erstes Radiointerview. Wir haben heute einen äußerst straffen Zeitplan.«

»Genau darum geht es bei meiner Frage.«

Ich klettere ebenfalls aus dem Wagen und strecke mich ausgiebig, wobei ich erfreut zur Kenntnis nehme, dass zu dieser frühen Stunde noch keine Reporter unterwegs sind, die Fotos von mir mit zerzaustem Haarknäuel inklusive Schlafmaske und verschmiertem Augen-Make-up schießen. Naomi würde mich UMBRINGEN!

»Ich wollte wissen«, sage ich und eile Riley hinterher, »wann wir mal ein bisschen Freizeit haben. Du weißt schon: Zeit, um sich mit Freundinnen zu treffen oder Brettspiele zu spielen und so was alles.«

Sie sieht mich verwirrt an. »Brettspiele?«

»Na ja.« Ich zucke mit den Schultern. »Es müssen nicht unbedingt Brettspiele sein, aber hast du nie das Bedürfnis, mal für einen Moment durchzuatmen und etwas zusammen als Familie zu unternehmen? Ich habe das Gefühl, dass ich immer nur arbeite. Nie habe ich Zeit, mich zurückzulehnen und mal gar nichts zu tun.«

»Ich könnte ein Zeitfenster für Sie einplanen, in dem Sie sich zurücklehnen und nichts tun können, falls Ihnen das weiterhilft. Wie wäre es mit Freitagnachmittag um vier?«, bietet Sam an, der ein paar Schritte hinter uns geht und unser Gespräch mit angehört hat. »Passt Ihnen das?«

Ich stoße einen langen Seufzer aus und beschließe, es aufzugeben. »Klar. Das wäre super, danke.«

Riley bleibt dennoch abrupt stehen, dreht den Kopf und sieht mich an. »Was meinst du mit ›zusammen als Familie‹? Wir sind doch immer zusammen!«

»Ja, aber wir arbeiten immer«, antworte ich und hoffe, dass Naomi mir dieses Gespräch mit ihrer Mutter nicht übelnimmt. »Ich verstehe ja, dass es wichtig ist, meine Marke zu festigen, und ich bin auch bereit, hart dafür zu arbeiten. Wäre es nicht trotzdem manchmal schön, einfach nur … zusammen abzuhängen? Mir kommt es so vor, als würden wir nie auch nur eine kleine Pause machen. Nie.«

»Das kommt dir so vor, weil es so ist. Wir dürfen nicht nachlassen.«

»Verstehe. Ich finde es ja auch wirklich toll, ein Popstar zu sein, aber ich bin gleichzeitig ein Teenager. Und du bist nicht nur meine Managerin, sondern gleichzeitig meine Mutter. Ich weiß auch nicht … Es fühlt sich ein bisschen so an, als würden wir das ganz normale Leben miteinander verpassen, obwohl das vielleicht gar nicht unbedingt sein müsste. Verstehst du, was ich meine?«

Sie nickt langsam, scheint über meine Worte nachzudenken. »Ja. Ja, das verstehe ich.«

Plötzlich taucht wie aus dem Nichts eine Horde Paparazzi auf und umringt uns. Ich schnappe erschrocken nach Luft, weil zwei von ihnen sich direkt vor mir aufbauen, und taste in meiner Tasche nach meiner Sonnenbrille, kann sie jedoch nicht finden. Mein Bodyguard kommt mir zu Hilfe, legt mir schützend eine Hand auf den Rücken und schiebt mir mit dem anderen Arm den Weg frei, während Riley mich auf der gegenüberliegenden Seite flankiert. Ich ziehe den Kopf ein und stolpere über meine eigenen Füße, während die Reporter mir unablässig Fragen entgegenbrüllen:

»Naomi, haben Sie sich heute für einen entspannteren Look entschieden?«; »Naomi, was können Sie uns zu dem Gerücht sagen, Sie hätten eine Pressesprecherin entlassen, weil sie die falschen Schuhe trug?«; »Stimmt es, dass Sie in Kürze eine Single herausbringen werden, zu der Sie Ihre ehemalige illoyale Assistentin inspiriert hat?«

Wir erreichen das Gebäude, und ich atme aus. Erst jetzt geht mir auf, dass ich die ganze Zeit die Luft angehalten habe.

»Alles okay bei dir?«, fragt mich Riley besorgt.

»Ja. Danke Ihnen«, sage ich zu dem Bodyguard, der es nickend zur Kenntnis nimmt. »Ich hasse diese Situationen.«

Sam kümmert sich um unsere Besucherpässe, und dann geht eine meiner Pressesprecherinnen zu dem Radiostudio voraus, in dem ich das erste Interview geben soll.

»Miss Starr, ich nehme an, Sie wollen erst kurz in eine Garderobe, um … äh …« Die Pressesprecherin sucht nach den richtigen Worten. »… um sich zu sortieren und auf diesen Interview-Tag vorzubereiten.«

Ich bin ihr dankbar für ihre taktvolle Umschreibung der eigentlichen Aussage: *Schminken Sie sich ab, kämmen Sie sich die Haare und entfernen Sie die Schlafmaske, die Ihnen am Kopf klebt.*

Sie führt uns in eine Garderobe. Sobald sie die Tür hinter uns geschlossen hat, machen sich Naomis Stylistin und ihre Visagistinnen an die Arbeit, wobei sie unbefangen miteinander plaudern, während ich schweigend auf einem Stuhl sitze und mein Spiegelbild anstarre. Riley verschwindet, um mit der Sendeleitung zu sprechen, und Sam sitzt hinter mir und arbeitet stumm auf seinem Tablet.

Ich vermisse mein langweiliges Leben. Ich weiß, das klingt verrückt. Trotzdem, seit letztem Wochenende bin ich kaum eine Sekunde zum Luftholen gekommen, geschweige denn zum Nachdenken. Ständig muss ich funktionieren: in Kameras lächeln, die richtigen Antworten auf wichtige Fragen geben, jeden Tag anders gestylt sein und perfekt singen, obwohl ich völlig erschöpft bin.

Naomis Leben gleicht einem Märchen, und ich war noch nie so glücklich wie in den Momenten, in denen ich auf der Bühne stehe und ihre Songs singe und dazu tanze. Nichts ist vergleichbar mit der Euphorie am Ende eines Songs, wenn Tausende Leute einem zujubeln. Alles in Naomis Leben ist wunderschön – jeder Raum, in den ich komme, ist perfekt, und alles, was sie besitzt, ist von teuren Designern, maßgefertigt und einzigartig. Ihr Leben ist glamourös und schillernd, genauso, wie ich es mir immer vorgestellt hatte.

Aber ich bin mir nicht sicher, ob ich so gut in dieses Leben passe.

Ich vermisse es, mit Beth Tränen zu lachen. Ich vermisse es, dass mich Daisy jeden Morgen begrüßt, als wäre ich jahrelang weggewesen. Ich vermisse meine zerstreuten Eltern, die ständig in eigenen Sphären schweben. Ich vermisse meine lauten, nervigen Brüder und die Telefongespräche mit meiner Schwester.

Und ich hätte nie gedacht, dass ich das *jemals* sagen würde: Ich vermisse irgendwie auch die Schule.

Ich vermisse es, Zeit mit Schulfreunden zu verbringen, mich mit ihnen über den Unterricht oder die Lehrer zu beschweren, die tägliche Routine. Außerdem weiß ich jetzt, dass Ali hinter ihrer coolen Fassade manchmal genauso unsicher ist wie wir alle und ich mich deshalb nicht von ihr einschüchtern lassen muss. Wenn ich wieder ich selbst wäre, würde ich ihr vielleicht sogar irgendwie mitteilen, dass es mir genauso geht, und ihr anbieten, für sie da zu sein, falls sie mal jemanden zum Reden braucht.

Genau das fehlt Naomi: Sie ist zwar den ganzen Tag von Menschen umringt, hat aber niemanden, mit dem sie reden kann. Niemanden, mit dem sie lachen, lästern oder verrückt herumtanzen könnte. Dass sie außerdem ständig von Paparazzi belagert wird, ist furchtbar. Kein Wunder, dass sie sich selbst so ernst nimmt – alles, was sie tut, hat ernste Auswirkungen.

Manchmal tut sie mir richtig leid, zum Beispiel, wenn ich an die Geschichte mit ihrer früheren Assistentin denke. Offenbar hatte Naomi das Gefühl, sich ihr anvertrauen zu können, und dann hat diese Frau ihre persönlichen Geschichten an die Presse verkauft! Es wundert mich überhaupt nicht, dass Naomi niemanden mehr an sich heranlässt. Das würde ich auch nicht an ihrer Stelle.

Eine eiskalte Furcht nistet sich in meinem Kopf ein.

Was, wenn es das war? Was, wenn Naomi und ich nicht mehr zurücktauschen können? Wir wissen schließlich nicht, ob die Lösung dieses Körpertauschs tatsächlich darin besteht, dass wir eine Zeitlang das Leben der jeweils anderen leben und ihre Perspektive einnehmen. Das war nur eine Vermutung von uns.

Werde ich nie wieder Zeit mit meiner Familie verbringen dürfen? Und was ist mit Daisy? Werde ich nie wieder mit diesem schmuddeligen, wunderbaren Stinktier in einem Bett schlafen?

Mich überkommt der überwältigende Drang, noch einmal Entdecke dein Leuchten durchzublättern. Die Lösung *muss* in diesem Buch sein.

»Sam«, sage ich und drehe mich auf meinem Stuhl um, während mir eine Visagistin die Wimperntusche unter den Augen wegwischt und die andere versucht, die Schlafmaske aus meinen Haaren zu befreien.

Er tippt gerade etwas auf seinem Tablet, hebt jedoch sofort den Kopf. »Ja?«

»Haben *Sie* meinen Koffer für den heutigen Ausflug nach Manchester gepackt?«

»Ihre Stylistin hat ihn gepackt«, antwortet er und deutet auf eine der Frauen, die neben einer Kleiderstange stehen und damit beschäftigt sind, verschiedene Röcke und jeweils dazu passende Schuhe herauszusuchen.

»Hat jemand vielleicht ein Buch für mich eingepackt? Es ist schon älter und lag neben meinem Bett, glaube ich«, frage ich in den Raum hinein. Mir ist eingefallen, dass ich es auf dem Nachttisch gesehen habe, als ich heute früh völlig benommen aufgestanden bin.

Sämtliche Mitarbeiter im Raum schütteln die Köpfe.

»Sam, fahren wir heute Nachmittag nach den ganzen Interviews wieder zurück nach London?«

»Nein, heute Nachmittag sind wir in Leeds, und dann geht es weiter nach Newcastle. Werbespots für Ihre Make-up-Produkte. Und am Donnerstagabend ist Ihr Konzert in Birmingham.«

»Ich komme also vorerst nicht wieder nach Hause?«, frage ich enttäuscht.

»Wir werden am Freitagvormittag nach London zurückkehren. Haben Sie irgendetwas vergessen?«

»Ja, ein Buch«, erkläre ich und drehe mich wieder auf meinem Stuhl nach vorn. »Ich habe es in meinem Zimmer liegen gelassen.«

»Welches Buch denn?«, fragt er. »Ich könnte es Ihnen herunterladen, oder wir bitten jemanden von der BBC, für Sie loszugehen und es zu kaufen. Es gibt jede Menge Buchläden hier in der Nähe.«

»Nein, das Buch, das ich meine, gibt es nicht in Buchläden. Es ist ein besonderes Buch. Sie haben mir für Freitag doch freie Zeit eingeplant, oder?«

»Ja, habe ich«, antwortet er stolz und hält den Bildschirm seines Tablets hoch, damit ich einen Blick auf meinen vollgepackten Terminkalender werfen kann. »Und zwar um vier Uhr nachmittags.«

»Gut. Da muss ich nämlich in eine Bibliothek.«

»Wegen des Buchs?«, fragt er. »Sind Sie sicher, dass ich es nicht doch irgendwo für Sie herunterladen kann?«

Es klopft an der Tür, und die Pressedame, die uns hergebracht hat, steckt den Kopf in die Garderobe.

»Es ist Zeit, dass wir Sie ins erste Radiostudio bringen, falls Sie bereit sind, Miss Starr.«

»Klar.«

Ich stemme mich widerstrebend von meinem Stuhl hoch, mit vor Müdigkeit schmerzenden Gliedern.

»Klären Sie mich auf, Sam«, sage ich mit mühsam vorgetäuschter Motivation. »Was genau promote ich hier heute noch mal?«

KAPITEL VIERUNDZWANZIG

NAOMI

(ALS RUBY)

Am Freitagmorgen komme ich mit Daisy die Treppe herunter und höre aus der Küche eine Stimme, die ich nicht kenne.

»Wer hat den Riegel von der Badezimmertür entfernt? Das nervt echt total, dass man nicht mehr abschließen kann!«

Neben Callie steht eine hochgewachsene junge Frau um die zwanzig, die einen Kapuzenpullover und eine kurze Schlafanzughose trägt. Sie sieht genau aus wie Ruby. Daisy bellt begeistert und rennt zu ihr, um sie schwanzwedelnd zu begrüßen. Die Augen der jungen Frau leuchten auf, als sie mich in der Tür stehen sieht.

»RUBY!«, ruft sie und umarmt mich stürmisch. »Ich hab dich so vermisst! Wie geht es meiner perfekten kleinen Schwester?«

»Isabella ist fürs lange Wochenende nach Hause gekommen«, erklärt Callie und sieht aus, als würde sie gleich vor Glück platzen. »Sie ist gestern spätabends eingetroffen und wollte uns nicht wecken. Ist das nicht toll, dass sie da ist?«

»Mum, so wie du redest, könnte man meinen, ich wäre jahrelang weg gewesen«, sagt Isabella lachend, löst sich von mir und verdreht die Augen. »Na los, Ruby, erzähl mir von deinem Leben! Wie läuft es in der Schule? Alles wie immer? Als wir das letzte Mal telefoniert haben, hattest du gerade diese Naomi Starr in der Bibliothek getroffen. Wie war sie so?«

»Äh … sie war … ziemlich verwöhnt und unhöflich, wenn ich ehrlich bin«, antworte ich wahrheitsgemäß. »Echt schön, dich zu sehen, Isabella.«

»Und dich erst«, antwortet sie und wuschelt mir durchs Haar. »Du siehst irgendwie größer aus.«

»Genau das Gleiche habe ich gestern zu eurem Vater gesagt«, pflichtet ihr Callie bei und strahlt uns an. »Ich glaube, Ruby ist in der letzten Woche gewachsen. Aber jetzt setzt euch erst mal hin und frühstückt.«

Isabella legt mir den Arm um die Schultern, und wir gehen zum Küchentisch, wo schon der Rest der Familie versammelt ist und langsam aufwacht.

»Roman hat mir meinen Toast weggegessen«, beschwert sich Reggie gerade, als sich Isabella neben ihn setzt. »Mach mir einen neuen, Roman, na los!«

»Es war mein Toast, du hattest ihn mir vorher geklaut«, widerspricht Reggie und gähnt mit vollem Mund. »Mach dir doch selber einen.«

»Ich bin mir ziemlich sicher, dass ihr beide Toastdiebe seid«, knurrt John. »Ich hatte nämlich die beiden Brotscheiben in den Toaster gesteckt, und als sie fertig waren, habt ihr sie euch einfach geschnappt.«

»Da beschwert sich ja der Richtige«, schnaubt Jeroame. »Ich hab genau gesehen, wie du vorhin aus meiner Kaffeetasse getrunken hast.«

»Hier hat sich nichts verändert, Isabella«, stellt Anthony belustigt fest und reicht seiner Ältesten den Saft.

Ich räuspere mich. »Ich wollte euch allen etwas mitteilen«, sage ich nervös.

Statt mich hinzusetzen, bin ich stehengeblieben, fest entschlossen, die Aufmerksamkeit auf mich zu lenken. Weil es beim Frühstück ein bisschen weniger chaotisch zugeht als beim Abendessen, habe ich extra gewartet, um jetzt meine Ankündigung zu machen.

»Ich bin im Finale des Talentwettbewerbs unserer Schule. Er findet heute Nachmittag um fünf statt, und ich dachte, ihr wollt vielleicht kommen und mich auf der Bühne erleben.«

Callie und Anthony unterbrechen, was sie gerade getan haben, und starren mich an. Isabella stellt langsam den Saft ab. John und Jeroame heben staunend die Köpfe. Roman und Reggie essen weiter, verengen jedoch die Augen zu Schlitzen, als würden sie mir kein Wort glauben.

»Ist das dein Ernst?«, fragt Isabella und sieht ihre Eltern an, als erwartete sie von ihnen eine Bestätigung.

»Ja, das ist mein Ernst.«

Ich hole tief Luft. Hoffentlich verzeiht mir Ruby, was ich jetzt tun werde. Aber sie hat mir die Haare pink gefärbt – es ist also Zeit für eine Revanche.

»Ich hab euch nie davon erzählt, weil es mir irgendwie peinlich war, aber ich singe und tanze für mein Leben gern und bin in beidem ziemlich gut. Ich habe letzte Woche bei der Vorentscheidung mitgemacht und es ins Finale geschafft.«

»Moment mal, ganz langsam.« Roman legt seinen Toast ab, den Reggie ihm blitzschnell vom Teller klaut. »In der Schule meinte auch schon jemand, du würdest beim Talentwettbewerb mitmachen, aber ich dachte, das wäre ein Witz.«

»Ich genauso.« John nickt. »Willst du wirklich heute Nachmittag auf die Bühne?«

»Ja, und ich fände es schön, wenn ihr alle im Publikum sitzen würdet. Falls ihr Zeit habt. Ich weiß, es ist ganz schön kurzfristig.«

»Also, ich werde da sein!«, verkündet Isabella. »Ruby, das sind ja **Wahnsinnsneuigkeiten!!** Ich hatte keine Ahnung, dass du singen kannst!«

»Ich auch nicht!«, ruft Anthony. »Das ist großartig! Ich rufe sofort in der Klinik an und frage, ob jemand heute Nachmittag meine Schicht übernehmen kann. Auf keinen Fall lasse ich mir meine Tochter im Finale des Talentwettbewerbs entgehen!«

»Ruby, das ist voll die Überraschung!«, sagt Jeroame lachend. »Du hättest uns früher von deinem Gesangstalent erzählen sollen! Echt cool. Natürlich werden wir im Publikum sitzen und dich anfeuern.«

»Ja, du wirst nämlich jede Unterstützung brauchen, die du kriegen kannst«, stichelt Roman grinsend. Isabella streckt die Hand aus und gibt ihm einen Klaps auf den Hinterkopf. »**AUA!** Das war doch nur ein Witz! Ich bin mega-stolz auf dich! Wenn du nicht gewinnen solltest, hat die Jury ein ernsthaftes Problem.«

»Genau, wir stehen voll hinter dir«, nuschelt Reggie mit dem Mund voll Toast. »Zumal wir wirklich ein bisschen mehr Talent in dieser Familie gebrauchen können. Bisher bin ich der Einzige, der hier besondere Fähigkeiten vorweisen kann.«

»Ich kümmere mich um dein Frühstück, Ruby«, sagt John und springt vom Tisch auf. »Du brauchst heute viel Energie. Ich kann es kaum erwarten, meinen Freunden zu erzählen, dass meine kleine Schwester im Finale ist! Ich will dich ja nicht unter Druck setzen, aber versuch bitte, bitte, diese Ali zu schlagen, die sonst immer gewinnt. Seit ich sie auf einen Grammatikfehler in ihrer Einladungskarte hingewiesen habe, kassiere ich ständig böse Blicke.«

»Leute, guckt euch mal Mum an!«, ruft Isabella plötzlich. »Sie weint!«

»Ich weine doch gar nicht«, behauptet Callie schniefend und wischt sich mit dem Ärmel die Augen ab. »Also gut, JA, ich weine! Ich bin so stolz auf dich, Ruby! Du bist einfach unglaublich!«

Ich muss lachen. »Du hast mich doch noch überhaupt nicht auf der Bühne gesehen!«

»Das muss ich auch gar nicht«, sagt sie und lächelt mich mit glänzenden Augen an. »Ich weiß auch so, dass du ein Star bist. Egal, wie sehr du versucht hast, dieses Leuchten in dir zu verstecken, ich wusste schon immer, dass es da ist.«

Ich bekomme die Textnachricht, als ich gerade versuche, mich auf den Geschichtsunterricht zu konzentrieren.

Schon den ganzen Schultag bin ich abgelenkt und viel zu nervös wegen des Talentwettbewerbs. Es fällt mir schwer, mich auf die Lehrer und ihren Unterricht zu konzentrieren.

Rubys Familie hat es mir nicht unbedingt leichter gemacht. Auf der Fahrt zur Schule räusperte sich Roman und verkündete im vollen Bus vor lauter fremden Leuten, dass seine kleine Schwester Ruby es ins Finale eines Talentwettbewerbs geschafft habe und seiner Ansicht nach eine Runde kräftigen Applaus verdiene. Daraufhin fingen sämtliche Businsassen an zu klatschen und zu jubeln. Es war mega-peinlich. Aber irgendwie auch schön.

Ich verzieh sogar dem Mann, der mich mit seinem dämlichen Rucksack gegen das Busfenster drückte. Bevor er ausstieg, wünschte er mir Glück, was echt nett von ihm war.

Seitdem rufen mir ständig irgendwelche Schüler oder Schülerinnen auf dem Schulflur zu: »Viel Glück, Ruby!« Rubys Brüder haben die Neuigkeit offenbar fleißig weiterverbreitet, und es fühlt sich mittlerweile so an, als stünde die ganze Schule hinter mir.

Der Talentwettbewerb rückt immer näher, und ich sitze im Geschichtsunterricht und überlege, ob die Tudors wohl jemals so nervös waren wie ich. Ich nehme an, dass sie kurz vor ihrer Enthauptung mindestens ebenso viel Angst hatten, und denke gerade darüber nach, wie grausam und ekelhaft so eine Enthauptung doch ist, als Rubys Handy vibriert.

Eine Textnachricht. Absender ist die Bibliothek.

Dies ist eine automatisch erstellte Erinnerung, dass HEUTE das Rückgabedatum für Ihre entliehenen Bücher ist. Bitte geben Sie sie bis 17 Uhr zurück oder verlängern Sie die Leihfrist.

Ich habe mein *Entdecke dein Leuchten* im Rucksack dabei. Während der letzten Tage habe ich es mit in die Schule genommen, weil in einigen Kapiteln ein paar echt nützliche Tipps stehen, die ich zu Beginn unserer Proben dem Rest meiner »Starr-Truppe« vorgelesen habe.

So nennt Beth unser Team für den Talentwettbewerb, weil wir ein Mash-up von zwei Songs aus meinem letzten Album performen werden. Das Mash-up ist SO cool! Ich wünschte, ich könnte es Mum vorspielen und hören, was sie davon hält.

Die ganze Woche haben wir richtig fleißig auf den Wettbewerb hingearbeitet. Beth hat die Leitung übernommen, sie weiß genau, wie hinterher alles auf der Bühne aussehen muss. Außerdem behält sie immer den Überblick und hat ein gutes Händchen dafür, allen zu sagen, was sie tun müssen. Die anderen Tänzerinnen geben wirklich alles in den Proben, und es hat mir total Spaß gemacht, ihnen Schritt für Schritt die Choreographien zu meinen Songs beizubringen, aber auch neue Ideen mit ihnen zu besprechen. Zu Beginn der Woche konnten sie nur ein paar wenige Tanzschritte, und gestern Abend war ich völlig baff, als ich ihnen beim Tanzen der gesamten Choreo zusah. Unglaublich, wie viel sie in einer einzigen Woche gelernt haben! Und genauso unglaublich ist, dass tatsächlich *ich* ihnen all diese coolen Moves beigebracht habe!

Ich! Naomi Starr!

Wer hätte gedacht, dass auch Unterrichten zu meinen vielen Talenten zählt?!

Ollie hat ein echt unglaubliches Bühnenbild entworfen. Er hat mit dem Mädchen zusammengearbeitet, das uns bei der Beleuchtung hilft, und zusammen haben die beiden einen Bühnenhintergrund erschaffen, der während des ersten Songteils aussieht wie eine heruntergekommene Londoner Gasse mit Graffiti auf den links und rechts aufragenden Gebäuden. Und wenn das Mash-up dann in den zweiten Song übergeht, verändert sich das Licht und die Kulisse verwandelt sich in ein hübsches Sträßchen mit Kopfsteinpflaster, altmodischen Laternen und einem leuchtenden Sternenhimmel.

»Wie hast du das gemacht?«, fragte ich Ollie staunend, nachdem wir auf der Bühne der Aula eine Technikprobe durchgeführt hatten.

»Teamwork«, antwortete er fröhlich.

Die Proben für den Talentwettbewerb haben in mir die Sehnsucht geweckt, wieder in meinem Tanzstudio in der Londoner Innenstadt zu trainieren, zusammen mit meinen Backgroundtänzerinnen und Martin – egal, wie nervig seine Stimme auch sein mag. Es war ein unglaublich tolles Gefühl, während der vergangenen Tage zu erleben, wie etwas Gestalt annimmt, wofür wir alle hart gearbeitet haben. Und dieses Gefühl möchte ich unbedingt wieder beim Erarbeiten meiner eigenen Bühnenshows haben. Ich vermisse es, ein Popstar zu sein, denn das macht mich nun mal aus.

Nachdem ich die Textnachricht der Bibliothek gelesen habe, weiß ich sofort, dass ich die Ausleihe von *Entdecke dein*

Leuchten verlängern muss, damit Ruby und ich weiter darauf hinarbeiten können, unsere Körper wieder zurückzutauschen.

»Aber du musst dich auf deinen Auftritt vorbereiten!«, sagt Beth, als ich ihr nach der letzten Stunde sage, dass ich kurz wegmuss. Sie überprüft gerade das Objektiv ihrer Kamera. John hat sie gebeten, während des Talentwettbewerbs für die Schulzeitung zu fotografieren. »Du willst wirklich jetzt noch irgendwohin? Bald geht der Wettbewerb los!«

»Ja. Es muss sein«, antworte ich bestimmt. »Ich bin rechtzeitig wieder da.«

Bevor sie protestieren kann, mache ich auf dem Absatz kehrt und renne aus dem Klassenzimmer, den Rucksack mit dem Buch über der Schulter. Als ich in den Bus zur Bibliothek steige, lächle ich in mich hinein, weil ich an meinen letzten Besuch dort denken muss. Es fühlt sich an, als wäre eine Ewigkeit vergangen.

»Ruby!« Die Bibliothekarin lächelt mir herzlich entgegen, als ich durch die Tür komme. »Wie schön, dich zu sehen! Zumal ich eine Riesenüberraschung für dich habe.«

»Welche denn?«

»Sieh mal, wer wieder hier ist«, flüstert sie und zeigt nicht besonders subtil auf die Abteilung mit den Kunstbüchern. »Sie ist ungefähr eine Minute vor dir gekommen.«

Ein Mädchen taucht mit einem Exemplar von *Entdecke dein Leuchten* hinter einem Bücherstapel auf.

Es ist immer wieder ein Schock, wenn man sich plötzlich selbst gegenübersteht.

KAPITEL FÜNFUNDZWANZIG

RUBY

(ALS NAOMI)

»Was machst du denn hier?«

Sie scheint sich zu freuen, mich zu sehen, was mich ziemlich erleichtert. Ich dachte, dass sie vielleicht sauer auf mich ist, weil ich ihr neues Make-up-Imperium beinahe wieder zerstört hätte, noch bevor es ganz errichtet war. Die Fotos von ihr mit verschmiertem Augen-Make-up und einer in den Haaren verhedderten Schlafmaske waren nicht gerade die beste Werbung für ihre neue Beautylinie.

Überraschenderweise hatte Riley das Malheur für einen Geniestreich meinerseits gehalten.

»Das macht dich doch total nahbar und menschlich!«, hatte sie gerufen, nachdem sie zunächst ausgiebig über die Bilder gelacht hatte. »Schließlich wacht niemand morgens mit perfektem Make-up und perfekter Frisur auf, nicht wahr? Ich selbst sehe furchtbar aus, wenn ich gerade aufgewacht bin, vor allem, wenn ich dabei im Auto saß. Verglichen mit mir wirkst du auf den Fotos bemerkenswert frisch und rosig, glaub mir.«

Als Naomi und ich nun aufeinander zugehen, lächeln wir uns wie alte Freundinnen an, was Rose erstaunt zur Kenntnis nimmt. Ich bedeute Naomi, mir zu einem Tisch im hinteren Bereich der Bibliothek zu folgen, wo wir außer Hörweite sind.

»Und was machst *du* hier?«, erwidere ich ihre Frage, sobald wir uns gesetzt haben.

»Ich bin hier, um die Ausleihzeit für das Buch zu verlängern. Ich habe eine Erinnerungs-SMS bekommen«, erklärt sie und betrachtet mich eingehend. »Hast *du* etwa von allein daran gedacht, dass die Leihfrist heute endet? Dann bist du ein noch größerer Nerd, als ich dachte.«

»Ich habe gar nicht daran gedacht.« Ich lehne mich ein wenig erschöpft auf dem Stuhl zurück. »Es klingt bestimmt bescheuert, aber ich dachte, wenn ich herkomme, finden wir vielleicht heraus, wie wir wieder zurücktauschen können. Keine Ahnung.«

»Das klingt überhaupt nicht bescheuert. Einen Versuch ist es auf jeden Fall wert. Wir haben unsere Bücher von hier, also ist es doch logisch, dass die Lösung irgendwo hier zu finden ist.«

»Ich habe eben den Absatz durchgelesen, bei dem es passiert ist. Ich hatte gehofft, dass die Schrift wieder zu leuchten anfängt«, erzähle ich. »Aber Fehlanzeige. War ja klar. Tja, hier stehen wir also jetzt und sind immer noch im falschen Körper. Keine Ahnung, was wir noch versuchen könnten.«

Sie trommelt mit den Fingern auf den Tisch, und ich muss grinsen beim Anblick meiner Nägel, die viel länger sind als früher und wunderschön lackiert. Nicht ein Kratzer im Lack. Sie mag aussehen wie ich, aber es ist eindeutig Naomi.

»Vielleicht liegen wir ja auch ganz falsch und das alles hat gar nichts mit dem Buch zu tun«, sagt sie nachdenklich. »Wahrscheinlich war es doch Atommüll.«

»Ja, vermutlich hattest du von Anfang an recht.« Ich denke an unser Aufeinandertreffen im Ritz zurück, als sie zum ersten Mal diese absurde Theorie aufstellte. Es fühlt sich an, als wäre seitdem eine Ewigkeit vergangen. »Was uns passiert ist, ist so was von verrückt. Kein Mensch würde uns das jemals glauben.«

»Na ja, vielleicht doch«, widerspricht sie schief grinsend. »Wir haben uns in letzter Zeit schon ein bisschen seltsam verhalten. Du musstest jedenfalls eindeutig öfter nachsitzen als sonst.«

»Vielen Dank dafür«, sage ich sarkastisch.

»Wieso? Du musstest ja schließlich nicht stundenlang in der Schule herumsitzen. Außerdem: Glaub ja nicht, ich hätte das Fiasko mit der Schlafmaske nicht mitbekommen.« Sie sieht mich mit hochgezogenen Augenbrauen an. »War das deine Vorstellung von einem ausgefallenen Accessoire, oder was?«

»Nein, sie hatte sich nur in meinen Haaren verheddert«, erkläre ich entschuldigend. »Es hieß, es wären keine Paparazzi da!«

»Es sind IMMER Paparazzi da.«

»Ist mir auch schon aufgefallen. Wie kommst du bloß mit diesem ständigen Druck zurecht?«

»Ich habe eben von klein auf gelernt, damit umzugehen. Mum hat mich immer beschützt und dafür gesorgt, dass ich gute Personenschützer um mich habe.« Sie hält inne. »Ich vermisse sie. Ich wünschte, ich könnte ihr von dieser ganzen Sache erzählen!«

»Warum tun wir das nicht?«, frage ich plötzlich. »Warum gehen wir nicht beide zu deiner Mutter? Oder zu meinen Eltern? Wenn wir zusammen hingehen und ihnen das mit den getauschten Körpern erzählen, *müssen* sie doch erkennen, dass wir die Wahrheit sagen!«

Sie runzelt die Stirn und denkt über meinen Vorschlag nach. »Und was dann?«

»Wie meinst du das?«

»Selbst wenn sie uns glauben, was dann? Ich lebe mein eigentliches Leben weiter, sehe aber weiterhin aus wie du? Und du führst dein früheres Leben weiter, siehst aber aus wie Naomi Starr?« Sie schüttelt den Kopf. »Nein, das würde nicht funktionieren. »Nur, wenn die ganze Welt uns unsere Geschichte abnehmen würde, könnten wir wieder zu unseren eigentlichen Leben zurückkehren.«

Sie hat recht. Sobald sie es ausgesprochen hat, wird mir das klar.

»Wir … wir machen also einfach weiter wie bisher?«

»Ich denke, es bleibt uns wohl nichts anderes übrig.«

Wir sitzen eine Weile schweigend da, dann steht sie auf und ich folge ihr. Deprimiert gehen wir zurück durch die Bibliothek und nähern uns Roses Ausleihtresen.

»Danke, dass du meine Popstarkarriere am Laufen hältst«, sagt Naomi. »Das hätten nicht viele Mädchen geschafft, aber du scheinst damit überhaupt keine Schwierigkeiten zu haben.«

»Ich habe sogar große Schwierigkeiten. Zum Beispiel mit den hohen Schuhen und den ständigen Outfitwechseln«, versichere ich ihr. »Deine Stylistin musste mir schon oft aus der Klemme helfen, wenn ich nicht mehr aus den zwar echt schönen, aber manchmal auch ein bisschen schrägen Kleidern herausgefunden habe, in die sie mich gesteckt hat. Nach meinem Auftritt in Birmingham gestern Abend sollte ich noch zu einer Preisverleihung, und für diesen Anlass hat sie ein unglaublich tolles Abendkleid ausgesucht. Ich zog es über den Kopf und war völlig verwirrt wegen der vielen Rüschen. Ich dachte, ich muss da drinnen übernachten!«

Sie kichert. »Ich vermisse die Kleider! Aber es war auch ganz angenehm, mir mal zwei Wochen keine Gedanken darüber machen zu müssen, wie ich aussehe. Hat sich fast angefühlt wie Urlaub.«

»Du hast es also nicht mal versucht? Wenn du schon als Ruby herumläufst, hättest du doch wenigstens ein paar Stylingpunkte für mich sammeln können! Du wurdest schließlich zur Jugend-Fashionikone des Jahres gewählt! Das weiß ich so genau, weil ich erst neulich die Auszeichnung für dich entgegengenommen habe.«

»Hey, du solltest mir lieber dankbar dafür sein, dass du wegen mir nicht von der Schule fliegst«, sagt sie so stolz, als wäre das eine Riesenleistung. »Auch wenn es ein paarmal ziemlich knapp war. Deine Akte ist jetzt jedenfalls deutlich dicker. Wusstest du, dass es im Sportunterricht verboten ist, anderen Schülern ein Bein zu stellen? So viel zum Thema Wettbewerbsgeist.«

»O Mann«, stöhne ich. »Da habe ich es jahrelang geschafft, unbemerkt die Schullaufbahn zu absolvieren, und jetzt das!«

»Wieso, was ist denn so falsch daran aufzufallen?«, fragt sie mich und scheint ehrlich an meiner Antwort interessiert zu sein.

Rose räuspert sich, als wir näherkommen. »Möchtest du das Buch verlängern, Ruby? Und äh … Naomi, ich weiß nicht, ob du dich noch erinnerst, aber du hast auch ein Exemplar mitgenommen. Ich muss zugeben, dass ich nicht damit gerechnet hätte, dich jemals wiederzusehen. Ich bin davon ausgegangen, das Buch für immer abschreiben zu müssen.«

»Ja, tut mir leid, dass ich es Ruby so unhöflich aus der Hand gerissen habe«, sage ich demonstrativ, während Naomi genervt die Augen verdreht. »Ihre Bibliothek ist ein wunderbarer Ort der Ruhe und Phantasie, das respektiere ich total.«

Naomi tut so, als müsste sie würgen. Rose sieht mich verwirrt an.

»Außerdem«, fahre ich fort, um Naomi für ihr Augenverdrehen und ihr Würgen zu bestrafen, aber auch, weil es echt Spaß macht, ausnahmsweise mal in der Machtposition zu sein, »würde ich dieser wertvollen Bildungsstätte gern eine Geldspende zukommen lassen. Das ist das Mindeste, was ich nach meinem schrecklichen Verhalten tun kann.«

»Wie großzügig von dir!«, sagt Rose erfreut.

»Ja. Wie großzügig von dir«, stößt Naomi zwischen zusammengebissenen Zähnen hervor.

»Gern geschehen. Vielleicht schreibe ich sogar einen Song über diesen Ort«, füge ich mit träumerischer Stimme hinzu.

»Und ich gebe Daisy vielleicht demnächst dem Tierheim zurück, aus dem ich sie geholt habe«, verkündet Naomi. »Sie war in letzter Zeit wirklich sehr ungehorsam.«

»**WAS? Wehe, du …**« Ich unterbreche mich mühsam, während Naomi mich triumphierend angrinst. Nachdem ich die angespannte Situation mit einem Husten überspielt habe, murmele ich: »Wie auch immer. Ja, ich möchte das Buch gern verlängern.«

»Ich auch«, sagt Naomi.

»Ah, okay. Bei dir ist das kein Problem, Ruby«, erklärt Rose und tippt etwas in ihren Computer. Dann blickt sie zu mir auf. »Aber du, Naomi, musst dich erst als Benutzerin registrieren, bevor du ein Buch ausleihen kannst. Da du dich ja so großzügig zu einer Spende bereiterklärt hast, macht es dir bestimmt auch nichts aus, das entsprechende Formular auszufüllen.«

»Kein Problem«, sage ich fröhlich, nehme das Formular entgegen, das sie mir hinschiebt, und zücke meinen Kugelschreiber. »Wie cool, Benutzerin einer so tollen Bibliothek zu werden!«

»Ja, wie cool, sämtliche persönlichen Daten an die Öffentlichkeit herauszugeben«, knurrt Naomi sarkastisch. »Machen ja alle berühmten Popstars so.«

Bei der Zeile, in der die Telefonnummer eingetragen wird, halte ich zögernd inne. Vielleicht hat Naomi ja recht.

»Wäre es nicht möglich«, fragt Naomi Rose mit einem liebenswürdigen Lächeln, »dass Sie Naomi ausnahmsweise auch ohne all diese Informationen als Benutzerin aufnehmen? Zumal sie so … großzügig an die Bibliothek spendet? Sie könnten doch *meine* Kontaktdaten unter ihrem Namen abspeichern.«

»Natürlich. Ich habe vollstes Verständnis.« Rose tippt auf ihrer Tastatur herum. »So, alles erledigt. Du kannst das Buch jetzt ausleihen, Naomi. Aber bring es nicht zu spät zurück!« Sie droht mir lachend mit dem Finger. »Nicht, dass ich Ruby wegen dir zu einer Nachzahlung verdonnern muss. Also, ihr zwei. Viel Spaß mit den Büchern!«

»Das mit Daisy war ein Witz, oder?«, frage ich, sobald wir aus der Tür sind. »Bitte sag mir, dass das ein Witz war.«

»Ja, das war ein Witz«, bestätigt sie und wirft einen Blick auf mein Handy. »Wenn man sich mal an ihren stinkenden Atem und ihr zotteliges Fell gewöhnt hat, ist sie eigentlich ganz süß. Aber jetzt muss ich los. In einer Minute kommt ein Bus, den muss ich erwischen, sonst komme ich zu spät.«

»Wohin zu spät? Es ist doch Freitag. Oh! Läuft heute Abend eine Tierdoku, die ihr euch anschauen wollt?«

»Da ist dein Wagen«, sagt sie und weist mit dem Kinn auf die ein Stück entfernt wartende Limousine. »Was ist bei dir heute Abend geplant?«

»Eine Party. Ich weiß nicht mehr, ob es meine eigene war oder die von jemand anders«, antworte ich und beobachte, wie die Limousine losfährt und neben uns hält. »Nur, dass wir angeblich unbedingt hinmüssen. Bis bald! Schreib mir!«

Einer der Bodyguards ist aus dem Wagen gesprungen und hält mir die Tür auf. Bevor ich einsteige, will Naomi mir noch etwas sagen.

Sie nimmt mich beim Arm und zieht mich außer Hörweite.

»Ich weiß, wir wollen beide wieder zurücktauschen, aber ich bin trotzdem froh, dass uns das passiert ist. Diese Erfahrung hat mir echt die Augen geöffnet. Deine Welt ist auch ziemlich cool, wenn auch auf ihre ganze andere Art.«

»Danke!« Ich lächle sie an. »Deine auch.«

Sie reckt den Hals und blickt über meine Schulter. »Da kommt der Bus, ich muss los. Bis bald, Ruby.«

Sie rennt über die Straße, um rechtzeitig zur Haltestelle zu kommen. Erst als ich in der Limousine sitze und wir losgefahren sind, fällt mir auf, dass sie auf der falschen Straßenseite eingestiegen ist.

Warum sollte sie um diese Zeit wieder zurück zur Schule fahren?

KAPITEL SECHSUNDZWANZIG

NAOMI

(ALS RUBY)

»Da bist du endlich!«

Beth stürzt sich auf mich, sobald ich den Vorbereitungsraum betrete, der eigentlich nur ein ganz normales Klassenzimmer ist, das Mrs. Jennings für ihre »Künstler« zur Vorbereitung auf den Wettbewerb reserviert hat.

»Dann können wir ja jetzt unsere Gruppenumarmung machen«, sagt Beth und legt mir einen Arm um die Schulter. »Starr-Truppe, alle mal herkommen!«

»Ihr habt extra auf mich gewartet? Danke!«

»Was denn sonst?« Sie schüttelt den Kopf, als hätte ich gerade etwas Dummes gesagt.

Ich wünschte, ich könnte ihr erzählen, dass ich schon unzählige Male vor Tausenden von Leuten aufgetreten bin, ohne dass mich jemals jemand zur Gruppenumarmung vor dem Konzert eingeladen hätte. Dafür kann ich meinen Tänzerinnen und Crewmitgliedern eigentlich keinen Vorwurf machen. Ich habe mir ja nicht mal die Mühe gemacht, sie nach ihren Namen zu fragen.

»Ruby, möchtest du vielleicht was sagen?«, fragt mich Beth, während sich unser Team versammelt und einen Kreis mit verschränkten Armen bildet.

»Ja, möchte ich.« Ich räuspere mich. »Selbst wenn mein Auftritt eine Katastrophe wird, wenn ich der Nase lang hinfalle oder den Text vergesse oder die Tanzschritte – mit euch allen zusammengearbeitet zu haben, war es auf jeden Fall wert. Ich hatte so eine tolle Zeit! In meinem bisherigen Leben hatte ich oft das Gefühl, unbeteiligt am Rand zu stehen. Diese Woche war das anders. Ich danke euch so sehr dafür, dass ich Teil eures Teams sein durfte!«

»Wie süß.« Beth grinst. »Aber versuch bitte trotzdem, *nicht* hinzufallen oder den Text und die Tanzschritte zu vergessen, ja? Lasst uns diesen Wettbewerb rocken!«

Alle lachen, und wir lösen uns voneinander, um uns gegenseitig abzuklatschen. Dann kommt Mrs. Jennings in den Vorbereitungsraum und ruft Alis Namen auf. Sie ist zuerst dran.

»Hey, Ali«, sage ich, als sie zur Tür geht. »Viel Glück!«

Sie bleibt stehen, und für einen Moment denke ich, dass sie sich umdreht und bei mir bedankt. Doch dann besinnt sie sich eines Besseren, reckt das Kinn in die Luft und stolziert aus dem Raum.

»Schaust du nicht zu?«, fragt Beth, als ich mich auf einen Stuhl im Klassenzimmer setze. »Wir stellen uns seitlich an die Bühne und beobachten die Konkurrenz.«

»Ich komme gleich nach. Ich muss mich noch mental vorbereiten.«

Nachdem mein Team und die anderen Finalteilnehmer aus dem Raum gegangen sind, atme ich tief durch, schüttle die Hände aus und versuche die Schmetterlinge auszublenden, die in meinem Bauch herumflattern. Wie schön wäre es jetzt, wenn Mum hier wäre und mich aufbauen und motivieren würde! Wenn ich vor einem großen Konzert am Bühnenrand stehe, das Mikrophon in der Hand halte und den Sprechchören der Fans lausche, kommt sie sonst immer und leistet mir Beistand.

»Du schaffst das!«, sagt sie dann und drückt meine Hand. »Denk immer daran: Du tust, was dir am meisten Spaß macht.«

Ich wünschte, ich könnte ihr sagen, wie sehr ich ihre Worte zu schätzen weiß. Ich habe mich noch nie bei ihr dafür bedankt.

Ich ziehe *Entdecke dein Leuchten* aus dem Rucksack. Mum ist zwar nicht hier, aber in diesem Buch stehen auch ein paar gute Ratschläge, mit denen ich meine Nerven beruhigen kann. Meine Hände sind schweißnass, so dass ich das Buch beim Herausziehen fallenlasse. Es landet auf dem Boden.

Ich hebe es auf, und als ich es schwungvoll auf meinen Schoß lege, öffnet es sich auf einer vertrauten Seite:

Um etwas über sich selbst zu erfahren, braucht man manchmal eine andere Perspektive. Schlüpf in die Haut einer fremden Person, tritt in ihre Fußstapfen, sieh die Dinge durch ihre Augen.
Entdecke dein Leuchten.

»Glaub mir mal«, sage ich laut. »Den Tipp kenne ich schon.«

Zuerst meine ich, es mir nur einzubilden, doch dann wird es deutlicher und heller. *Das Buch leuchtet.*

O MEIN GOTT, DAS BUCH LEUCHTET! **DAS BUCH LEUCHTET!**

»Nein, warte mal, nicht jetzt! Ruby muss jeden Moment auf die …«

WUUUSSSSSSSCCCHHH!

KAPITEL SIEBENUNDZWANZIG

RUBY

(ALS NAOMI)

Ich ziehe mich an einen leeren Tisch in einer Ecke zurück, damit ich auf der Party einen Moment für mich allein sein kann.

Sam hat mich darüber informiert, dass ich mich auf der Album-Release-Party einer Singer/Songwriterin befinde, die ich angeblich nicht besonders mag.

»Warum bin ich dann hier?«, fragte ich Sam leise, nachdem ich die Gastgeberin mit zwei Luftküssen begrüßt und mich anschließend unters Partyvolk gemischt hatte.

»Weil Sie meinten, es sei eine dieser Veranstaltungen, auf denen man sich unbedingt blicken lassen müsste«, erklärte er und sah auf meinem Terminkalender nach, wo wir anschließend erwartet wurden. »Ihre Mutter und Martin müssten auch irgendwo hier sein.«

Als wir die beiden nicht fanden, verschwand Sam, um mir eine Holunderlimonade zu holen – die Kellner servierten nur Granatapfellimonade, was, so meinte er, nicht meinen Wünschen entspräche. Währenddessen suchte ich den Raum nach einem abgeschiedenen Plätzchen ab und fand den leeren Tisch.

Ich setze mich, und nachdem ich eine Weile die Partygäste beobachtet und mich gefragt habe, wie diese Leute es schaffen, so unglaublich glamourös zu wirken, ziehe ich *Entdecke dein Leuchten* aus meiner Handtasche. Lieber lese ich, als mich weiter hier zu langweilen. Als ich das Buch achtlos auf den Tisch legen will, fällt es mir herunter, und ich beeile mich, es vom Boden aufzuheben, bevor die Seiten Knicke bekommen.

Als ich es auf den Schoß lege, öffnet es sich auf einer Seite, die ich mittlerweile auswendig kann:

> Um etwas über sich selbst zu erfahren, braucht man manchmal eine andere Perspektive. Schlüpf in die Haut einer fremden Person, tritt in ihre Fußstapfen, sieh die Dinge durch ihre Augen.
> Entdecke dein Leuchten.

»Glaub mir, liebes Buch«, murmele ich beim Lesen und lächle in mich hinein. »Diesen Ratschlag habe ich beherzigt.«

Moment mal … sehe ich da … sehe ich da etwa ein … LEUCHTEN? JA, DIE BUCHSTABEN LEUCHTEN!

ENDLICH!!

WUUUSSSSSSCCCHHH!

KAPITEL ACHTUNDZWANZIG

NAOMI

Jemand stupst meinen Arm an, und zwar ziemlich unsanft.

»Also wirklich, Naomi«, sagt eine Stimme in dem müden Tonfall, den ich so sehr vermisst habe. »Jetzt schläfst du schon mitten auf einer Party ein! Noch dazu mit offenem Mund!«

Es hat geklappt! *Es hat geklappt!*

Ich bin wieder zurück!

»MUM!«, kreische ich und blinzle heftig, bis sich meine Umgebung scharfstellt und ich sie klar und deutlich vor mir sehe. Sie blickt mich stirnrunzelnd an.

Ich springe auf und schlinge die Arme um sie, umarme sie so fest und mit so viel Schwung, dass sie nach hinten taumelt.

»Hallo, Mum«, sage ich, während mir die Tränen übers Gesicht strömen. Sie erwidert meine Umarmung. »Ich hab dich vermisst!«

»Was?« Sie lacht. »Wir haben uns doch erst vor zwei Stunden bei unserem Meeting mit den Parfumherstellern gesehen.«

»Ich weiß«, sage ich und löse mich von ihr, um zu ihr aufzublicken. »Aber es fühlt sich an wie Wochen.«

»Das hast du aber süß gesagt. Alles in Ordnung mit dir?« Mit einem besorgten Stirnrunzeln betrachtet sie mein Gesicht. »Warum weinst du? Was ist los?«

»Ich weine, weil ich glücklich bin! Weil ich bin! Ich bin doch ich, oder? Ich bin Naomi Starr? HAT HIER DRINNEN JEMAND EINEN SPIEGEL?«

Mum greift in die Handtasche und gibt mir ihren Schminkspiegel. Ich klappe ihn auf und stoße einen Freudenschrei aus, als ich mein Spiegelbild erblicke. Jauchzend tanze ich auf der Stelle.

»Ich bin ICH! Es stimmt! Ich bin ich! Juchhuuuu!«, singe ich und tanze spontan eine kleine Tanzchoreographie um den Tisch herum.

Mum starrt mich an, die Augen groß wie Untertassen.

»Ja, du bist du«, sagt sie verwirrt. »Und es geht dir gut.«

»Ich bin so glücklich, ich selbst zu sein! Ach, SIMON! Nein … warten Sie … SAM! Da sind Sie ja, Sam!«, rufe ich, packe ihn bei der Hand und hüpfe auf der Stelle. »Sie heißen Sam, nicht Simon! Natürlich heißen Sie Sam! Sie sehen aus wie ein Sam! Nie wieder werde ich Sie beim falschen Namen nennen, ich weiß Sie und die Arbeit, die Sie für mich leisten, nämlich sehr zu schätzen. Es ist so schön, Sie zu sehen!«

»Es ist auch schön, Sie zu sehen«, gibt er zurück und wirkt ein wenig verängstigt von meiner Begeisterung. »Ich habe Ihnen Ihre Holunderlimonade mitgebracht.«

»Mein Lieblingsgetränk! Sie sind der **Beste!**«

»Was ist los?«, fragt Martin, der plötzlich hinter Mum auftaucht. »Es ist ganz schön laut hier drüben.«

»MARTIN! O MEIN GOTT, LEUTE, MARTIN IST DA!« Ich klatsche laut in die Hände, woraufhin alle erschrocken zusammenzucken. »Martin, ich habe Sie und Ihre schreckliche Stimme vermisst!«

»Wie bitte?«

»Martin, es gibt SO viel, worüber wir reden müssen! Zuallererst möchte ich Ihnen sagen, wie riesig ich mich darauf freue, wieder mit Ihnen zu proben! Wir werden unsere Auftritte noch besser und spektakulärer machen, und ich versichere Ihnen schon jetzt, dass ich mit vollem Einsatz dabei sein werde. Ich werde immer pünktlich sein und härter arbeiten als jemals zuvor. Sie, mein Freund, sind ein absolut genialer Choreograph. Das sage ich nicht oft genug.«

Martins Gesicht hellt sich auf. Ich habe ihn noch nie so zufrieden gesehen. »Danke, Naomi. Das bedeutet mir viel.«

»Nein, ich danke **Ihnen!** Ich danke euch allen, meinem ganzen wunderbaren Team!« Ich drehe mich wieder zu Mum um und umarme sie erneut. »Ich bin so froh, wieder zu Hause zu sein!«

»Du bist nicht zu Hause, Schatz, wir sind auf einer Party«, sagt sie und sieht sich nervös um. Die anderen Partygäste starren schon zu uns herüber. »Bist du sicher, dass mit dir alles in Ordnung ist?«

»Mum, alles ist super und genauso, wie es sein soll, und … warte mal, wie viel Uhr ist es?«

Ich sehe mich nach einer Handtasche um und entdecke schließlich eine meiner Designertaschen neben dem Stuhl. Diese Ruby, stellt einfach meine teuren Handtaschen auf den Boden! Sie muss wirklich noch viel lernen.

Ich wühle in der Tasche herum und ziehe schließlich triumphierend mein Handy hervor. »Hallo, Handy! Mein wunderschönes, kostbares Handy!« Ich drücke es zärtlich an meine Wange. »Ich habe dich vermisst!«

Mum und Martin tauschen Blicke aus.

Ich sollte mich vielleicht ein bisschen zurücknehmen.

»Alis Medley müsste jeden Moment vorbei sein! WIR MÜSSEN LOS!«, rufe ich und greife zuerst nach meiner Handtasche und dann nach Mums Hand, um sie quer durch die Party Richtung Tür zu ziehen.

»Warte, Naomi! Du renkst mir den Arm aus!«, protestiert Mum und schnappt nach Luft. »Was ist los, wo willst du hin?«

»Eine Freundin braucht mich. Eine *echte* Freundin.«

»Wer?«

»Das erkläre ich dir ein anderes Mal.« Ich drehe mich zu Sam um, der wie immer an meiner Seite ist. »Wartet Kelly irgendwo mit dem Wagen?«

»Sie steht ein Stück die Straße hinunter«, antwortet er und tippt etwas in sein Mobiltelefon. »Ich sage ihr, sie soll direkt vor die Tür fahren.«

»Danke, Sam.«

»Naomi, kannst du mir bitte sagen, was dieses ganze Theater soll? Du benimmst dich wirklich eigenartig!«

»Das würdest du mir sowieso nicht glauben, wenn ich es dir erzählen würde, Mum.« Ich lache und fische als Vorbereitung auf die Paparazzi eine Sonnenbrille aus meiner Handtasche. »Drücken wir es einfach so aus: Ich hatte in letzter Zeit Gelegenheit, Einblicke in das Leben einer anderen Person zu bekommen, und mir ist dadurch vieles klar geworden. Zum Beispiel, wie viel Glück ich habe, dass du mich immer unterstützt und so viel Verständnis für mich hast. Und dass wir uns dringend zusammensetzen und einen Kompromiss in Sachen Terminplan finden müssen, weil wir neben all der harten Arbeit unbedingt auch freie Zeit für uns brauchen, und …«

Sie hebt die Hand, um mich vom Weiterreden abzuhalten. »Ich weiß. Darüber denke ich auch schon die ganze Zeit nach, seit du in Manchester auf das Thema zu sprechen gekommen bist. Wir sollten wirklich mehr Zeit als Familie zusammen verbringen. Du hast absolut recht.«

»Ja?«, frage ich, überrascht darüber, dass sie mir so problemlos zustimmt.

»Ja.« Sie lächelt und holt tief Luft. »Hör zu, mir ist natürlich nach wie vor wichtig, dass du Erfolg hast bei dem, was du tust, aber noch viel wichtiger ist mir, dass du glücklich bist. Ich hatte fast mein ganzes Leben lang panische Angst davor, dass meine Karriere den Bach runtergeht, wenn ich nicht hart genug arbeite. Und darüber habe ich ganz vergessen, dass du nicht ich bist, sondern deinen eigenen Weg gehst. Und ich habe so das Gefühl, dass dieser Weg nach oben führen wird, egal was auch passiert. Du bist der größte Star, den ich kenne.«

Ich strahle sie an. »Wow. Danke, Mum. Fairerweise muss ich dazusagen, dass ich von der Besten gelernt habe.«

Sie lacht, legt einen Arm um mich und zieht mich zu sich heran. »Dann lass uns morgen darüber reden, wie wir mindestens einmal pro Woche freie Zeit für uns einplanen können. Ich kann mich nicht mehr daran erinnern, wann ich das letzte

Mal ein Brettspiel gespielt habe, aber ich würde es gern wieder lernen.«

»Ihr Wagen ist da«, verkündet Sam, als einer meiner Personenschützer durch die Tür hereinkommt, um mich nach draußen zu eskortieren.

»Showtime!«, rufe ich und ziehe meine Sonnenbrille an. »Ich habe es VERMISST!«

Die Tür schwingt auf, und sobald ich nach draußen trete, beginnt das Blitzlichtgewitter der Fotografen, die auf beiden Seiten des abgesperrten roten Teppichs warten.

»**Hallo, London!**«, rufe ich und winke den Paparazzi zu. »Schön, wieder hier zu sein!«

Kelly steht neben der Limousine bereit, und ich kreische vor Begeisterung, als ich sie erblicke.

»Hi, Kelly! Vielen Dank, dass Sie den Wagen vor die Tür gebracht haben. Ich habe SO viele Busgeschichten zu erzählen!«, teile ich ihr mit und lache über ihren verdutzten Gesichtsausdruck, während ich hinten einsteige. Als Erstes hebe ich die Armstütze an, um nachzusehen, ob noch Mineralwasserflaschen da sind. »Oh, geliebter Wagen! Ich habe so ein Glück, dass ich dich und deinen praktischen Minikühlschrank habe! Mum, setz dich neben mich!«

»Wohin geht es denn, Miss Starr?«, fragt mich Kelly, nachdem Mum, Sam und der Bodyguard eingestiegen sind und ebenfalls im hinteren Teil der Limousine Platz genommen haben.

»Zur Hartfell-Schule, bitte. So schnell wie möglich.«

»Zu einer Schule? Was um alles in der Welt wollen wir in

einer Schule? Wer ist diese Freundin von dir?«, fragt mich Mum neugierig.

»Sie heißt Ruby und hat gleich einen Auftritt bei einem Talentwettbewerb.«

»Warte mal, sprichst du von diesem Mädchen, das letzte Woche in unseren Brunch im Ritz geplatzt ist? Das Mädchen, für das ich die Taxifahrt bezahlt habe?«

»Ja, genau. Aber nimm es ihr bitte nicht übel, sie war in dem Moment nicht sie selbst.«

»Dieser Talentwettbewerb steht aber nicht in Ihrem Terminplan«, merkt Sam ein wenig panisch an und scrollt durch sein heißgeliebtes Tablet.

»Das ist heute Abend ein außerplanmäßiger Programmpunkt, Sam. Es ist wichtig, dass wir bei diesem Wettbewerb im Publikum sind.«

»Aber *warum?*«

»Weil sie meine Freundin ist und mich braucht«, antworte ich bestimmt und tippe eine Textnachricht. »Ich möchte für sie da sein.«

»Dann sorgen wir auch dafür, dass du da bist«, sagt Mum und nickt Kelly zu. »Woher kennst du eigentlich diese Ruby?«

Ich blicke von meinem Handy auf und grinse sie an. »Das ist eine lange Geschichte.«

KAPITEL NEUNUNDZWANZIG

RUBY

Jemand schüttelt mich wach.

»Ruby? Ruby! Wach auf!«

Ich reibe mir verwirrt die Augen, und als ich sie öffne, steht Beth vor mir und starrt mich an.

»*Beth?*«, flüstere ich mit trockenem Mund. »BETH!«

Ich stoße einen lauten Schrei aus, springe auf und umarme sie, so fest ich kann.

»Das bist du! Das bist wirklich du! Und ich, bin ich? Bin ich ich?«

»Äh … Was redest du da, du Verrückte?«, fragt sie lachend und befreit sich aus meiner Umklammerung. »Hattest du einen Albtraum oder so was? Wie bist du überhaupt in so kurzer Zeit eingeschlafen?«

»Es ist so schön, dich zu sehen! Warte mal, ich brauche einen Spiegel! Hast du einen?«

»Klar. Moment.«

Sie geht zu ihrem Rucksack und zieht einen kleinen Taschenspiegel daraus hervor, um ihn mir vors Gesicht zu halten. Ich schreie, als ich mein Spiegelbild erblicke, und schlinge dann erneut fest die Arme um Beth, wobei ich aufgeregt auf und ab hüpfe.

»Was ist denn los?«, fragt sie mich kichernd.

»Ich bin einfach so froh, dich zu sehen«, sprudele ich hervor und löse mich von ihr, um sie anzusehen. »Du bist die beste und tollste Freundin der ganzen Welt, wusstest du das? Und ich habe solches Glück, dass es dich gibt! Danke, dass du immer für mich da bist.«

»Äh, gern geschehen.« Sie wirft mir einen seltsamen Blick zu. »Was ist denn der Auslöser für diesen Gefühlsausbruch? Liegt es am Lampenfieber? Flattern deine Nerven so kurz vor dem Auftritt?«

»Haha! Warum sollte ich Lampenfieber oder Nervenflattern haben? Ich bin **RUBY!** Ich bin ich!« Ich tanze aufgeregt durchs Klassenzimmer. »Unglaublich! Ich bin wieder zu Hause!«

»Du betrachtest die Schule als dein Zuhause?« Sie rümpft die Nase. »Ist das dein Ernst?«

»Warte mal.« Ich höre auf zu tanzen. »Warum sind wir überhaupt in der Schule? Ist es nicht Freitagabend?«

»Bist du jetzt vollkommen durchgedreht?« Beth stemmt die Hände in die Hüften. »Wir haben keine Zeit für Scherze, Ruby! Ali hat ihren Auftritt hinter sich, und der Junge mit der Zaubershow ist auch eben von der Bühne gekommen. Jetzt spielt gerade dieses Streichquartett, und danach sind wir dran. Also los, lass uns hinter die Bühne gehen.«

»Hinter die Bühne?«, wiederhole ich langsam und blicke erneut in den Spiegel, um mich zu vergewissern, dass ich wirklich wieder ich bin und nicht immer noch Naomi Starr. »Das ergibt doch gar keinen Sinn. Warum sollte ich hinter die Bühne gehen?«

»Um gleich für deinen Auftritt im Finale des Talentwettbewerbs vors Publikum zu treten.«

Moment mal. Hat sie gerade … *Finale des Talentwettbewerbs* gesagt?

»Ich muss schnell einen Blick auf mein Handy werfen«, stoße ich krächzend hervor und suche den Raum nach meinem Rucksack ab. Er klemmt unter einem Stuhl.

Mein Handy ist voll mit Nachrichten.

ES HAT FUNKTIONIERT! DAS BUCH HAT UNS ZURÜCKGEZAUBERT! ICH BIN WIEDER NAOMI! DU BIST WIEDER RUBY! WIR WURDEN ZURÜCKGETAUSCHT! JUCHHUUU!!

WIE VERRÜCKT IST DAS, BITTE?! Ich frage mich, warum es jetzt doch plötzlich geklappt hat …

Ach, übrigens: Du musst jeden Moment auf die Bühne, um beim Finale des Talentwettbewerbs aufzutreten. Hätte ich vielleicht früher erwähnen sollen …

»Ich soll beim Finale des Talentwettbewerbs auftreten?«, wiederhole ich voller Entsetzen, was Naomi geschrieben hat.

»So ist es! Sag es ruhig immer wieder vor dich hin, wenn du es nicht glauben kannst«, bestätigt Beth fröhlich. »Und jetzt lass uns hinter die Bühne gehen und auf deinen Auftritt vorbereiten!«

Bevor ich mein Gehirn dazu bringen kann, endlich zu begreifen, was hier vor sich geht, hat Beth schon meinen Arm gepackt und zieht mich aus dem Klassenzimmer. Während wir zum Bühneneingang der Aula eilen, breitet sich Panik in mir aus. Ich habe keine Ahnung, was ich machen soll. Ich kann doch nicht plötzlich als *Ruby* auf eine Bühne treten und singen und tanzen, als wäre ich Naomi! Würde ich selbst das überhaupt hinbekommen? Es ist alles VIEL zu überwältigend für mich!

Mein Handy vibriert in meiner Hand.

Du singst zwei meiner Songs, die wir zu einem Mash-up verschmolzen haben. Keine Angst, du merkst es, wenn der Text des zweiten Songs beginnt, weil die Musik sich schon vorher ändert. Die Songs sind *Attention Please* und *My Own Way.* Beide hast du letzte Woche bei Auftritten performt, daher weiß ich, DASS DU DAS KANNST! Die Choreographie ist genau die gleiche wie bei meinen Bühnenshows, nur dass du von einem Team aus Schülern deiner Schule begleitet wirst. Die sind super, orientiere dich einfach an ihnen.

Viel Glück!!

Ich bringe sie um!

Mein Handy vibriert erneut.

P.S. Ich hab deine ganze Familie eingeladen, sich deinen Auftritt anzusehen. Ich hoffe, es macht dir nichts aus.

JETZT BRINGE ICH SIE WIRKLICH UM!!

»Meine *Familie* ist hier!«, stoße ich keuchend hervor und habe auf einmal einen dicken Kloß im Hals.

»Ja, alle sind da. Ich hab sie vorhin gesehen, als ich durch den Vorhang ins Publikum gespäht habe«, teilt mir Beth aufgeregt mit. »Deine Eltern, deine Brüder und sogar Isabella. Alle sind so stolz auf dich! Roman und Reggie haben in der Mittagspause extra ein Transparent für dich gebastelt.«

»Sie haben ein … echt?«

»Ja. Sie sind allerdings künstlerisch nicht unbedingt die Begabtesten. Alles ist mit Glitzerpulver zugekleistert, und um den Spruch *Du schaffst das, Ruby!* haben sie jede Menge Strichmännchen herum gemalt. Ich glaube, die Strichmännchen sollen lächeln, aber irgendwie sehen ihre Gesichter total gruselig aus. Kindergekritzel eben. Trotzdem süß, dass sie sich so viel Mühe geben.«

»Ja, total«, stimme ich ihr zu und kann gar nicht glauben, dass meine Brüder das für mich gemacht haben.

»Okay«, sagt Beth und packt meine Schultern. »Ich muss

raus ins Publikum und Fotos für die Schulzeitung schießen. Die anderen warten hinter der Bühne auf dich.«

In der Aula brandet Applaus auf, als das Streichquartett seine Darbietung beendet. Beth umarmt mich noch einmal schnell und macht sich dann an ihrer Kamera zu schaffen.

»Mein Einsatz, ich muss los! Wir sehen uns hinterher!«

»A-aber …«

»Auf geht's, Starr-Truppe, holt euch den Sieg!«

Sie rennt den Flur entlang, verschwindet um eine Ecke und lässt mich allein vor dem Bühneneingang zurück. Mein ganzer Körper fühlt sich wie taub an, während in meinem Kopf die Gedanken durcheinanderwirbeln und ich mir ausmale, was alles passieren könnte, wenn ich wirklich gleich auf die Bühne gehe. Ich könnte VOR DER GANZEN SCHULE stolpern und hinfallen. Ich könnte falsch singen, meinen Text vergessen, den gesamten Auftritt vermasseln. Und diesmal könnte ich mich nicht hinter Naomi verstecken. Diesmal wäre ich es selbst – ich, Ruby.

»Ich glaube, ich kann das nicht«, flüstere ich in den leeren Flur hinein.

Mein Handy vibriert. Wieder ist es Naomi.

> Du flippst wahrscheinlich gerade völlig aus, aber wir wissen beide, dass deine Zeit gekommen ist. Du musst endlich aus dir selbst heraus leuchten. Du, als Ruby. Das ist doch genau das, was das Buch dir sagen wollte, oder?

Ich lese ihre Nachricht dreimal hintereinander. Ich wünschte, ich könnte es als Blödsinn abtun, aber das kann ich nicht. Denn obwohl mir schlecht vor Aufregung ist, kribbelt mein ganzer Körper bei der Vorstellung, wieder auf einer Bühne zu stehen und vor Publikum zu singen und zu tanzen.

Mir fällt ein, was Riley zu mir gesagt hat: dass ich so tun soll, als würde ich nur herumalbern, als würde ich in meinem Zimmer herumtanzen und das tun, was mir am meisten Spaß macht.

»Ah, Ruby, da bist du!«, sagt Mrs. Jennings, die von innen schwungvoll die Tür des Bühneneingangs öffnet. »Komm rein, du bist als Nächste dran. Ich gehe jetzt auf die Bühne und kündige dich an. Bist du bereit?«

Ich hole tief Luft.

»Ja.« Ich nicke entschlossen und folge ihr zur Bühne. »Ich bin bereit.«

Eine Handvoll Klassenkameraden wartet seitlich der Bühne auf mich, und als ich näherkomme, leuchten ihre Gesichter auf. Das muss mein Team sein. Ein Mädchen aus der Gruppe gibt mir ein Mikrophon und sagt, dass ich es erst einschalten soll, wenn wir auf der Bühne in Startposition stehen.

»Und wie war noch mal unsere Startposition?«, frage ich beiläufig.

»Hihi, der war gut«, flüstert sie.

Na ja, einen Versuch war es wert. Ich hoffe einfach, dass sich die Startposition von selbst ergibt.

Die Zuschauer fangen an zu klatschen und zu jubeln, als mich Mrs. Jennings als nächste Wettbewerbskandidatin ankündigt, uns Glück wünscht und dann auf ihren Platz geht. Die Scheinwerfer erlöschen, und wir betreten die Bühne. Mir fällt ein, dass Naomi geschrieben hat, der erste Song des Mashups sei *Attention Please*, daher stelle ich mich in die Mitte der Bühne, senke den Kopf, schalte das Mikro ein und halte es in der Hand, genau wie Naomi, wenn sie diesen Song performt.

Die Tänzerinnen nehmen hinter mir ihre Positionen ein und sagen nichts, also habe ich es offenbar richtig gemacht. Puh.

Die Zuschauer verstummen. Ein einzelner Scheinwerfer leuchtet auf uns herab.

Das Intro des Songs erklingt. Ich hebe den Kopf, halte das Mikro vor den Mund und fange an zu singen, während ich gleichzeitig die ersten Schritte der Choreographie tanze.

Ich dachte eigentlich, nichts könnte das Gefühl toppen, Naomi Starr zu sein und vor Tausenden Fans aufzutreten. Aber ich habe mich geirrt. Ich tanze über die Bühne, singe zwei meiner Lieblingssongs und sehe, wie das Publikum vor Begeisterung aufsteht und anfängt mitzuklatschen und zu tanzen. Mich überkommt ein Glücksgefühl, wie ich es noch nie zuvor gespürt habe. Ich vergesse, dass mir alle zuschauen, vergesse vollkommen, aufgeregt zu sein und mir Sorgen zu machen, was die Leute über mich denken.

Ich tue einfach, was mir am meisten Spaß macht.

Am Ende des Songs angekommen verharre ich in der finalen Pose der Choreographie: einem Boxhieb in die Luft mit zurückgelegtem Kopf. Die Aula explodiert förmlich. Die Reaktion der Zuschauer ist überwältigend: Alle klatschen und jubeln wie verrückt, wir bekommen begeisterte Standing Ovations. Benommen stehe ich da, während sich die anderen Tänzerinnen auf mich stürzen, um aufgeregt auf- und abzuhüpfen und zu singen: »Wir haben es geschafft! Wir haben es geschafft!«

Dann nehmen wir uns alle bei den Händen, reihen uns in der Mitte der Bühne auf und verbeugen uns.

Die Beleuchtung über dem Publikum ist angegangen, und ich entdecke meine Familie, die den Großteil der ersten Reihe einnimmt. Mum und Dad weinen Freudentränen, Isabella wirft mir Handküsse zu und die Jungs flippen völlig aus und grölen: **»RUBY MUSS GEWINNEN! RUBY MUSS GEWINNEN!«**

Wir verbeugen uns zum zweiten Mal, und ich lächle Beth zu, die im Publikum steht und Fotos schießt. Sie lässt ihre Kamera für einen Moment sinken, um mir zuzugrinsen.

Kurz bevor wir – vom immer noch tosenden Applaus begleitet – von der Bühne gehen, sehe ich jemanden ganz hinten in der Aula stehen, halb verborgen im Schatten. Sie trägt eine Designerbrille und steht neben einer großgewachsenen Frau, die ein Handy am Ohr hat, einem Mann, der unermüdlich etwas in sein Tablet tippt, und einem streng aussehenden Bodyguard, der ins Mikro seines Headsets spricht.

Als sie meinen Blick auffängt, nickt sie mir kaum merklich zu, bevor sie ihrem Bodyguard flüsternd eine Anweisung gibt.

Er öffnet die Aulatür hinter ihr, und schon ist sie wieder verschwunden, einfach so.

EPILOG

NAOMI

Eine Woche später

Ich entdecke sie auf einer Bank hinter der Bibliothek.

Sie hält Daisy an der Leine, die sich mit aller Kraft dagegenstemmt, um einer Taube hinterherzujagen. Ich lache in mich hinein, während ich auf die beiden zugehe, und genieße die Freiheit ohne Bodyguards oder Paparazzi.

»Hi«, sage ich und setze mich neben sie auf die Bank.

»Hallo!«, antwortet sie und strahlt mich an. »Du hast es hergeschafft!«

Daisy springt an mir hoch, und ich muss lachen, als sie mir mit ihrer Zunge mein Gesicht ableckt, während Ruby sie verzweifelt zurückzuhalten versucht.

»Ich hab dich vermisst, du großes, zotteliges Stinktier«, sage ich und kraule Daisy ausgiebig hinter den Ohren. »Glaubst du, sie erkennt mich überhaupt? Oder begrüßt sie alle Leute so?«

»Sie weiß bestimmt genau, wer du bist«, antwortet Ruby

und zieht einen Hundekeks aus der Tasche, damit Daisy wieder von mir ablässt. »Hunde spüren alles Mögliche, was wir Menschen nicht merken.«

Sie versucht, Daisy Sitz machen zu lassen, bevor sie ihr den Keks gibt, aber die Hündin schnappt ihr den Leckerbissen einfach aus der Hand und kaut fröhlich darauf herum.

»Wie bist du hergekommen, ohne dass die Paparazzi dich gefunden haben?«, fragt sie und hält Daisys Leine fester, weil die sich wieder der Taube zuwendet.

»Ich habe getwittert, ich sei auf dem Weg zum Shoppen in Westfield, und habe Kelly gebeten, mit meinem Wagen dorthin und wieder zurückzufahren. Hoffentlich lässt sich die Pressemeute dadurch irreführen.«

»Geschickt eingefädelt.« Sie lehnt sich auf der Bank zurück. »Du hast das Buch also zurückgebracht?«

»Ja. Du auch?«

Sie nickt. »Es hat sich komisch angefühlt. So als wäre gar nichts Besonderes passiert und als wäre es nur ein ganz normales Buch.«

»Ich weiß, was du meinst. Als du vorgeschlagen hast, dass wir es heute zurückgeben, wollte sich ein Teil von mir für immer an das Buch klammern und es nie wieder hergeben«, gebe ich zu. »Ich glaube, ich wäre sogar ungeschoren damit davongekommen. Die Bibliothekarin war total überrascht, dass ich es zurückgegeben habe. Keine Ahnung, warum. Dank dir bin ich doch jetzt offizielle Bibliotheksbenutzerin und habe dem Laden hier eine Menge Kohle versprochen.«

»Ist doch für einen guten Zweck.« Sie lacht. »Ich habe Rose

noch nie so glücklich gesehen wie in dem Moment, als ich dich zu der Spende genötigt habe.«

»Tja, die Bibliothek ist auf jeden Fall ein wichtiger Ort für mich geworden. Meinst du, Rose ahnt, zu was diese Bücher in der Lage sind? Glaubst du, sie weiß von … von deren Magie?«

»Nein, ich glaube nicht. Als ich vorhin eine Anspielung gemacht habe, hat sie überhaupt nicht reagiert. Sie hat nur erzählt, dass ihr das Buch total geholfen hätte, als sie einmal auf einer Tagung einen Vortrag halten sollte und Angst hatte, vor Publikum zu sprechen. Ich glaube, sie hat keine Ahnung, wie besonders die Bücher sind.«

»Und das ist wahrscheinlich auch gut so.«

»Ich denke auch.«

Daisy kratzt mit ihrer Pfote an Rubys Bein und bekommt prompt noch einen Hundekeks. Sie verschlingt ihn gierig, wobei sie die Taube keine Sekunde aus den Augen lässt.

»Na?«, frage ich und stupse Ruby mit dem Ellbogen an. »Wie ist das Leben so seit deinem Sieg beim Talentwettbewerb? Wirst du jetzt auf dem Schulflur von Fans belagert?«

Sie bricht in Gelächter aus. »Nicht wirklich, nein. Aber ich fühle mich nicht mehr so unsichtbar, was manchmal ein bisschen beängstigend ist. Aber auch gut. Am Tag nach dem Wettbewerb haben Mum und Dad mich gefragt, ob ich in den Sommerferien einen Musik-Workshop besuchen will. Sie haben einige für mich rausgesucht und wollen, dass ich mich bei allen bewerbe. Sie unterstützen mich auch sonst, wo sie nur können. Ich weiß echt nicht, warum ich ihnen nicht früher erzählt habe, dass ich gerne singe und tanze.«

»Ruby, das hört sich super an! Du musst dich auf jeden Fall bei den Workshops bewerben! Und hey: Sag mir doch, welcher dich am meisten interessiert, dann lege ich ein gutes Wort für dich ein – falls du willst.«

»Danke, aber ich komme schon klar. Ich will das allein durchziehen, und ich denke, ich schaffe das auch.«

»Natürlich schaffst du das!« Ich rücke die Sonnenbrille zurecht. »Und wie geht es meiner Freundin Ali Carlton? Als du mir geschrieben hast, du hättest den Wettbewerb gewonnen, habe ich mich sofort gefragt, wie sie die Niederlage wohl verkraftet hat.«

»Ganz gut, glaube ich«, antwortet Ruby mit einem vielsagenden Grinsen. »Nach dem Wettbewerb hat John nämlich angekündigt, dass er alle Finalistinnen und Finalisten für die Schulzeitung porträtieren würde, und das war ihr plötzlich viel wichtiger. Sie hat mir sogar zu meinem Auftritt gratuliert und mich zu einer Party am nächsten Tag eingeladen.«

»Nicht dein Ernst! Bist du hingegangen?«

Sie schüttelt den Kopf. »Ich habe beschlossen, dass ich tausendmal lieber zu Hause bleibe und mit Beth eine Doku über Eisbären gucke. Wir haben uns mit Eis vollgestopft, und ich habe mich kringelig gelacht über ihre Lehrerimitationen. Sie kann das so genial.«

»Kann sie wirklich.«

Daisy wird das Taubenbeobachten langweilig. Sie trottet zu mir herüber, setzt sich vor mich und legt ihren Kopf in meinen Schoß.

»Im Internet habe ich Gerüchte gelesen, dass du ein Zusatzkonzert in London gibst. Falls zufällig noch Tickets übrig sind, könntest du mir vielleicht Bescheid geben?«, sagt Ruby hoffnungsvoll.

»Hm, aber nur ganz vielleicht«, antworte ich und tue so, als müsste ich darüber erst noch nachdenken. »Das Konzert ist in einem Monat, und wir stellen eine komplett neue Show auf die Beine. Martin und ich arbeiten seit einer Woche daran, unsere gemeinsame Vision in die Tat umzusetzen.«

Sie sieht mich überrascht an. »Eure *gemeinsame* Vision?«

»Ja. Ich zeige ihm, dass ich mit vollem Einsatz dabei bin, und allmählich zahlt es sich aus. Er bindet mich jetzt viel mehr in den kreativen Entstehungsprozess ein. Ich glaube, er hat mir verziehen, dass ich manchmal die Proben geschwänzt und … ähem … behauptet habe, ich wäre allergisch gegen sein Parfum.«

Sie verzieht das Gesicht. »Äh, tja, sorry noch mal. Wie geht es deiner Mutter? Und Sam?«

»Sam ist im Urlaub. Ich dachte, er könnte mal eine Auszeit gebrauchen.« Ich greife in meine Tasche, ziehe eine Flasche Wasser heraus und trinke einen Schluck. »Mum geht es gut. Wir haben uns über meinen übervollen Terminplan unterhalten und einen Kompromiss gefunden, der für uns beide okay ist. Ich habe mir dafür übrigens deine Familie als Vorbild genommen.«

»Echt?« Sie wirkt überrascht. »Inwiefern?«

»Als Mum und ich Anfang der Woche ein bisschen Zeit für uns hatten, haben wir Monopoly gespielt. Es war so schön, weil sie sich endlich auch mal entspannen konnte! Ich habe auch Martin, Kelly, meinen Koch und unsere gesamte Tanzcrew zu dem Spieleabend eingeladen. Die Sache lief ziemlich aus dem Ruder. Wir mussten feststellen, dass mein Koch nach Strich und Faden schummelt und Martin eine echte Diva sein kann.«

Ruby wirft den Kopf zurück und lacht. »Das ist ja der Hammer!«

»Aber meine wichtigste Neuigkeit ist, dass ich ein Stipendium ins Leben rufen werde – das Starr-Stipendium«, platzt es jetzt aus mir heraus, denn ich kann es unmöglich noch länger vor ihr geheim halten. »Die Idee stammt von mir, und Mum hat sich schon mit verschiedenen Leuten getroffen, um sie in die Tat umzusetzen. Es soll ein Vollstipendium an einer großen Londoner Hochschule für Darstellende Künste sein, das an ein herausragendes musikalisches Talent vergeben wird. Ich will anderen die Möglichkeit geben, die Welt so zu erleben, wie ich das tue. Was meinst du? Wie findest du die Idee?«

»Naomi, die Idee ist der **WAHNSINN!**«, ruft Ruby und strahlt mich an.

»Oh, cool. Ich habe nämlich zu Mum gesagt, dass ich die Idee erst mit dir absprechen muss.«

Sie runzelt verwundert die Stirn. »Warum solltest du die Idee zuerst mit mir absprechen?«

»Weil man es doch mit seinen Freunden teilt, wenn große Dinge in seinem Leben passieren, oder?«

»Stimmt.«

Wir sitzen eine Weile schweigend da und beobachten die Tauben. Ich kraule zufrieden Daisys Kopf.

»Hey«, durchbricht Ruby plötzlich die Stille. »Willst du am Samstag vielleicht zum Übernachten zu mir kommen, falls du noch nichts anderes vorhast? Beth kommt auch, und es wäre doch schön, wenn du sie noch mal richtig kennenlernen würdest – als du selbst, meine ich. Kann sein, dass sie einen Herzinfarkt bekommt, wenn du plötzlich vor der Tür stehst, aber daran bist du ja wahrscheinlich gewöhnt.«

Ich blinzle sie überrascht an. »Ernsthaft? Du lädst mich zu einer Übernachtungsparty bei dir ein?«

»Klar. Ich weiß, du bist berühmt und so, aber das ist eine MEGA-exklusive Einladung. Nur allerbeste Freundinnen haben Zutritt.« Ruby grinst mich an. »Du kannst ja in deinem Terminkalender nachschauen und mir dann Bescheid sagen.«

»Für so ein einzigartiges Event brauche ich nicht in meinen Terminkalender zu schauen.« Ich erwidere ihr Grinsen aus vollem Herzen. »Ich werde da sein.«

DANK

Es ist so aufregend, ein funkelnagelneues Buch zu entwickeln! Ich habe wirklich Riesenglück, dass ich Teil eines so tollen Projekts sein darf. Danke, liebes Scholastic-Team, dass ihr das möglich gemacht habt – die viele harte Arbeit und das Engagement, das ihr als Verlag in eure Bücher steckt, inspirieren mich sehr. Lauren Fortune, Aimee Stewart, Mary Jones, Penelope Daukes, Clare Hennessey, Kate Graham: Ich danke euch herzlich für alles, was ihr getan habt, und weiß jede von euch sehr zu schätzen.

Nuno Ramalhão danke ich für die wunderbare Umschlaggestaltung.

Katy Birchall, es ist wieder einmal fantastisch, mit dir zusammenzuarbeiten! Du bist eine der talentiertesten Multi-Taskerinnen, die ich kenne! Danke, dass du so eine brillante Autorin bist und *Star Switch* zum Leben erweckt hast!

Meiner supercoolen Agentin Lauren Gardner danke ich für ihre Unterstützung und ihr Wissen: Du bist unglaublich!

All meinen Freunden und meiner Familie: Danke, dass ihr meine Bücher lest … oder zumindest so tut, als ob! Haha! Ruby, bei dir weiß ich, dass du sie gelesen hast. :) Ich danke euch für eure nie nachlassende Unterstützung.

Meinen Leserinnen und Lesern: Ich hoffe, ihr habt Spaß an *Star Switch*! Entdeckt euer Leuchten, seid nett zueinander und lasst eure Träume wahr werden!

Alles Liebe,
Alesha
X

Eine Lesprobe zu

Emma Charming – Nicht zaubern
ist auch keine Lösung

von Katy Birchall findet sich auf
den folgenden Seiten.

Kapitel eins

Das ist er. Der Moment, auf den ich mein ganzes Leben gewartet habe.

Ich knie vor der Großen Hexenmeisterin, die sich nun erhebt und die Arme gen Himmel streckt. Die langen schwarzen Ärmel ihres Gewands blähen sich im Wind. Das einzige Geräusch, das die gespenstische Stille des nächtlichen Waldes durchbricht, ist das Knistern des Feuers hinter mir. Als die Große Hexenmeisterin einen Schritt auf mich zu macht, heben die anderen Hexen, die um uns herumsitzen, die Köpfe und beobachten sie erwartungsvoll.

»Emma Charming.«

Meine Hände zittern, und mein Herz klopft laut in meiner Brust. Jetzt wird es ernst. Ich blicke auf und sehe ihr in die Augen.

»Emma Charming«, wiederholt sie. »Der Hexenrat ist zu einer Entscheidung gelangt. Hiermit verkünde ich, dass …«

Sie zögert. Die anderen Hexen werfen sich gegenseitig verwirrte Blicke zu. Mir bleibt vor Aufregung die Luft weg. Warum spricht sie nicht weiter?

Nein. Das darf nicht sein. Es darf nicht vorbei sein. Nicht so.

»Hiermit verkünde ich, dass …«

Sie hält erneut inne. Die eintretende Stille ist unerträglich.

»Oh, Schätzchen«, sagt sie seufzend, und ihre Stimme nimmt sofort einen sanfteren Tonfall an. »Du hast da einen schwarzen Fleck im Gesicht! Wahrscheinlich Asche vom Feuer. Komm her.«

Sie leckt sich den Daumen und streckt die Hand aus, um mir über die Wange zu reiben.

»Mum!«, zische ich und schiebe ihre Hand weg. Die anderen Hexen fangen an zu kichern. »Lass das! Was machst du denn da?«

»Siehst du, schon weg.« Sie lächelt zufrieden. »Also, wo war ich stehengeblieben?«

»Du wolltest gerade das Ergebnis verkünden«, hilft ihr Dora fröhlich auf die Sprünge. »Und zieh es bitte nicht so in die Länge, Maggie. Mein Rücken tut schon weh vom Sitzen auf dem harten Waldboden.«

»Genau«, meldet sich Sephy zu Wort. »Mein Hintern ist auch schon ganz taub.«

»Wir könnten uns doch einfach ein paar schöne, bequeme Sitzgelegenheiten herbeihexen. Wozu ist man denn eine Hexe?« Dora grinst. »Zum Beispiel so etwas.«

Sie schnipst mit den Fingern und sitzt plötzlich auf einem gemütlichen Sofa.

»Schon besser«, sagt sie seufzend. »Fahr doch bitte fort, Maggie.«

»Dora, das ist nicht erlaubt«, tadelt Mum sie lachend. »Wir müssen uns an die Tradition halten, und die Tradition verlangt nun mal, dass wir auf dem *Boden* sitzend einen Kreis bilden, während ich das Ergebnis der Junghexenprüfung verkündige. Du kennst doch die Regeln.«

Mum schnipst nun ihrerseits mit den Fingern, und das Sofa verschwindet. Dora kauert wieder im Schneidersitz auf der nackten Erde.

»Mit den Hexen, die diese Tradition zu verantworten haben, würde ich gern mal ein Wörtchen reden«, schnaubt Dora entrüstet und verschränkt die Arme, wobei sie sich versehentlich ihren viel zu weiten Ärmel ins Gesicht schlägt. »Bei der Gelegenheit würde ich auch gleich nachfragen, warum wir beim Beurteilen der Junghexen diese dämlichen Gewänder tragen müssen! Unpraktischer geht es kaum!«

»Bitte, tu dir keinen Zwang an«, fordert Sephy sie mit einem frechen Grinsen auf und zeigt auf die Hexe neben sich. »Meine Mutter war eine dieser Hexen.«

Ihre Mutter hebt verwirrt den Kopf. »Was? Was hast du gesagt?«

»Ich habe Dora nur mitgeteilt, dass du einst die Tradition mitbegründet hast, dass wir zu diesem Anlass auf dem Boden im Kreis sitzen, stimmt's nicht, Mutter?«, sagt Sephy laut. »Weißt du nicht mehr? Damals, vor rund zweihundert Jahren.«

»Ist die dämliche Zeremonie endlich vorbei?«, fragt die betagte Hexe zurück, ohne auf die Frage ihrer Tochter einzugehen. »Ich glaube nämlich, es fängt gleich an zu regnen.«

Sephy seufzt. »Das sagst du *immer*, Mutter.«

»Es stimmt ja auch immer.« Ihre Mutter verschränkt würdevoll die Arme.

»Oh, tatsächlich!«, ruft eine junge Hexe auf der gegenüberliegenden Seite des Sitzkreises. »Ich glaube, ich habe gerade einen Regentropfen auf der Nase gespürt.«

Die beiden Hexen neben ihr murmeln zustimmend.

»HALLO!«, rufe ich und winke mit den Armen Alle sehen mich verwundert an, als hätten sie ganz vergessen, dass ich da bin. »Wir sind hier noch nicht fertig. Wäre es zu viel verlangt, dass ihr den heutigen Anlass wenigstens ein *kleines bisschen* ernst nehmt?«

»Entschuldige, Emma«, sagt Mum und wirft Dora und Sephy strenge Blicke zu. »Du hast vollkommen recht. Dies ist ein sehr wichtiger Moment für dich. Also, ich wollte gerade meine Verkündigung machen, nicht wahr?«

Sie räuspert sich und verfällt wieder in einen sachlicheren Tonfall.

»Emma Charming, der Hexenrat ist zu einer Entscheidung gelangt. Hiermit verkünde ich, dass …«

»WARTE!«, brüllt Sephy und jagt der gesamten Runde einen gewaltigen Schrecken ein. Sie hebt theatralisch die Hände, schließt die Augen und holt tief Luft.

»Was ist denn, Sephy?«, fragt Mum verdutzt. Alle Hexen starren Sephy erwartungsvoll an. »Stimmt etwas nicht?«

Nach einer Weile reißt sie die Augen wieder auf und verkündet feierlich: »Ja! Es regnet *wirklich*!«

Ich vergrabe stöhnend meinen Kopf in den Händen, während die Runde einhellig über das englische Wetter zu schimpfen beginnt.

Regenschirme tauchen auf und breiten sich schützend über die im Kreis sitzenden Hexen. Mum schnipst mit den Fingern und richtet ihren Blick dabei fest auf das Feuer. Dann zwinkert sie mir zu. »Jetzt kann der Regen den Flammen nichts mehr anhaben.«

»Toll«, murmele ich leise. »Könnt ihr mich nicht einfach auch ins Feuer werfen?«

»Das würde ich dir nicht empfehlen, Emma«, mischt sich Dora ein. Der Schirm über ihrem Kopf hat die Form eines Flamingos und ist knallpink und glitzert. »Es dauert ewig, bis man den Ruß wieder aus den Haaren bekommt.«

Die Hexen um mich herum beginnen sich angeregt über das Wetter und die besten Haarpflegetipps zu unterhalten, während ich mich aus meiner knienden Position in die Hocke erhebe und einen schweren Seufzer ausstoße. Mir schwant nichts Gutes. Vielleicht verzögern die Hexen die Verkündigung meines Ergebnisses absichtlich, weil ich durch die Prüfung gerasselt bin und sie sich davor drücken wollen, mir die schlechte Nachricht zu überbringen.

Wäre nicht das erste Mal.

Eigentlich müssten sie inzwischen Übung im Überbringen schlechter Nachrichten haben, schließlich ist es bereits das achte Mal, dass ich die Junghexenprüfung, auch JHP genannt, in Angriff nehme. Bei meinem ersten Versuch war ich fünf Jahre alt, und es lief ziemlich schlecht. Spektakulär schlecht sogar. Dora gab mir die Anweisung, eine Steckrübe drei Sekunden in der Luft schweben zu lassen und sie danach vorsichtig wieder auf dem Boden abzusetzen. Eine Standardaufgabe bei der JHP, die ich zu Hause viele Male geübt hatte. Wie immer versuchte ich, mich ganz auf die Steckrübe zu konzentrieren, ohne mich von meiner Nervosität beirren zu lassen. Mühsam schluckte ich den Kloß in meiner Kehle herunter. Mein Mund war staubtrocken, und meine Hand zitterte, als ich mit den Fingern schnipste und …

… Dora in eine Steckrübe verwandelte. Eine zutiefst traumatische Erfahrung für uns beide.

Sie war dennoch sehr verständnisvoll, und Mum machte den misslungenen Hexenzauber sofort wieder rückgängig. Dora musste also nicht besonders lange als Steckrübe herumlaufen. Hinterher ließ sie sich wortreich darüber aus, was für große Hexenkräfte es doch erahnen lasse, wenn man bereits mit fünf Jahren in der Lage sei, jemanden in eine Steckrübe zu verwandeln. Ich bewies ihr schon bald das Gegenteil, denn im darauffolgenden Jahr fiel ich erneut durch die Prüfung, genau wie zwei Jahre später, drei Jahre später … und so weiter und so fort.

Ich habe nicht die geringste Ahnung, ob meine Bemühungen dieses Mal endlich von Erfolg gekrönt sein werden. Jedenfalls habe ich während der heutigen Prüfung niemanden in eine Steckrübe verwandelt, das ist schon mal vielversprechend. Als Dora nach vorn trat und mir die Anweisung gab, »einen Korb Birnen mit Mini-Zylindern auf dem Kopf« herbeizuhexen, zögerte ich allerdings kurz und warf ihr einen zweifelnden Blick zu. Für zögerliches Ausführen von Prüfungsaufgaben gibt es Punktabzug, das weiß ich.

Aber was ist das auch für eine merkwürdige Prüfungsaufgabe? Wann werde ich jemals plötzlich einen Korb Bir-

L E S E P R O B E

nen mit Zylindern brauchen in meinem Leben? Mir entging nicht, dass auch Mum die Augen verdrehte, doch sie bat Dora nicht, mir eine neue Aufgabe zu stellen.

Dora wirkte ganz zufrieden mit den Birnen, die ich herbeihexte, mein Zögern hat mein Abschneiden also hoffentlich nicht allzu sehr beeinträchtigt. Sie nahm eine Birne aus dem Weidenkorb, den ich ihr präsentierte, betrachtete sie eingehend und brach in Gekicher aus. Dann hielt sie die Birne für die anderen Hexen hoch und rief: »Seht euch mal diese Birne an! Die hat einen Zylinder auf dem Kopf! Eine Birne mit einem Zylinder! Hihi!«

Als Nächstes verlangte sie von mir, einen großen Ast, der vor mir auf dem Boden lag, durch die Luft schweben zu lassen und ihn dann sanft wieder auf dem Boden abzusetzen, eine Aufgabe, die ich mit Bravour meisterte.

Bei der dritten Aufgabe mache ich mir hingegen ein wenig Sorgen, dass ich zu lange gebraucht haben könnte. Ich sollte eine kaputte Dusche, die wie aus dem Nichts vor mir auftauchte, wieder funktionstüchtig hexen. Letztendlich gelang mir das auch, allerdings nicht, ohne zwei Hexen mit dem unkontrolliert herumschießenden Duschkopf völlig zu durchnässen. Die beiden warfen Dora, die mühsam ein Lachen unterdrückte, äußerst unwirsche Blicke zu, bevor sie mit den Fingern schnipsten und sich wieder trocken hexten.

Ich hoffe einfach nur inständig, dass ich gut genug abgeschnitten habe, um die Prüfung endlich zu bestehen!

Erschienen bei FISCHER KJB

Cover und Innenvignetten von Eva Schöffmann-Davidov
Aus dem Englischen von Verena Kilchling

Hedderichstraße 114, D-60596 Frankfurt am Main
ISBN 978-3-7373-4248-3

Mein total verrücktes Hexenleben

Emma Charming hat hoch und heilig versprochen, in der Schule kein bisschen Magie mehr anzuwenden, und sie ist fest entschlossen, das durchzuhalten. Bis ihr Zaubererfreund Oscar sie so auf die Palme bringt, dass sie gar nicht anders kann, als ihm einen kleinen Hexenstreich zu spielen. Oscar rächt sich mit einem geheimen Zauber – und gegen ihren Willen muss Emma plötzlich an einem großen Schulwettbewerb teilnehmen. Hilfe! Und wäre das nicht schlimm genug, trifft sie dabei auf ein anderes Hexenmädchen aus der Nachbarschule, die gar nichts Gutes im Schilde führt …

Emma Charming hext weiter – und in der Schule wird's magisch!

Katy Birchall
Emma Charming
Aus Versehen verzaubert
Band 2
Aus dem Englischen von Verena Kilchling
320 Seiten, gebunden

Weitere Informationen zum Kinder- und Jugendbuchprogramm der S. Fischer Verlage finden Sie unter *www.fischerverlage.de*

AZ 7373-4249/1